新潮文庫

密約の核弾頭

下巻

マーク・キャメロン
田村源二訳

版

密約の核弾頭

下巻

マクシム・ドゥドコ――大統領補佐官
エリク・ドヴジェンコ――ＳＶＲ（ロシア対外情報庁）テヘラン駐在員
パヴェル・ミハイロフ――ロシア空軍大佐、アントノフＡｎ-124大型輸送機パイロット
エリザヴェータ・ボブコヴァ――ワシントンＤＣ駐在ＳＶＲ工作員

ヨーロッパ

ユゴー・ガスパール――フランス人武器商人
リュシル・フルニエ――フランス人暗殺者
ウルバーノ・ダ・ローシャ――ポルトガル人武器商人

イラン

レザ・カゼム――《ペルシャの春》指導者
アヤトラ・ゴルバニ――監督者評議会議長のイスラム法学者
パルヴィス・ササニ――イスラム革命防衛隊少佐
マリアム・ファルハド――ドヴジェンコのガールフレンド
イサベル・カシャニ――研究者、ジャック・ジュニアの元カノ
アタシュ・ヤズダニ――航空技師
サハール・タブリジ――宇宙物理学者

カメルーン

チャンス・バーリンゲーム――駐カメルーン・アメリカ大使
エイディン・カー――アメリカ外交保安局カメルーン駐在官
フランソワ・ンジャヤ――大統領
ムビダ――将軍
サラ・ポーター――駐カメルーン・アメリカ公使夫人
ショーン・ジョリヴェット――アメリカ海軍空母〈ジョージ・Ｈ・Ｗ・ブッシュ〉艦載機、Ｆ／Ａ18Ｃホーネット戦闘攻撃機パイロット

主要登場人物

アメリカ合衆国政府

ジャック・ライアン（ジョン・パトリック・ライアン）——大統領
メアリ・パット・フォーリ——国家情報長官
アーノルド・〝アーニー〟・ヴァン・ダム——大統領首席補佐官
スコット・アドラー——国務長官
ロバート・バージェス——国防長官
マーク・デハート——国土安全保障長官

〈ザ・キャンパス〉

ジェリー・ヘンドリー——〈ザ・キャンパス〉の長／ヘンドリー・アソシエイツ社社長
ジョン・クラーク——工作部長
ドミンゴ・〝ディング〟・シャベス——工作部長補佐
ジャック・ライアン・ジュニア——工作員／上級情報分析員
ドミニク・〝ドム〟・カルーソー——工作員
アダーラ・シャーマン——工作員
バリー（バルトーシュ）・〝ミダス〟・ジャンコウスキー——工作員
ギャヴィン・バイアリー——ＩＴ部長
リーサンヌ・ロバートソン——輸送部長

その他

アメリカ

キャシー・ライアン——アメリカ合衆国大統領夫人、眼外科医
ウィル・ハイアット——アメリカ空軍大尉、ＭＱ‐９リーパー軍用無人機パイロット
ミッシェル・チャドウィック——上院議員
ランダル・ヴァン・オーデン——海軍兵学校・航空宇宙工学教授
アレックス・ハーディ——海軍兵学校・士官候補生

ロシア

ニキータ・イェルミロフ——大統領

29

病院の死体安置所は地下の長い廊下のいちばん奥に押しやられていた。死体――とりわけ祖国の裏切り者のそれ――を扱うのにふさわしい場所だ、とパルヴィス・ササニは思った。

マリアム・ファルハドの遺体は、イスラム革命防衛隊少佐とその部下たちが彼女のマンションの徹底的な家宅捜索を終えるまで、撃たれて倒れたその場所にそのまま放置された。アリ――ササニのチームでいちばん敬虔《けいけん》な隊員――が〝猥褻物《わいせつぶつ》〟をシーツでおおったが、すぐにその血だらけのシーツを剥《は》がしたやつがいて、結局、マリアムは家宅捜索中ずっと真っ裸のままさらされた。そのほうがいいとササニは考えた。男たちをいきり立たせることができるからだ。そうやって女が売女《ばいた》である証拠をはっきり見せつければ、部下たちは興奮し、女の共謀者たちを発見しようとそれだけ懸命になるにちがいない。

写真撮影と指紋採取に二時間半ほど費やしたあと、ササニは死体を小さな病院へ運ぶよう命じた。その病院は、彼が三人の学生の絞首刑《こうしゅけい》を監督した場所から北へ五キロも行かないところにあった。おれは怪物なんかじゃない、とササニは思っていた。なんだかんだ言っても、結局のところ、あいつらはみな祖国の裏切り者なんだ。だから、やつらがクレーンで空へ向かって吊《つ》り上げられ、窒息して哀れなうめき声をあげても、おれは悲しくもなんともなかった。

ササニはひとりで病院にやって来た。いつも部下を率いていなければならないというのがなかなかの重荷で、ひとりになれることが嬉《うれ》しかった。部下たちは優秀ではあるのだが、ときどきササニは彼らを力ずくで引きずっているような感覚をおぼえることがある。実のところ彼は、だれかといっしょにいるよりも、ひとりでいるほうが好きだった。妻といっしょにいるのさえ好きではない。妻はいつも何かに怒っている女なのだ。

貨物用エレベーターのドアが横にすべってひらいたとたん、塗料と消毒剤の臭《にお》いが鼻を打った。廊下の蛍光灯はひどい状態になっていた。不規則な間隔で点滅するものがいくつかある——ササニはその種の点滅をエヴィーン刑務所の独房で最大限に利用している。さらに、完全に点《つ》かなくなってしまっているものもあり、廊下全体が幽霊屋敷のように薄気味悪くなっていた。

ササニは廊下をゆっくりと歩きながら、これからのことをじっくり考えた。

あのロシア人がどう係わっているのか、それがよくわからない。ドヴジェンコは射殺された女を知っている。それだけは確かだ。表情がそれをはっきり示していた――あのロシア人は頬をくぼませ、目に走った怒りの閃光《せんこう》を完全には隠せなかった。それに、どこかへ行ってしまった。どこへ行ったというのか？　あいつはスパイだ。そして、スパイの仕事は情報の取引。おれの部下の何人かは、射殺事件捜査を終えたあと、お茶を飲みに行った。有能なスパイはみな、お茶を飲みながらの雑談ほど素晴らしい情報収集の機会はほかにあまりないことを知っている。だが、ドヴジェンコは姿を消した。心の傷を癒《いや》すためなのか？　それとも、この面倒な事態から抜け出すための上司向けの巧妙な嘘《うそ》をひねり出すためなのか？　やはり、あいつはマリアム・ファルハドの愛人にちがいない。現場に来るのがあまりにも早かったし、顔を紅潮させ、動揺していた。あまり土地勘のない都市《まち》で悲しみに打ちひしがれたスパイはどこへ行くのだろう？　自宅には帰っていない。あいつのマンションもロシア大使館も部下に見張らせている。問題ない。いずれにせよ、やつはまた姿をあらわす。そのときにはもうこちらは動かぬ証拠をにぎっているから、ロシア人たちはやつをイスラム革命防衛隊に引き渡すか、帰国させて自分たちで始末をつけるかしなければならなくなる。と、ここまで考えたとき、ステキなアイディアが浮かび、ササニは思わずにやりとした。ロシア人たちに取調官をひとりイランに送りこんでもらい、いっしょにドヴジェンコを尋問するということも、交渉次第で可能になるのではないか？

廊下のはしに達し、ササニは両開きのドアを押して死体安置所のなかに入った。ノックをしなかったので、マリアム・ファルハドの遺体におおいかぶさるようにしていた女性が苛立《いらだ》ちをあらわにしてジロッとにらんだ。イランでは検視解剖ができる監察医は五〇〇人に満たない。そして、そのなかで革命防衛隊から全幅の信頼を寄せられているのはほんの一握り。さらに、すでに少数になっているそうした医師のなかで女性というと、片手で数えられるほどしかいない。ササニはドクター・ヌリのことをよく知っていたし、監察医として彼女が必要であることもわかっていた。ヌリのほうも、自分が革命防衛隊にとって重要な存在であることを知っていて、ササニに対しても強く出ることができ、革命防衛隊少佐が苛立つほど強く自己主張することもあった。もっとも、ササニは女に強い調子でとやかく言われることにはあまり慣れておらず、そうされた場合、苛立ちやすいということはあった。

検視解剖室は廊下よりもずっと明るく、ステンレス製の長細い流し台と、奥と左側の壁にそってL字型に設置されたテーブルがあり、狭苦しく感じられた。ササニの右手の壁には小さな冷蔵庫のように見える金属製のドアがならんでいて、そのうちの三つのなかには今日絞首刑に処せられた売国奴たちの死体が入っているはずだった。その三体は男性の医師によってざっとチェックされたあと、素早く埋葬されることになっていた。

マリアム・ファルハドが寝かせられていた金属製の解剖台は、むしろ大きなトレイと言ったほうがよく、縁には金属の側溝のようなものがぐるりと一周ついている。その溝《みぞ》は死体の下に敷かれた紙シートからもあふれた体液や証拠を受けとめるためのものだ。白いタオルが灰白色の死体の臍《へそ》のすぐ下から大腿部《だいたいぶ》のなかほどまでおおっている。マリアムは撃たれて大量出血したが、少量の血は体内に残って、いまはいちばん低いところに集まり、尻《しり》と肩に青紫のような色を生じさせていた。顔と腹のチョークのような白さとは対照的だった。足の指にひもで紙札がぶら下げられている。銃創――たくさんある――はササニが最後に見たときよりもきれいになっていた。ドクター・ヌリが外部のチェックをしたさいに綿球を使ったせいだ。頭は丸めたタオルで支えられ、顎《あご》が上がっている。右の瞼《まぶた》が半分ひらいていて、それに気づいたときササニは、いま部屋に入ってきた自分がこっそり見られているような気がして、思わず一歩あとずさった。妙だな、と本人でさえ思った。地下牢《ちかろう》のようなエヴィーン刑務所を歩きながらサンドイッチを食えるこのおれが、ここでは死が靴にはい上がってきたような感触をおぼえて怯《おび》えている。

ドクター・ヌリの右手に持たれたメスが、死んだ女の胸の上でとまり、光を反射してきらめいた。ヌリは小柄な女性で、マリアム・ファルハドにおおいかぶさるように立っていると、子供のように見えなくもない。なにしろマリアムのほうは、背丈が少なくとも五フィート半はあり、栄養よりも便利さで食品を選ぶために余分な肉がすこしついた三〇代後半の女性なのである。

ドクター・ヌリは紙の帽子《キャップ》やプラスチック製のフェイスシールドをつけていたので、ルーサリーと呼ばれるヘッドスカーフをかぶっているときよりも顔が隠れていたが、それはそれでよかった。ササニをかなり居心地悪くさせることができたからだ。体の線もブルーの手術衣と黒っぽいゴム引きのエプロンのせいではっきりとはわからない。だが、辛辣《しんらつ》な物言いがそうしたぱっとしない風貌《ふうぼう》を補って余りあった。

「あんたの来るところじゃないわ」ドクター・ヌリは語気鋭く言いはなった。

「急を要する問題なんだ」ササニは言い返したが、他人《ひと》に――それが女の場合はとりわけ――自分の行動を説明するのは大嫌いだった。彼女が少なくとも自分の二倍は教育があるということもまったく関係なかった。

「恥ずかしくないの？　革命防衛隊《セパ・パスダラン》にも女の隊員がいるでしょう。女の検視解剖をチェックしたいのなら、女を送りこめばいいじゃない」

ササニは深く息を吸い、吐いた。死も消毒剤も、なにもかも吸いこんでしまったような気がした。「繰り返すが、急を要する問題なんだ」

柄の長いメスが死体の上で動きをとめた。ヌリは顔を上げてササニをじっと見つめた。何か言いたげなようにも見えたが、結局、顔を下げ、仕事に戻った。メスの刃が血の気の失《う》せた左肩の肉にもぐりこみ、マリアムの胸をひらくための大きなY字切開を開始した。

ササニが咳払《せきばら》いをした。「死因ははっきりしていて、疑問の余地はない。それ、ほんとうに必要かね？」

ドクター・ヌリは胸骨のいちばん上を切断していた手をとめた。「検視解剖ですべてがわかるの」そう言って、奥の壁にならぶ金属製のドアをチラッと見やった。それらのドアのなかには他の死体が収まっている。ドアは、横五列・縦四段にならび、ぜんぶで二〇あり、それぞれについているハンドルは、ササニの自宅近くのマーケットにある冷凍庫の引き手《プル・ハンドル》に似ていた。

監察医はつづけた。「たとえば、絞首刑の場合、死因はわかっているのだから、それでいいではないかと言うかもしれない。ところが、体内の検査をおこなえば、死がどのようにもたらされたか正確なところがわかる。ロープが故人を窒息させたのか、それとも血流不足による脳の麻痺《まひ》が先だったのか？　さらに、五二本ある脚の骨のうちの四一本が折れたり罅《ひび》が入ったりしていたかどうかも、実は絞首刑執行の少なくとも二日前に心臓麻痺で死んでしまっていたのかどうかも、はっきりわかる。生死にかかわらず不信仰者の骨だって折ってはいけないことになっている」

ササニはヌリの横にあるトレイに載っていた肋骨剪刀《ろっこつせんとう》とスチール製の解剖鋸《かいぼうのこ》を見やった。

「そしてなおかつ、いまあなたは骨を切断しようとしている――革命防衛のためにね。繰り返すが、マリアム・ファルハドの体内検査、それ、ほんとうに必要なのかね？」

ヌリはメスをトレイに置いた。「たしか、検視解剖を命じたのはあんたなのよね？」

「これまでにわかったことを教えてくれ」ササニは主導権をすこしでも取り戻せて嬉しかった。

ドクター・ヌリは死体から遠ざかり、背後の流し台のそばのカウンターに載っていた開いたままのフォルダーに目をやった。

「あらゆる角度から死体を撮影した」ヌリは顔を上げてササニを見つめた。「まあ、生前は間違いなくたいへんな美人だったわね、この人。死んだ女の全裸写真を――証拠として――持って帰りたいんだったら、あそこでプリントできるわよ。そんなことしたら、セパの少佐だって、スキャンダルになるかもしれないけどね」

ササニはヌリの揶揄《やゆ》を無視した。「ほかには？」

「エックス線検査によると四つの弾丸がまだ体内にあり、射入口一二・射出口七と矛盾しない――」

「数が合わない。射出口は八でないと」

「ええ、そうなんだけど」ドクター・ヌリは答えた。「二発の弾丸が同じ射出口――傷――から出ていったわけ」彼女はまずマリアムの首の側面にあいた二つの小さな穴を指さした。「ほら、この二つは指一本の先でおおい隠すことができるわよね？」次いで両手で女の頭を抱くようにして少しだけ持ち上げ、頭蓋《ずがい》の底部のすぐ下にひらいた大きな穴が見えるようにした。「でも、こっちはわたしの拳《こぶし》でもおおいきれそうにない。あんたらの銃弾って、体内から出るときにとてつもなく大きなダメージを与える」

「そう」ササニは居直った。「それが弾丸の役目だ。だろう？　何か価値ある情報はないのかね？」

「この女は死ぬ直前に性交した」

ササニは笑みを抑えこもうとしなかった。「では、それの……証拠がある？」

「もちろん」監察医は答えた。「だからわかった」ヌリは顎をしゃくり、カウンターに載っている金属製のスタンドに収まった数本の試験管を示した。それぞれの管のなかに綿球がひとつずつ入っている。「打撲も、彼女が抵抗したことを示すその他の形跡もまったくない。でも、言っておくけど、だからといって合意のうえであった、とも言い切れない」

「ほう」ササニは返した。「わたしは合意のうえの行為だったと確信している。女は、われわれが突入したとき、全裸でタバコを喫《す》っていた」

「いずれにせよ死罪ね、確実に。あまりにも淫《みだ》ら」ドクター・ヌリはののしった。

「証拠となるDNA」ササニは言った。なぜそれにこだわるのかという説明をこの女にする気はなかった。「いますぐそれが必要なんだ」

「時間がかかるわ」ヌリは返した。

ササニは歯を食いしばった。「だから言ったじゃないか。急を要する問題なんだ。相手の男がどの民族に属する人間か知らねばならない」

「それはできるけど」

「じゃあ、やってくれ」

「体内検査を終えたらすぐとりかかる」

「時間がない」ササニは食い下がった。「いますぐ知る必要があるんだ」

「少佐……」ヌリは首をかしげ、なぜアイスクリームを買ってもらえないのかと駄々をこねる子供を諭すかのように言った。「科学というものはそんなものではないの。あんたが映画で見たのとはちがい、実際のDNA鑑定はね、一時間、いや二時間でもできやしないのよ。抽出、塩など不純物の除去、定量、次いでPCR法つまりポリメラーゼ連鎖反応法による増幅といったことが――」

「専門用語はやめてくれ」ササニは声を尖《とが》らせて言い返した。「だから、どれだけ時間が必要なんだ？」

ドクター・ヌリは透明プラスチック製フェイスガードの奥の口を不満げにすぼめた。鼻で深呼吸をひとつしてから言った。「じゃあ、あんたにも理解できるように、とってもやさしく説明するわね。急いでやるとすべてを台無しにしてしまう。科学的ステップをたくさん踏んで、ようやくわたしは、あんたが欲しがっている情報を得るのに必要となる量のDNAのコピーを分離できる、というわけ。そして、そこまで到達するのに、およそ一二時間かかる」

ササニはうなずいた。「では、一二時間後に情報を――」

ヌリはササニの言葉をさえぎって言った。「あんた、耳、聞こえないの？」

「もちろん聞こえる」

「いまのはもっともな質問よねえ」ドクター・ヌリはわざとにっこり微笑《ほほえ》んで見せた。

「実際に耳が聞こえるかどうかではなく、ちゃんと聞いていなかったのか、と訊《き》いたのよ、わたしは。忙しくて、せっかちなのね、あんた。いいこと、すべての言葉が透明な紙に書かれていて、そのページが積み重なり、文字が合わさり混ざって見える、という本を想像してみて。一二時間かけてやっと得られるＤＮＡは、そのように見えるものなの。で、そのあと、それを特殊な装置を使ってばらし、大きさによって分け……必要なＤＮＡの小片をとりだし……それでようやく分析が可能になり、あんたの質問に答えるための作業ができるようになる」

「わかった、わかった」ササニは激しい疲れに呑《の》みこまれそうになってきた。「いま知らねばならないのは、女の相手がどの民族に属する男だったのか、ということだけなんだ」

「わたしだってケーキの真ん中を食べるのが好きだけど」ドクター・ヌリは一歩も引かなかった。「それを食べるには、まずケーキ全体を焼かなければならない」

「態度に気をつけたほうがいいぞ、ドクター」ササニは言った。「わたしがエヴィーン刑務所の鍵《かぎ》を持っていることを忘れないように」

「わたしは死体安置所の鍵を持っている」

「わたしが知りたいことがわかったら即、電話を入れるように」ササニは立ち去ろうと背を向けて歩きはじめたが、途中で足をとめ、クルリと向きなおった。「さもないと、あんたも、鍵なしでここに入ることになる」

30

ロシア連邦大統領は瞑想《めいそう》するかのようにゆっくりと深呼吸をしてから、前に座る五人の将軍それぞれの目をじっとのぞきこんでいった。アメリカのホワイトハウスには、くつろいだ炉辺談話や穏やかな会話をうながす居心地のよい家具が備わる、古風で趣のある卵形のオーヴァル・オフィス（大統領執務室）があるが、クレムリンのイェルミロフ大統領の執務室はだだっ広い長方形——要するにふつうの部屋の形——で、物事をどんどん効率的に処理するための実用的なオークの会議用テーブルが置かれていた。

ウクライナ東部の広大な帯状の地域は、すでに事実上ロシアだった。もともとそこは間違いなくロシアのものなのだ、とイェルミロフは思っていた。そこに暮らす善き住民たちは、強引なウクライナ政府への自分らの抵抗をクレムリンが支援しつづけるということだけ知っていればいい。イェルミロフとしてはただ、クリミアですでにやったように、不当な政府に反抗して戦う人々が祖国の領土を取り戻すのを助けているだけだった。それに、そうした地域の地下には化石燃料がたっぷり眠っている。それもまた悪いことではない。

「同志グリン大将」イェルミロフはひらいた手を振って、将軍に発言権を与えた。

「どうぞ」

将軍は立ち上がった。勲章だらけのパリッとした制服の上着がまっすぐ伸びた。上着を飾る勲章のなかには、アフガニスタン侵攻中にもらった赤いリボンと金の星からなるソ連邦英雄金星章もあった。グリン大将はもう七〇代前半だったが、まだピシッと直立する軍人の姿勢をとることができた。豊かな髪が、まるでいま帽子をとったばかりかのように、ぴっちり積み重なっている。そして顔は、黒に近い目と毛虫のような眉《まゆ》のせいで同志ブレジネフを思わせる〝怒れる伯父〟のそれ――だから、他の将軍や提督をまとめてアニヴァ作戦を実施させるのにうってつけの男なのだ。

グリン大将は咳払《せきばら》いをし、もういちどイェルミロフ大統領に目をやってから話しはじめた。

「ウクライナの金融システムおよび多くの公益事業部門のさまざまな拠点に、マルウエアがすでに植え付けられています。ウクライナ海軍は〝錆《さ》びたバケツ艦隊〟にすぎず、われわれがアゾフ海で圧力をさらにかけても、彼らはほとんど抵抗できません。

アゾフ海にはすでにバイリンキン提督がフリゲート〈アドミラル・グリゴロヴィチ〉を配置しています。そして現在、黒海艦隊のフリゲート、〈アドミラル・エッセン〉と〈アドミラル・マカロフ〉が、ノヴォロシースクから駆逐艦〈スメトリーヴイ〉とともにアゾフ海へ向かっています。さらにバルチック艦隊所属のコルベット四艦およびフリゲート三艦が演習に参加すべくダーダネルス、ボスポラス両海峡を通過中です。そして、われわれは数日のうちにクリンツィとヴァルイキの機械化部隊を二倍に増やせます。かてて加えて、すでにウクライナ内部にいるロシアに忠実な部隊もまた今回の演習に参加し、キエフを目指して北進または西進します。言うまでもなく、ウクライナ軍の攻撃を受けることになります。そこで、大統領の命令を受けて、わが軍が南進し、国境を越え、ウクライナ軍の攻撃によって起こった暴力を鎮《しず》める平和維持軍として活動し……」

ソ連邦の英雄がアニヴァ作戦をロシア軍最高幹部たちと復習しているあいだ、イェルミロフ大統領の心はふらふらとさまよい、いろいろなことが頭に浮かびはじめた。彼らはみな、作戦の細かなところまですっかり知っているが、このわたしも承知していて——いまもなお、しっかり支持していることを——彼らにきちんとわからせておきたい。その昔、ソ連がキューバに核ミサイルを持ちこんだ作戦は、温暖なフロリダ半島とは別世界のチュクチ半島にある極北の町の名前からアナディルと名付けられた。それに倣《なら》って、今回の作戦はウクライナから遠く離れた日本の北に位置するサハリンの村の名前からアニヴァと名付けた。

キーホールを初めとするアメリカのスパイ衛星が陸軍部隊と海軍艦船の増強に気づくだろうが、そんなことは心配いらない。こういうことはもう何年も前からつづけているゲームなのだ。わたしはこの種のゲームには前任者たちよりもずっと長《た》けている。すでにライアンよりも二手も三手も先に行っている。このまま計画どおりに事が進めば、ゲームがすっかり終わるまでアメリカは負けたことに気づきさえしない。

「きみたちのなかには不安を抱いている者もいるはずだ」グリン大将が話を終えると、イエルミロフは言った。「だが、そんなものは根拠のない不安だと、わたしは信じている。ロシアは自らが適切と考える軍事演習を実施する生得権を有している。どの国もそうするのであり、わが国もそうする。それでだれもが幸せになり、祖国防衛の準備ができる。ウクライナに住むわれらがロシアの兄弟姉妹が、圧政の束縛から救ってほしいと願い、われわれに期待している。その期待に応《こた》えるのはわれわれの義務ではないかね？」

「はい」という声がテーブルをかこむ者たちから一斉にあがり、響きわたった。

黒海艦隊のバイリンキン提督が、グッと椅子《いす》の背に身をあずけ、酸《す》っぱいレモンでも食べたかのように口をすぼめた。

イェルミロフは提督をじっと見つめた。その凝視がいつまでもつづいた。

「何だね、友よ？　何かあるのかね？」

「いいえ、大統領閣下《ガスパジーン・プリズィジェーント》」バイリンキン提督は答えた。「ただ、ひとつ指摘したいことが——」

「やはり、きみは何か言いたいことがあるんじゃないか？」大統領は提督の言葉をさえぎって言った。

バイリンキン提督ははっきりわかるくらい椅子のなかに沈みこんだ。「いいえ、大統領閣下」

「よし、では、グリン大将、つづけてくれ」提督が狼狽《ろうばい》したのを見て、イェルミロフは言葉を継いだ。

「ウクライナはNATO加盟国ではありませんが、ライアン大統領は、あの大騒ぎぶりや啖呵《たんか》を見ると、それを知らないようですね」グリン大将が皮肉をたっぷりこめてジョークを飛ばした。

「かもしれない」イェルミロフは言った。「だが、ライアンがその気になっていることは確かだ。それに、やつには手段が、つまり軍隊がある。ただし、やつに時間があるとは思えない。こうしてわれわれが話しているあいだも、世界を舞台にした厄介事がいくつか進行しており、そうしたことでジャック・ライアンは自分たちのことだけで大忙しとなり、よその国々のことを、NATO加盟国でもない国のことを、心配している余裕などまったくなくなる。まず間違いなくそうなる。文字どおり、手一杯になる」イェルミロフは満面に笑みを浮かべ、テーブルから立ち上がった。これで会議は終わり、という合図。「まもなくやつは抱えきれないほどの問題を抱えて、にっちもさっちも行かなくなる」

テーブルではなく、執務室のはしっこの壁際《かべぎわ》の椅子に座っていたマクシム・ドゥドコは、革製の二つ折りバインダーをペンでポンポンたたきはじめた。右目の下の筋肉が期待でピクピク痙攣《けいれん》した。

《あなたには想像もつかないことでしょうが、大統領》とドゥドコは思った。《わたしはまた、あのあなたの釣り旅行に招待されることになりますよ……》

この話は大使館のエリザヴェータ・ボブコヴァのオフィスでするにはあまりにもデ

リケートなものだった。深夜にだって、こんな話はできない。どこに盗聴器が仕掛けられているかわかったものではない。盗み聞きはスパイが最も得意とすることだ。大使館はそうしたスパイの巣窟《そうくつ》なのである。

ボブコヴァはもうかなり長いあいだロシアの情報機関で働いているので、スパイは対抗する組織の要員をふつうは殺さない――彼らの国では絶対に――ということを知っている。裏切り者はとても許せない特別な存在だが、そいつらだって殺すということはしない、少なくとも故意には。それでも、彼女が受けた暗殺指令は間違いようのない明快なものだった――しかも、やり遂げなければモスクワに召還する、と言われた。そして、そのあとどうなるのか？　ずる賢いマクシム・ドゥドコは、有罪証拠《コンプロマト》――ボブコヴァが他の者たち同様お金をくすねてポケットを膨らませていることを証明する写真や銀行口座記録――を持っていると言った。小銭をくすねる程度のことは、大統領が心配するような犯罪ではない。しかし、そうした不品行だって、明るみに出てしまったら、イェルミロフも困ることになる。スターリンの時代には、命令に逆らったら――あるいは、命令にしたがってもボスが面目を失うという結果に終わったら――ルビャンカ刑務所の地下牢《ちかろう》に閉じこめられ、ＮＫＶＤ（内務人民委員部）の残忍な尋問を長期にわたって受けなければならなかった。そして、結局は国家への反逆を認める短いが詳細な自白をおこない、脚の骨がまだ無事で足を引きずって歩ける者は、コムナルカ射撃場のゲートをくぐらされ、銃殺された。現代のロシアではそうしたことは、同じくらい残忍ではあるものの、もっと複雑で巧妙な方法で処理されている。

というわけで、ボブコヴァにはドゥドコの命令を拒否することなどできるわけがなかった。どんなに常軌を逸した命令であろうと、したがうしかなかった。ボブコヴァはプロとしてその仕事を片づけ、そのあとドゥドコと話をつけるつもりだった。有罪証拠をめぐる駆け引きゲームをすることになるかもしれない。ドゥドコも腐敗した陰謀の臭《にお》いをぷんぷんさせている男のひとりだ。腐りきった謀《はかりごと》がたくさんあるのだろう。ずる賢いドゥドコはエリザヴェータ・ボブコヴァをリゾンカと呼びさえしている。リゾンカはエリザヴェータの愛称で、彼女をそう呼べたのは祖父だけだった。

だが、ドゥドコと対決するには、捕まらずにいないといけない。アメリカ人はスパイ狩りがとてもうまいから、気を付けないと。

ドゥドコとの安全なテレビ電話を終えるとすぐ、ボブコヴァはジョギングをしに出かけた。大使館近くのグローヴァー・アーチボルト・パークを抜ける長いコースを選んだ。走れば、神経が鎮まり、計画を細かく練ることも、実行メンバーを選ぶこともできる。

今夜会う場所は、絶対に足のつかないところでないといけない。他の工作員と会うのにも、スパイ候補の外国人を嘘発見器《ポリグラフ》にかけるのにも使ったことがないホテル。スパイたちがよく訪れるところであってはいけない。スパイ行為が国民的娯楽のようになっているワシントンDCのような地域では、そうした場所を見つけるのは容易なことではない。

エリザヴェータ・ボブコヴァは車でDC圏から脱出するのに三時間をかけた。まず、いろいろ方向を転じながらヴァージニア州フロント・ロイヤルまで行き、次いで、シエナンドーの森を抜けた。それで、いつも決まって尾《つ》けてくるFBI捜査官を確実に撒《ま》けた。彼女を担当するFBIの尾行要員はぜんぶで数人いたが、ボブコヴァは実際に尾けてくる二人をいつもブルウィンクル、ロッキーと呼び、いちいち一人ひとり区別するということをしなかった。結局、ボブコヴァは、いきあたりばったりに、ウィンチェスター北部の州間高速《インターステート》81号線そばのハンプトン・インを選んだ。

ハンプトン・インを選ぶとすぐ、エリザヴェータ・ボブコヴァはプリペイド携帯電話を使って、この地域で最も信頼できる二人の男たちに連絡した。彼女は前もって具体的な計画を立てるということを一切しなかったので、アメリカ人たちは傍受する通信があるかどうかも知らず、前もって盗聴器を仕掛けるべき接触場所がどこなのかもまったくわからなかった。さらにそのうえ、ボブコヴァは一回かぎりのワンタイム・パッドによる暗号で話したので、彼女が伝えたいことは二人の男たちにしか理解できなかった。その一回しか使われない暗号表をFBIが手に入れる唯一《ゆいいつ》の方法は、ボブコヴァ配下の男たちのひとりを寝返らせることだが、ほんとうにそういうことが起こった場合は、もうどうあがいても彼女は破滅する。ともかく、ホテルの部屋に入り次第、ボブコヴァは携帯をミニ冷蔵庫に入れ、あらゆる電気製品の差し込みプラグをコンセントから抜くつもりだった。

もし月の上で会うということが可能なら、ボブコヴァはそうしていたにちがいない。なにしろ今回の任務はなんとしても秘密にしておかねばならない極めてデリケートなものなのだ。

まさに狂気が生み出した任務なのである。

ボブコヴァは人を殺しても良心の呵責《かしゃく》を覚えるということはない。ボブコヴァには道徳心も良心の呵責もない、と言う者もいる。しつこい新聞記者をグイッと押しやることも、裏切り者に毒を盛ることも、彼女は平気でできる。だが、作戦遂行トレーニング・マニュアルで赤線によって強調されるべき諜報《ちょうほう》活動の常識がひとつあり、それは「敵対する組織の要員を殺すのは不利な取引」というものだ。どちらか一方の要員が殺されるという事態ほど、双方ともが組織内に潜入したもぐら《モール》を狩り、スパイを一掃しようと血なまこになるときはない。ＦＢＩは数百、いや数千の捜査官を投入して犯人を見つけようとするだろう。スミエールチ・シピオナム――スターリンのＮＫＶＤの標語である「スパイに死を」――がごくあたりまえの現実となってしまう。〝正義の復讐《ふくしゅう》〟という観念が蔓延《まんえん》し、だれもが引き金《トリガー》を引きたくてたまらなくなる。そうなるともう、本来の仕事が急停止する。仲間が殺されれば、詳しく調べなければならないことがやたらに増えて、情報収集どころではなくなってしまう。たとえボブコヴァが暗殺への係わりをなんとか隠し果《おお》せたとしても、当然ながら、すこしでも怪しいと思われる者はみな国外追放となってしまうから、彼女もアメリカから追い出される――実は欧米にいつづけたいのに。資本主義は〝主敵〟だが、住み心地のいいアパートメントや一年じゅう新鮮な果物を提供してくれる。

欧米にとどまる方法はいくつかあるが、どれもこれもとても実行できるようなものではない。そう、まずむりではないか、とボブコヴァは思う。

エリザヴェータ・ボブコヴァはホテルの薄暗い照明に包まれた目の前の二人の男たちを見つめ、薄い半透明用紙を人工皮革のオットマンの上に載せてすべらせてから、キャスター付きデスクチェアの背に上体をグッとあずけた。男たちが指示を読むのにすこし時間がかかるはずだった。彼女はこの部屋には盗聴器は仕掛けられていないと九九％確信していたが、不安が一％でも残っているということは、すべてが台無しになる可能性があるということであり、慎重にならざるをえなかった。実際の計画について声に出して話す言葉は少なければ少ないほどよい。

男たちは二人とも、濃厚な香りのロシアの石鹸《せっけん》と、シェラックニスそっくりのアメリカ製オーデコロンの匂《にお》いを発散させていた。ほかの場所なら、この二つの組み合わせはそれなりの効果を発揮していたかもしれないが、ホテルの部屋の狭苦しい密閉空間のなかでは、たちまち空港の免税店のような攻撃的な臭気をつくりだしてしまった。実は二人ともボブコヴァを憎からず思っていて、オーデコロンは自分に気に入られようと思ってつけてきたものだと彼女は推測していた。まあ、どうでもいいことではある。どうせ、ここにはそう長くはいないのだから、とボブコヴァは思った。それに彼女は、この二人のどちらとも、いまの距離をたもち、それ以上近づく気はなかった。いや、ゴレフとなら遊んでもいいかも。若いし、筋骨逞《たくま》しく、耳の毛の剃《そ》りかたも知っている。だが、遊ぶとしても、あとにしないといけない。いましてもいいことは依怙贔屓《えこひいき》くらい。ただ、そうしたらプギンを怒らせることになる。プギンはハンサムではないものの、完全な醜男《ぶおとこ》でもなく、もうすこし身だしなみに気を使えば、まあまあの男にはなる。

　ともかく、二人とも壮健で、戦闘で鍛えられ、街中《まちなか》での闘いかたも心得ている。この種のいかれた作戦にも役立つ残忍性をもつ経験豊かな諜報工作員。ボブコヴァは自分にこんなことをむりやりさせる愚かなドゥドコをこてんぱんに打ちのめしてやるつもりだった。わたしをロシアに戻したりしたら、殺してやる。いや、どういう展開になろうと、結局はドゥドコを殺すことになるのではないか？

　ゴレフがスツールから立ち上がり、何も言わずにバスルームへ歩いていった。金髪を丸刈りにしたゴレフは、悲しげな笑みを浮かべ、暴力を加える技能があるようにはとても見えなかった。彼がトイレの水を流す音をボブコヴァは聞いた。そんなことをする必要はほとんどない。指示が書かれた薄い半透明用紙は、どのような湿気にさらされても、その瞬間、分解してしまうのである。ワシントンＤＣの湿度の高い空気のなかに置かれているだけでも、数日のうちにぐちゃぐちゃになり、判読不能になってしまう。ゴレフは短い廊下に戻ってくると、壁に寄りかかり、相棒が自分の指示書の再読を終えるのを待った。四〇歳のヴィクトル・プギンはゴレフより一〇歳も年上で、顔はまん丸、目は黒い。耳の穴から黒い毛があまりにもたくさん伸び出ているのがボブコヴァの好みに合わなかったが、だてに年をとっているわけではなく、彼女も一日置くある種の考え深さをそなえていた。要するに注意深いのだが、その一方でもたもたせずにてきぱきと仕事をこなし、その二つの性質がちょうどいいかげんに同居している。

ボブコヴァは椅子の背に身をあずけたまま腕組みをすると、二人の男たちをひとりずつ見つめて観察し、彼らの気分を推し測ろうとした。

「興味深いターゲットの選択ですね」ゴレフはバスルームのドアフレームに頭をやさしく当てて弾ませるようにした。

プギンが手にした指示書越しにボブコヴァを見つめ、もっとポイントをついた意見を述べた。「計画は実行可能ですが、ターゲット選択は正気の沙汰《さた》ではありません。この作戦命令はどこから下されたのか、聞かせてもらえるものなら聞いておきたいですね」

ボブコヴァは自分の足を使ってホテルのデスクチェアを回転させながら、二人にどこまで話そうかと考えた。

「これは最高レベルから下されたもの」ボブコヴァは答えた。

プギンは穏やかに笑いを洩《も》らした。「最高レベルはいつも、知らなかったと言って下の者たちに責任転嫁《てんか》できるようにしておきますけどね」

ボブコヴァは突然、プギンのもじゃもじゃの眉毛が我慢できなくなり、櫛《くし》で梳《と》かしたい衝動に駆られた。だが、プギンの率直さは新鮮だった。いまはもう昔の話だが、ソ連時代の暗殺者は、命じられれば、何も考えず、質問など一切せずに母国《ロジーナ》のために作戦を決行し、失敗したら――いや、成功したときでさえ――ほかの暗殺者が自分を殺しにやって来るのを律儀《りちぎ》に待っていた。現代では暗殺は難しくなったということなのか？ いや、そんなことはない。ただ、暗殺者は確実に捕まりやすくなった。

「充分に高いレベルからの命令よ」ボブコヴァはそれ以上何も言わなかった。

31

「あんがい大っぴらにやっているな」ジャック・ライアン大統領は六つ切りの写真の束をバサッと机の上に置き、疲れ切った目をもんだ。色あせたジーンズに、寝間着代わりに使っているグレーのTシャツ、そしてその上に大統領の紋章が胸についたダークブルーのジャケット、という格好だった。

オーヴァル・オフィス（大統領執務室）にはすでにボブ・バージェス国防長官、メアリ・パット・フォーリ国家情報長官、スコット・アドラー国務長官、アーニー・ヴァン・ダム大統領首席補佐官が集まっていた。残りの国家安全保障会議・主要メンバーも、真夜中の会議に出席することになっていたが、その前にバージェスがライアンを起こし、ロシアの最新の動きについて説明したのである。

「ロシアはもうこっそりやる必要がないんです」ボブ・バージェス国防長官は応《こた》えた。

「ウクライナ東部が事実上ロシア領になっていることはもう大きな秘密ではありません。それに、クリミア併合でロシアは、アゾフ海の海岸線の五〇％以上を自国のものだと主張できるようになりました。それでアゾフ海を哨戒《しょうかい》する口実の説得力も増したわけです。さらに、大統領支持者たちが敵対勢力を装《よそお》ってロシア人住民を攻撃する〈偽旗作戦《にせはた》〉をいくつか実行したため、イェルミロフは自国民保護の名目のもと軍隊を送りこめるようになりました」

「そういうこと」スコット・アドラー国務長官があとを承《う》けた。「ロシア国防省が今朝、今回の軍隊の動きは軍事演習と平和維持活動が組み合わさったものである、との声明を発表しました。早速わたしは電話でズボフ外相と話し合いました。心配することは何もない、と外相は断言しました」

バージェス国防長官は嘲笑《あざわら》った。「当然、そう言うだろうな」

ライアンは目の前の衛星写真をふたたびパラパラめくった。ウクライナとの国境地帯には何年も前からロシア軍部隊が駐留しつづけていたが、この一〇時間ほどのあいだに、さらに数千人の兵が装甲兵員輸送車や機械化砲兵部隊とともにそこに集結したのだ。そして、多数の駆逐艦やフリゲートがアゾフ海沿岸沖合で警護・警戒活動を開始し、その艦船数はいまもなお増えつつあるようだった。黒海へ入ろうとダーダネルス、ボスポラス両海峡を通過中のミサイル巡洋艦〈モスクワ〉、駆逐艦〈アドミラル・パンテレーエフ〉、情報収集艦〈プリアゾヴェ〉がすべて写っている写真も一枚あった。

「ＨＵＭＩＮＴ《ヒューミント》のほうは？」ライアンは写真を机上に戻し、フォーリ国家情報長官をまっすぐ見つめた。ＨＵＭＩＮＴは人的――つまりスパイによる――情報収集。

「現地の人的情報収集でも、いまボブが言ったのと同じ結論になっています。ロシアに忠実な傭兵《ようへい》たちが――」

「徽章《きしょう》をつけない特殊任務部隊《スペツナズ》隊員。いわゆる〈緑の小人《リトル・グリーン・マン》〉ども」バージェスが言った。

「そう」メアリ・パットは自分の言葉をさえぎった国防長官を横目でチラッと見やった。「ともかく、まずはそうした〈緑の小人〉と呼ばれる傭兵たちが西と北へ移動を開始し、ラジオ局や警察署を乗っ取ることになります。そのあと、ロシア軍が侵入してきて、そうした施設を〝解放する〟という段取りになるでしょう。要するに、イエルミロフの〝平和維持軍〟が入ってきて、住民を護《まも》る、という展開ですね。そして、彼らのやる気次第ですが、不正操作された選挙を実施することになるかもしれません。もしそういう選挙がおこなわれれば、住民の圧倒的多数が、母なるロシアの愛情あふれる腕のなかに駆け戻りたいという願望を抱いている、という結果になるにちがいありません。ＣＩＡオデッサ支局はまだいかなる動きも目にしていませんが、そうしたことに関する会話ならすでにたくさん耳にしています」

「大統領」ふたたびバージェスが声をあげた。「アメリカはいろんな問題を抱えていて介入などできやしない、とイェルミロフは確信しているんです。週末までにロシア軍がキエフまで進攻する可能性だってないわけじゃない。例の偽ビデオ、インターネットボット……すべて、イェルミロフが怪しい」

「わたしは偶然というものをあまり信じない」ライアンは言った。「エリザヴェータ・ボブコヴァとイランの反体制運動指導者が会ったというのも何らかの関係があるのではないか、という思いを振り払えない」大統領はもういちど国家情報長官を見つめた。「メアリ・パット？」

「いまのところまだ、新たなことはわかっていません、大統領」彼女は答えた。「でも、すでに獲物を釣り上げる仕掛けをつくり、探りを入れています」

「わたしは武力を誇示して威嚇《いかく》することをお勧めします」バージェス国防長官は言った。「イェルミロフが既成事実をつくりあげて自分の立場を固める前に」

ライアンはうなずいた。「うん、そうだね。カメルーンのほうはどうなっている？」

バージェスは自分の腕時計に目をやった。「特別部隊《タスクフォース》ダービーの八〇名が昨夜、北部からトラックで南下を開始しました。対ボコ・ハラム戦でダービーといっしょに血を流していたカメルーンの緊急介入大隊は当然ながら、自分たちの命を心配しています。いまのところガルアにとどまって首都には近づかず、戦闘になった場合にだれに味方するか決めずにすむようにしています」

ライアンは片眉《かたまゆ》を上げた。「ンジャヤはそれだけで〝決めた〟と見なすとわたしは思う」

「そのとおりだとわたしも思います」フォーリも同意見だった。「彼のこれまでのやりかたを考えますと」

ライアンは机上のメモ帳を見た。このような緊急時にはきちんと名前をあげて関係者と話し合うことが重要になる。「ミセス・ポーターは?」

国務省職員の妻に関することなので、スコット・アドラーが説明した。「相変わらずカメルーン軍の同じ四人の兵士に拘束されたままです。エイディン・カー外交保安局駐在官とバーリンゲーム大使によりますと、肉体的な危害は加えられていないものの、手荒な扱いを受けているとのことです。水は与えられていますが、食べものはなし、たまにトイレへ行くことを許される。そして罵詈《ばり》雑言をたくさん浴びせられる。カーは銃をぶっぱなしながら突入したがっていますし、バーリンゲームもまったく同じ気持ちになっています。わたしとしても、二人を非難することはできません。わたしは居心地のよいオフィスにずっといられ、自分のベッドで眠ることもできるのに、二人はこの厳しい試練の最初から現場にいて、なんとか頑張って情報を送りつづけてくれているのです」

バージェス国防長官がふたたび声をあげた。「デルタフォースB作戦中隊の偵察チーム二個が三時間前にヤウンデに到着しました。彼らは現在、カー外交保安局駐在官と連絡をとりあっています」国防長官はグリッと目を上に向け、首を振った。「疲れ切った四人のごろつきカメルーン軍兵士は、デルタフォース隊員の敵ではありません。一〇〇〇分の一秒の戦闘で決着がつくでしょう。彼らはいま、大統領、あなたから攻撃許可が下りるのを待ち望んでいます」

「わかった」ライアンは応えた。「ミセス・ポーターに危害を加える動きがすこしでもあった場合、攻撃を許可する」大統領は溜息《ためいき》をついた。「ンジャヤがファルサルスの戦いをよく知っているかどうか見てみよう」

「ファルサルスの戦い?」だれもローマの歴史に精通していないことを認めようとしなかったので、メアリ・パットがそうした。

「カエサル軍とポンペイウス軍との戦闘。ポンペイウスは有利だと考えていたが、カエサルはピルムの投擲《とうてき》というローマ軍の通常の戦闘方法をとらず――ピルムというのは投げ槍《やり》のことだよ」ライアンはメアリ・パットに微笑《ほほえ》んで見せた。「突進して、敵兵の顔や目を槍で直接突き刺せ、と配下の軍団に命じた。この戦術で、ポンペイウス率いる兵士たちはすっかり士気をくじかれ、敗走した」今度はバージェスのほうを見た。「いま大西洋にいるわが軍の〝資産《アセット》〟は？」

「現場へ急行しています、大統領」国防長官は答えた。

「よし」ライアンは言った。「国家安全保障・危機管理室《シチュエーション・ルーム》へ移ろう。ンジャヤの顔に槍を突き刺すときだ」

カメルーンにいちばん近いアメリカの大規模戦闘部隊は、リベリアの海岸線から五一七海里離れた大西洋上を航行していた第二空母打撃群だった。総人員数七五四二人、巡洋艦一隻《せき》、駆逐艦二隻、および艦載航空機八〇機を擁するニミッツ級航空母艦〈ジョージ・H・W・ブッシュ〉からなる戦闘部隊で、セネガルのダカールに短期間寄港したのち、ブラジルのサンパウロ目指して航行中だった。ところが、第六艦隊司令官の緊急電を受けて、針路を東へと戻した。

全長一〇九二フィート（約三三三メートル）の空母の飛行甲板上で、ショーン・ジョリヴェット中尉《ちゅうい》はF／A18Cホーネット戦闘攻撃機の操縦席に座り、目を左右にやってコックピット内の最後の点検をおこなった。海軍と海兵隊には、ホーネットとその発展型であるスーパーホーネットのパイロットが一〇〇〇人ちょっといる。実際に機に乗る競争は熾烈《しれつ》をきわめ、戦闘機を飛ばす地位を勝ちとった男や女にはすこし偉ぶる正真正銘の権利が与えられる。二七歳、身長五フィート九インチのジョリヴェットも、同じ飛行隊の仲間たち同様、まさに〝夢を生き〟ていた。

ホーネットのGE製F404エンジンはすでに二基とも動いていた。一基がそれぞれ一万八〇〇〇ポンド（約八一六五キロ）の推力――マーキュリー・レッドストーン・ロケットのそれのほぼ四分の一――を出すことができる。今日はジョリヴェットも自分の機に乗れた――ローテーションや定期メンテナンスのせいで、出番が来たときに自分の機に乗れるとはかぎらないのだ。パイロットたる者、そのとき乗れるどんな機でも飛ばせないといけない。だが、今日は、ジョリヴェットは機首に自分の名前と階級とコールサインが書かれている420を操縦することができる。空軍はかっこいい響きのあるコールサインを求める傾向があるようだが、海軍にはぱっとしない謙虚なものをパイロットにつける伝統がある。海軍のパイロットのコールサインはたいてい、訓練中にしでかしたみっともない失敗からつけられる。ジョリヴェット中尉の場合は〝スワイプ〟だが、それはリムーア海軍航空基地にいたときに、マッチングアプリTinder《ティンダー》でデートした相手が、なんとも運が悪いことに基地司令官の娘と判明してしまったからである。そのコールサインは司令官みずからがジョリヴェットに与えたものだ――Tinderでよい出会いになると思いこんで右へスワイプしても、必ずしも思いどおりの結果にはならない、ということを忘れさせないために。

アメリカ海軍の他の一二隻の空母と同様、CVN77こと航空母艦〈ジョージ・H・W・ブッシュ〉も、世界中にアメリカの外交政策を投射《プロジェクト》するのが任務で、今日もジョリヴェット中尉が所属する飛行隊のF／A18C四機がその尖兵《せんぺい》となって出動することになった。

そしていま、飛行隊で最年長のマイク・〝おじいちゃん《グランプス》〟・ウェルティン少佐が、ジョリヴェット機の右翼のそばの右舷《うげん》カタパルトから406を発艦させようとしている。出撃前にレディルーム（パイロットの会合・待機室）でおこなわれた作戦説明では、ウェルティンが編隊長として、情報士官が言い足りなかったところを補った。

各機とも兵装はフル装備となり、AIM‐120 AMRAAM《アムラーム》中距離アクティヴ・レーダー誘導空対空ミサイル、AIM‐9サイドワインダー短距離赤外線誘導空対空ミサイル、GBU‐24ペイブウェイⅢレーザー誘導爆弾などのほか、左右の主翼と胴体下面中央に予備燃料の入った増槽を合計三本もかかえていた。カメルーンには古い対空砲がいくつかあったが、情報士官によると、地上からも空からも反撃されることはまずないとのことだった。それでも、燃料と武器ということになると、ジョリヴェットは「ないよりはあったほうがよい」という主義に賛成で、いまもサバイバルベストに9ミリ口径のSIGザウエルP228拳銃《けんじゅう》をしのばせている。

カタパルト運営管理責任者は管制塔内の副飛行長――ミニ・ボスとも呼ばれる――だが、機を実際に射出させるゴーサインを出すのは、黄色いシャツを着た発艦士官《カタパルト・オフィサー》だ――彼らは映画『トップガン』でまるでケニー・ロギンズの音楽に合わせて踊るような誇張した非言語身振りコミュニケーションを披露して有名になった。カタパルトはそれぞれひとつずつ独立して動き、ついに〝グランプス〟機が凄《すさ》まじい力で甲板上を引っぱられて射出され、もうもうと蒸気をあげながら発艦した。編隊を構成するF／A18C四機――〝グランプス〟機、〝スワイプ〟機、〝ミニオン〟機、〝フロド〟機――はみな、カメルーンの海岸線から一〇〇マイルほど離れたところで空軍のKC-135ストラトタンカー空中給油機と合流し、そのあと海軍パイロットが〝任務地《イン・カントリー》〟と呼ぶ場所へ向かう予定だった。ジョリヴェット機の前脚に取り付けられたバーはすでに、カタパルト・トラックにそって機を引っぱるシャトルに固定されていた。ジョリヴェットは発艦の準備が完全にできていた。イギリスのマーチンベーカー・エアクラフトは、同社製造の座席による緊急射出で命拾いしたエリート戦闘機乗りたちを射出《イジェクション》タイ・クラブ会員とし、彼らに記念となるネクタイを進呈する。それはステキなネクタイだが、ジョリヴェットにとっては欲しくてたまらないものではない。それでも彼は射出座席が作動可能状態になっていることを確かめた。

ジョリヴェットは左へ目をやってカタパルト・オフィサーをチラッと見やってから、操縦装置と計器類の最終点検をおこない、飛行を制御するコンピューター・システムや、フラップなど機体のさまざまなものを動かす油圧装置が正常に作動することを確認した。すべて異常がないことがわかると、ジョリヴェット中尉はカタパルト・オフィサーに敬礼した。カタパルト・オフィサーは敬礼を返し、左右を見やって発艦に支障のあるものが何もないか最終チェックをしてから、片膝《かたひざ》を落とし、カタパルトの進行方向を指さした。

ジョリヴェットは左手でスロットル・レバーをにぎったまま、右手を上げてキャノピーの右上方にある金属バーをつかんだ。六秒後、ふかされたエンジンに蒸気で動きだしたカタパルトの力が加わって、戦闘機はほぼ二秒のあいだにゼロから一五〇ノット（時速約二七八キロ）にまで一気に加速し、CVN77の艦首から海の上へと射出された。F／A18Cが甲板を離れた瞬間、搭載されたコンピューターが機を飛ばしはじめたが、そのとき尾部がほんのすこしだけ下がった。突然、加速不足となったのだ。ジョリヴェットはそれを感じた瞬間、右手をキャノピーのバーから操縦桿《そうじゅうかん》に移し、同時に左手でスロットル・レバーを前方へ押しやった。

飛行甲板要員は二分に一機、発艦させることができる。このあと〝ミニオン〟機と〝フロド〟機も次々に発艦することになっていた。四機からなる出撃チームは、空中給油の時間を入れても、九〇分もしないうちにカメルーン領空で作戦行動を開始できるはずだった。

32

　ジャック・ライアン大統領はこれから起ころうとしていることを知っていたが、それが相手にわからないように感情を押し殺して、宥《なだ》めるような口調を崩さなかった。

「アメリカ合衆国が戦闘するさいに問題となるのは、だいたいいつも、われわれがROEと呼んでいるものです。その用語、ご存じですか、フランソワ？」

「知っていますとも、大統領」カメルーンのフランソワ・ンジャヤ大統領は答えた。「交戦規則《ルール・オブ・エンゲイジメント》」

「そのとおりです」ライアンは言った。「わが国の戦闘員はその気なら、それこそ指一本動かすだけで途轍《とてつ》もない破壊力を放つことができるのですが、戦闘にはルールがあって、それが足かせになるのです。われわれは〝世界の警察官〟として弱い者を護《まも》ることを熱望し、民間人を傷つけないよう最大の努力をはらい、慎重な対応をとろうとします。例えて言うなら、わが国の陸海空および海兵隊の兵士たちは片手を背中に縛りつけられて戦地へ赴くようなものです。それで、顧問、訓練教官、その他もろもろになって活動することもあるわけです――そうした者たちもしっかり訓練された兵士ですので、実際の戦闘でもアメリカの敵に最大のダメージを与えられます」

「大統領、わたしは確信をもって言えますが――」

「わたしの話を最後まで聞いてください」ライアンはンジャヤの言葉をさえぎった。「アメリカ合衆国は正々堂々と戦います。ご存じのように、卑怯《ひきょう》な戦いかたはしません」声が不穏な響きをおび、断固として揺るがなくなった。許可を得ることなく車を使った息子ジャック・ジュニアをたしなめたときの声。これまで何人かいた長女サリーのボーイフレンドのそれぞれに初めて会ったときも、こんな声を出した。妻のキャシーに言わせると、石をガラガラいわせているような声。「しかし、よく聞いてください、フランソワ、アメリカとの戦争はつねに一方的なものになります。明確な目的をもって戦闘にのぞむわが国の兵士たちは、男も女も、怯《ひる》まず、ためらわず、決して負けません。わたしの言っていること、わかりますか、フランソワ?」

「そりゃ、わかりますが、あなたに理解してもらいたいのは――」

「あなたに忠実な男たちがアメリカ大使館に発砲したのです」ライアンはつづけた。「彼らは罪のないアメリカ人を人質にとりました。あなたがその茶番に加担していないことは、わたしにもはっきりわかっています。ですから、わたしはあなたに手を貸し、貴国に平和を取り戻すお手伝いをしようというのです。正確な兵員数はいずれおわかりになると思いますが、昨夜、アメリカ合衆国海兵隊がニジェールに到着しました。ほぼ同じころ、追加の中隊がチャドにも到着しています。そして、アメリカ合衆国特殊部隊も、人員数は秘密ですが、昨夜、現地入りを果たしました。さらに、一一機ものMQ‐9リーパー無人航空機が、それぞれヘルファイア・ミサイルを抱えて、貴国の領空のかなり高いところをうろついています。しかし、暴君に対処する最良の方法は、彼らの財布を使えなくすることだと、わたしは思います。そこで、一〇時間前、わたしは大統領令を発し、われわれが外国資産管理局と呼んでいる機関に命じて――」

「大統領、お願いですから――」

「ご存じのように、世界中でおこなわれる金融取引で、何らかの形でアメリカの銀行が係わらないものはほとんどありません。外国資産管理局はすでにかなりの数の銀行口座を凍結しましたが、あなたの将軍たちが偽名をいろいろ利用しているということもあり、すべての関連口座をきちんと使用できなくするにはいくらか時間がかかります。これまでに凍結した口座に入っていた金《マネー》の総額は……ええと、正確な数字は……一億九三八万一九五三ドル一七セントにのぼります」

ライアンは椅子《いす》の背にグッと身をあずけ、相手の男に計算する時間を与えた。ンジャヤも暴君の例に洩《も》れず、自分が国庫からどれだけ金をくすねたか、しっかり把握しているはずだった。

「大統領」ンジャヤは怒りをあらわにした。「あなたの交渉術は野蛮で――」

「われわれはテロリストとは交渉しません」ライアンは事もなげに冷静に返した。「あなたはご自分で言ったじゃないですか、フランソワ、問題の男たちは大統領であるあなたの許可を得ずに勝手に――法を犯して――行動したのだと。もし連絡する手立てがあるなら、彼らにこう言ってください。ただちに身を引け、と。アメリカに支援を要請した、と」

「しかし、わたしはそんな要請、していない――」

「まさか？」ライアンはきっぱりとはねつけた。「確かにあなたはそうしたのです。ともかく賽《さい》は投げられました。あなたは配下の男たちに伝えなければなりません」ライアンの声がさらに暗く尖《とが》った。「さもないと、大統領、彼らは確実にアメリカ合衆国の怒りに燃えた無制限の報復にさらされることになります。それは侵略ではありません。懲罰なのです。わかりましたか？」

「ジャック――」ンジャヤはいまや懇願していた。いまにも泣き出しそうな声だった。

制服姿の空軍の補佐官が統合参謀本部議長に何かをささやき、議長はそれをボブ・バージェス国防長官に伝えた。バージェスはライアンにうなずいて見せた。何らかのことが準備完了となったことを伝えるうなずきだった。さらに、国防長官は両手を上げ、広げた指を閉じて開くという動作を二度やって見せた。

「フランソワ」ライアンは言った。「もし連絡方法があるのなら、二〇秒以内に配下の男たちに接触し、伝えるべきことを伝えたほうがいいと助言いたします――」

二人の男たちのだれもエイディン・カーに身分を明かしはしなかったが、ふつうは手錠を携行しない者たちなのではないかとカーは思った。みな全身から特殊部隊という雰囲気を発散させていた。ただ、いまのカー外交保安局駐在官にとっては、どういう者たちであろうと問題なかった。アメリカ人なのだし、事が起こって数時間のうちにボスが送りこんでくれた援軍なのだ。

Dボーイズ（デルタフォース）にちがいない、とカーは考えはじめていた。全員が私服で、カーキ色の5.11タクティカルパンツかブルージーンズ、筋肉の動きをスムーズにするマッスルマッピングのポロシャツや、ゆったりした綿のスポーツシャツ、という服装だった。彼らは一時間もしないうちにカメラを四つ設置した。三つは倉庫の外壁の金属板にあいた小さな裂け目や穴から、もうひとつは裏の割れた窓ガラスから、内部をのぞくためのものだった。そして、そのうちの二つがミセス・ポーターをはっきり捉《とら》えることができた。彼女は反抗的な姿勢をとって座っていたが、まだ頭に袋をかぶせられ、手錠をはめられていた。

ミセス・ポーターが拉致《らち》されるのを目撃したときにカッと燃え上がったエイディン・カーの激烈な怒りは、この数時間のあいだに弱火でぐつぐつ煮えるような憤《いきどお》りへと変化していたが、ミセス・ポーターの姿とトイレ代わりに使わせられている五ガロン・バケツを見たとたん、怒りがふたたび爆発した。兵士たちはレイプする気はまったくなく、彼女にふれもしない。やつらは怠惰で、ミセス・ポーターをトイレに連れていくのが面倒なだけのようだった。それでも、窮地におちいっている彼女を何かにつけてからかった。まるで、理由なくだれかを蹴《け》って憂《う》さを晴らそうとする不良中学生のようだった。

顎鬚《あごひげ》をたくわえたDボーイズは超然としてやるべきことを完璧《かんぺき》にこなしていったが、彼らの目がときどきギラッと光ることがあるのをカーは見逃さなかった。やはり自分と同じように怒り狂っているのだ、とカーは思った——要するに、やつらの首を引きちぎってやりたい、ということだ。

新しくやって来た者たちの大半は、H&K・MP5サブマシンガンを携行していたが、ライカの光学照準器《オプティカル・サイト》が付いたレミントンM700ボルトアクション狙撃銃《そげきじゅう》をとりだした者も二人いた。弾の装塡《そうてん》や排莢《はいきょう》をおこなう部分が短いショートアクションなので、使用弾薬は.308ウィンチェスターなのだろう。カーは男たちが携帯する拳銃《けんじゅう》にもチラチラ視線を投げた。45口径のコルトM1911から、カーが携帯するものと同様のグロックまで、彼らはさまざまな拳銃を身につけていた。

チーム・リーダーと思われる顎鬚をたっぷり生やした灰色熊《グリズリー》のような大男――〝砂肝《ギザード》〟としか名乗らない――は、ポロシャツの上にはおった弾薬用ロードベアリングベストのポーチに閃光手榴弾《フラッシュバン》を二個入れていた。彼はウインクしてカーにMP5を手渡した。「〝戦力多重増強要員《フォース・マルティプライアー》〟となって力を貸してくれる者ならだれであろうと、おれは信じることにしている。それに、あんたのボスが、あんたは戦闘能力が高くて役立つと言った」

バーリンゲーム大使は自分には銃が渡されないとわかると、かなり機嫌が悪くなったが、すぐに気をとりなおした。チーム・リーダーのギザードはバーリンゲームとカーに「すこし休んでください、お二人にはそれがどうしても必要なんでね」と言い、「自分らはしっかり腰を据えて待つようにと命じられている」とも言った。

眠っていたカーが、手袋をはめたギザードの手に肩を揺すられ、目を瞬《しばた》かせながらあけたのは、本人には数秒後のように思えた。

「動く」ギザードは言った。「合図を待って」

「合図って、どんな?」バーリンゲーム大使は訊《き》いた。

ギザードの説明を聞くと、カーもバーリンゲームも笑みを抑えることができなかった。

カーは錆《さ》びたセミトレーラーのうしろへまわり、一二人のDボーイズのうちギザード以下八人が四人ずつ二組に分かれて倉庫のドアの両側に展開した。残りの四人は、万が一外側から敵が近づいてきた場合に備えて、警備・監視に適した主要地点についた。ミセス・ポーターを拉致した兵士たちは、自国内で安全と思っているようで、外をチェックするということを一度もしなかった。

Dボーイズが位置についた三分後、倉庫のドアがすこしだけひらき、ひとりの兵士——見たところいちばん若い——が顔を突き出した。通路の短い延長部分の反対側に立っていたギザードまでわずか二フィートしか離れていない。兵士があと一インチでもよけいに顔を出せば、ギザードは手を伸ばして、そいつにふれることができる。

だが、兵士はそうせず、ぞんざいに外を一瞥《いちべつ》しただけだった。まるで、待っていただれかが来たのではと思って外をチラッと見やっただけ、という感じだった。すぐそばにいるアメリカ人たちにはまったく気づかず、外の空気を鼻からスーッと吸いこんでから、顔をひょいと引っこめてしまった。

その三〇秒後、突然、凄《すさ》まじい轟音《ごうおん》が響きわたり、空気がふるえた。地面も、樹木も、倉庫そのものも、揺れ動いた。四機のF／A18Cホーネット戦闘攻撃機が、フィンガー・フォー編隊を組んで上空を切り裂き、ターキーフェザー排気ノズルをひらいたまま通過したのだ。しかも、高度わずか五〇〇フィート（約一五二メートル）、時速六九〇マイル（約一一一〇キロ）で。「ほぼ音速だが、それに達しない速度」にしたのには訳があった。これほどの低空で音の壁を破ると、衝撃波で窓ガラスを粉々にすることができるが、生じる大音響《ソニックブーム》は一瞬で消えてしまう。パイロットたちは凄まじいエンジン音をできるだけ長く轟《とどろ》かせたかったのだ。カーは戦闘機が飛んでくるのを知っていたのだが、それでもギョッとした。四機のジェット戦闘機が、手を伸ばせば触れられるのではないかと思えるほど低空を爆音を響かせてすっ飛んでいくのを目で見、耳で聞けば、だれだって〝衝撃と畏怖《いふ》〟に打ちのめされる。

この恐ろしい轟音に、何事かと三人の兵士が外に飛び出してきた。なかに残ったのは禿《は》げのある男だけだった。

ギザードは先頭のカメルーン軍兵士の後頭部にパンチを食らわせ、肩をつかんで闘牛士のマントのように男を振り倒した。つづいて一列になって出てきた二人も、同様に地面に倒され、うつ伏せにされて結束バンドで両手を縛られた。一瞬の出来事で、彼らは叫ぶ間もなかった。

ギザードはナイフのようにした手をセミトレーラーのほうに向け、そのうしろにいたカーとバーリンゲームに仕種《しぐさ》だけで前進するよううながした。カーが先に立ち、大使がそのうしろについて、何もない三〇フィートほどの空間を横切って倉庫の角までやって来た。

ギザードは前腕に固定した小型タブレットをかかげ、画面に映る倉庫内部の映像を二人に見せた。

禿げのある兵士は銃を壁に立てかけたままにして、ミセス・ポーターのすぐ前を行ったり来たりしていた。三人のDボーイズが難なくドアを破って突進し、いとも簡単に不運な兵士を倒して地面が剝《む》き出しになった床に押しつけてしまった。

突入したDボーイズのひとりが「アメリカ陸軍です！　救出に参りました、ミセス・ポーター！」と叫ぶのがカーにも聞こえた。

ギザードがカーにうなずいて見せた。「彼女が知っている人が頭の袋をとってあげたほうがトラウマは小さくてすみます」

カーとバーリンゲーム大使もなかに飛びこんだ。

「サラ！」バーリンゲームは言った。「わたしだ！　チャンスだ！」

「大使」サラ・ポーターは袋をかぶったまま応《こた》えた。ついに彼女は胸を波打たせ、すすり泣きはじめた。

バーリンゲームはやさしく袋を上げて取り去った。

ミセス・ポーターの左目の下に醜い黒あざができているのを見て、カーは顎をふるわせた。

外交保安局駐在官はクルリと体を回転させると、倒れている兵士の脇腹《わきばら》を強く蹴り、男を仰向かせた。「このクソ野郎！」カーは叫び、男に馬乗りになり、拳《こぶし》でつづけざまに何発も顔面をなぐった。Dボーイズのひとりが止めに入ってくれると期待していたのだが、だれもそうしてくれなかった。しかたなく、疲れるまでなぐりつづけた。体の調子はいいほうなので、かなりなぐったことになる。

「あんた、やってはいけないことをした」カーがついに手を止めると、禿げのある兵士は泣き声で言った。「逮捕される」

カーはもう一発、男をなぐりつけた。「いや、そんなことはない」彼は言った。「おれには外交特権があるんだよ」

　ショーン・ジョリヴェットは以前耳にした、ロッキード・マーティン先進開発計画《スカンクワークス》のSR-71超音速・高高度戦略偵察機ブラックバード担当エンジニアの言葉を思い出した。それは「いいかげんな旋回をすると、たとえばアトランタではじめてチャタヌーガでやっと完了ということになる」というものだ。最大速度マッハ一・八のF/A18Cホーネットは超高速のブラックバードの半分ほどのスピードしか出せないが、それでも旋回にはかなりの技巧が必要になる。倉庫の位置座標を通過するやいなや、ジョリヴェットはスピードをすこしずつ落とし、最適旋回速度の三三〇ノット（時速約六一一キロ）にした。そして、一八〇度水平旋回を開始した。たちまちG（加速度の単位で表される遠心力）が七・五近くまで強まり、ジョリヴェットは脳への血流が止まらないように、ヒック・ヒックという声を発して腿《もも》と腹の筋肉を緊張させた——いわゆる〝ヒック行動〟をとった。かなりの旋回半径を要し、眼下の風景が凄まじい勢いで変化していく。Gがあとすこしでも強まれば、機体が損傷する恐れがあり、そうなった場合はメンテナンスの連中を怒らせることになる。

　旋回を終えると、戦闘攻撃機は速度を上げ、ふたたび倉庫の上空を通過した。四人のパイロットは地上で何が起こっているのかまったく知らずに、再度、水平旋回をおこなった。そして、機首を大統領公邸のほうへ向けた。今度は、さらに高度を下げ、大統領公邸上空で同じことを繰り返すのだ。

ンジャヤ大統領は激怒した。「わが国を攻撃しようというのか！」

まるで魔法を使ったかのように、ライアンは穏やかな外交的口調に切り替えた。

「いったい何のことですか、フランソワ？ うちの者たちはあなたが支配力を取り戻せるように支援するだけです。人質が危害を加えられることなく解放されれば、われわれは身を引きます。すべて水に流しますが、しっかり警告しておきます、今回のことは決して忘れないと」

「で、金《マネー》は？」ンジャヤは問うた。

「ああ、すべて元どおりになります」ライアンは答えた。「人質にされたアメリカ人が全員解放され、あなたの軍部隊が大使館周辺から撤退すれば、即座に口座は凍結を解かれます。犯罪をおかした者たちの処罰については、あなたがいいと思うようにおやりになればいい」

ンジャヤはゴクリと唾《つば》を飲みこんだ。「大使館を取り囲んでいる者たちがただちに確実に去るようにします」

「わたしがお願いするのはそれだけです」ライアンは言った。

「しかし、ムビダはどうなるんです?」

「ムビダ将軍の安全な出国を保証していただきたい」

ずいぶん長いあいだ言葉が返ってこなかった。上空を通過するジェット戦闘機の爆音がはっきりと聞こえ、ライアンも同席の者たちも、にやりとせずにはいられなかった。

「わ、わかった」ンジャヤは口ごもった。「しかし、大統領、わたしは今回のことで政治的な打撃を受けます。お願いですから、アメリカ軍をわが国に送りこまないでいただきたい。送りこまれたら、わたしが弱く見えてしまいます」

ライアンの声がふたたび暗く尖った。彼はゆっくり、はっきりと話した。「あなたは状況を正しく把握していません、フランソワ。わたしはひとりも送りこみません。彼らはすでにそこにいるのです。上空に、さまざまな仕事場に、幹線道路に、あらゆる建物や樹木の陰に、すでにいるのです。彼らはあなたの緊急介入大隊と緊密に連携し、この何年間か、ともに協力してボコ・ハラムと戦ってきたのです」

またしても沈黙。

バージェス国防長官がライアンに親指を立てて見せた。ミセス・ポーターが無事救出されたことを知らせる合図。

「よしと」ライアンは言った。「では、さらに何かお手伝いできることがあったら、知らせてください」

ライアンはンジャヤが応える前に電話を切ってしまった。

ライアンは疲れ切っていたが、しばらくシチュエーション・ルーム（国家安全保障・危機管理室）で待っていた。カメルーン軍部隊が大使館周辺から去りはじめたという連絡を聞くと、ようやく腰を上げ、その場にいた者たちに「おやすみ」と言って部屋から出ていった。こんな状態では朝になって目覚まし時計にむりやり眠りから引きずり出されることになる、と自分でもわかっていた。明朝、仕事に入る前に目を通しておきたい書類をとりにオーヴァル・オフィス（大統領執務室）にちょっと寄った。執務机のうしろに立ち、伸びをした。なにしろ世界中で起こることに対処しなければならないので、夜中に起こされることが頻繁にあり、ライアンの体内時計はたえずリセットされる。ただ、いままでは、迷惑をこうむる人の数ができるだけ少なくなるように、無駄に急ぎすぎないように注意していた。

ジャック・ジュニアくらいの年のシークレット・サーヴィス夜勤監督官のダレン・ファンが、オーヴァル・オフィスのドアの外に立っていた。大統領をレジデンス（居住区）まで警護していくために待っているのだ。ライアンは彼に手を振って部屋のなかに入るようなうながした。

「はい、何でしょうか、大統領？」

「やあ、ダレン」ライアンは言った。「いまも土曜日にはピッチャーをしているのかね？」

ライアンは自分の警護官たちのことをすこしだけ知るのが好きだった。ダレン・ファンは居住するヴァージニア州グレートフォールズのアダルトリーグ野球チームのキャプテンで、ピッチャーをしているのだ。そして、ファンが知らなくてもいいことだったが、同チームにはＣＩＡ工作担当官《ケース・オフィサー》が二人いて、そのうちのひとりはたまたまメアリ・パット・フォーリ国家情報長官の甥《おい》だった。ワシントンＤＣはそういうところなのである。そこに生息する人々は、自分がスパイか、知人がスパイであるか、そのどちらかなのである。ただ、知人がスパイである場合、それを知らないということもある。

警護官は大統領に微笑《ほほえ》みかけた。「はい、そうなんです、大統領。今シーズン、わがチームは出だし好調です」

「それはよかった」ライアンは返した。「書類をいくつか集め、トイレへ行ったら、レジデンスへ戻る。ひとつ頼みがある――明朝いちばんで話すことがあるとモンゴメリー警護課長に伝えてくれないか？」

「わかりました、大統領」ファンはそう答えると、部屋の外に出てドアを閉め、近づいてくるどんな脅威にも対処しようと豹《ひょう》さながらに鋭い視線をあたりに投げはじめた。

警護官はライアンに知られることなく、袖《そで》のなかに通した電線のはしに付いているボタンを押し、襟に留めたマイクに語りかけ、〝クラウン〟（シークレット・サーヴィス・ホワイトハウス指令センターのコードネーム）を呼び出した。そして、〝剣士《ソードマン》〟（ライアンのシークレット・サーヴィス・コードネーム）がＳＡＩＣ（大統領警護課長）との話し合いを望んでいることを制服部隊のデスクに伝えた。

ライアンが尿意をもよおしたのは、最後に飲んだコーヒー二杯のせいだった。トイレへ行き、水を流したところで、私用の携帯電話が鳴った。

ちょうど手を洗っていたところで、すぐには出られなかった。

「はい、ジャック・ライアンです」携帯を耳と肩のあいだに挟み、手を乾かしはじめた。

「こんばんは、大統領」

くそっ、ゲアリー・モンゴメリーを起こしてしまった。そうする必要はなかったのに。

「すまん、ゲアリー、わたしのせいだ。明日いちばんで、と言ったのだが」

「ご心配にはおよびません」大統領警護課長はあくびを噛《か》み殺しながら返した。「すぐそちらへ参ります」

「いや、いや」ライアンは言った。「いいんだよ。明日話せばいいことだから」

しばし沈黙があった。「おっしゃるとおりにいたしますが、大統領、率直に申し上げて、重要なことであれば、むしろいますぐ、お話をうかがっておきたいと思います」

ライアンはあらためて考え、うなずいた。なるほど、モンゴメリーの意見にも一理ある。

「実はきみにやってもらいたい特別なことがある。慎重を要することで、しくじったら仕事を失いかねない。うまくやらないと、きみもわたしも面目を失って大変なことになる、と最初から言っておかなければならない」

「そう言われると、大統領」モンゴメリーは応えた。「俄然《がぜん》やる気が出てきます」

「よし」ライアンは言った。「では、いま考えていることを五分でざっと説明する。細かいことは……明日いちばんで直接会って話し合おう」

33

エリク・ドヴジェンコはドバイ国際空港で必要なものをいくつか買った。アリアナ・アフガン航空のカブール行きの乗り継ぎ便に乗るには、すこしくたびれた感じのターミナル2へ行かなければならなかったが、買物はその前にすませた。一時間ちょっとあり、解熱・鎮痛薬《イブプロフェン》、下痢止め《イモジウム》、ヴィックスのど飴《あめ》を買うことができた。軍の兵《へい》站《たん》部門は、アメリカ人が「弾丸《ブレット》、豆《ビーンズ》、バンドエイド」と呼ぶものを兵士が確実に得られるようにする。悪名高い禁欲主義のロシア軍さえ例外ではない。だが、情報機関員は——逃亡中はとりわけ——そうしたものを自分で手に入れなければならない。貧弱な救急用品のほかにドヴジェンコは、ステンレス製の一リットル水筒二個、見つけるのにえらく苦労した青いロゴなし野球帽、それに薄っぺらな土色のダッフルバッグを買った。バッグはミリタリー・グレードだったが、ストラップやポケットがやたらについていて、そうした不要なものはセキュリティの厳しい空港の外に出てナイフを入手できたらすぐに切り取ろうと思った。空腹感はなおもなかったが、そのうちエネルギーが必要になるとわかっていたので、スニッカーズも二本買った。

水筒を二本とも冷水器の水で満たし、ぎりぎり間に合うように乗り継ぎ便のゲートに達した。手首にはめた安物のミリタリー風腕時計ボストーク・アンフィビアは、映画でスパイが身につける高級ダイバーズウォッチとはちがい、質入れして窮地を脱する資金にするということはできないが、戦車のように堅牢《けんろう》で、まあまあ正確でもあった。そして、ほかの所持品といえば、外交官用パスポート、サングラス、ボールペン二本、マリアムの手帳のみ。

アメリカのドルが世界中どこへ行っても役立ち、ロシアのルーブルはそうではないという現実には、ドヴジェンコはいつも苛《いら》立《だ》ちを覚えていたが、必要に迫られれば致し方なく、習慣的に二〇〇〇ドルを分けてベルトと革のジャケットの裏地に縫いこんで持ち歩いていた。カブールに着いたら、その一部をアフガニスタンの現地通貨に両替するつもりだった。むろん、ぜんぶを変えるつもりはない。アメリカの二〇ドル紙幣のほうがずっと物を言うことがあるからだ。

機内に乗りこむと、ブルーのヒジャーブ（ヘッドスカーフ）をつけて黒い前髪を垂らした若い女性が挨拶《あいさつ》をしてくれた。ドヴジェンコはダッフルバッグを頭上の荷物棚に詰めこむと、マリアムの手帳を身につけたまま、嘘《うそ》みたいに狭い座席に自分の体を押しこんだ。幸運なことに、座席は三分の一しか埋まっていなかったので、だれもが三席を独占できた。調理室のオーブンで温められている脂《あぶら》っこい子羊肉の匂《にお》いがただよってきて、ドヴジェンコは早くも下痢止めを何錠か飲みたくなった。座席にできるだけうまく収まり、サングラスをかけ、野球帽のつばをグッと引き下げた。凄《すさ》まじい疲労感に押しつぶされ、着陸装置が格納される前に眠りに吸いこまれてしまった。マリアムの夢を見た。幽霊みたいに青ざめた顔。死してなお片方の目をあけている。まるで、こちらがなんとか安全なところまでたどり着いたことを知り、安心したかのよう。

34

アフガニスタンのカブール国際空港の入国審査官はずんぐりした背の低い小太りの男で、顎鬚《あごひげ》を生やすことにそれほどこだわっていないようだった。彼はドヴジェンコの外交官用パスポートを疑わしげに見つめてから、主任に任せることにした。その主任は最初の入国審査官と同じくらいロシア人が好きではないようだったが、結局は手を振って入国を認めてくれた。空港は小さく、乗り継ぎの待ち合わせ時間は短かった。それでもその間にドヴジェンコの衣服は土埃《つちぼこり》の臭《にお》いとごみを焼く悪臭をたっぷり吸収した。そしてこの先も、そうした臭いはアフガニスタンのどこへ行ってもつきまとうことになる。ドヴジェンコは二〇〇アメリカドルだけ両替し、一万五〇〇〇アフガニ——平均的なアフガニスタン男性の一月《ひとつき》の稼ぎの三分の一ほど——に近い現地通貨を手にした。三〇分後にはふたたび機上の人となり、新しいダッフルバッグと同じ色をした山々を飛び越えようとしていた。

アリアナ・アフガン航空のヘラート行きの便には客室乗務員がひとり搭乗していた。

ドバイからの便に乗っていた若い女性とはちがい、その客室乗務員は前髪をきちんとブルーのヒジャーブのなかに押しこんでいた。

苦悩し疲労していると、カロリーをとてつもなく消費せざるをえない。ヘラートの空港に降り立ったとき、ドヴジェンコは足がふらつくのを感じた。アフガニスタンのパイロットたちは撃墜されないように螺旋《らせん》状に急降下することに慣れていて、今回もそのような降下のしかたをした。現在、ヘラート州のあたりにはほんのわずかな危険しか存在しないが、着陸時には相変わらず耳がキーンとなり、手に汗にぎってしまう。

香辛料の効いた子羊肉を温かいナンでくるんだものをターミナルの外の屋台で売っていて、思わず唾《つば》が出てきたが、ドヴジェンコは代わりにスニッカーズを食べることにした。下痢止めを飲むにはまだちょっとばかり早すぎる。スナックバーの糖分がすぐさま細胞へ到達したようで、なんとかまっすぐ歩けるようになった。多幸感に包まれはしなかったものの、いまにも卒倒するかのような歩きかたをしないですんだ。さらに、新たに得たエネルギーを使ってターミナルの外を見まわし、危険がないか確認した。

ドヴジェンコはいくつもの危険な場所でそれなりの時間を過ごしてきたので、ここでも脅威はあらゆる方向からやって来るということを知っていた。なにしろアフガニスタン人はかつてロシアの敵だった人々であり、友人のように振る舞っていても、不意に侮辱の言葉が頭に浮かび上がってくることがあって、そうなればもう昔のように敵対的になってしまう。いまや、生き延びるためには頭をはっきりさせておくことが絶対に必要だった。もはや悲しみに暮れている余裕もない。

母親によく聞かされたトルストイの童話がある。近くの他人《ひと》の畑にきゅうりを盗みに行った農夫の話だ。この泥棒さん、盗んだきゅうりの種を植えて金持ちになるという考えに夢中になるあまり、自分が育てた作物を逆に盗まれようとしているという白昼夢を見はじめる。そして、うっかり夢のなかの見張りに「しっかり泥棒の見張りをしろ!」と叫んでしまい、結局、その声で現実の見張りに気づかれてしまい、やっつけられる。それは母親のお気に入りの話だった。彼女は、息子が空想にふけっていると思うたびに、この話を聞かせた。スパイには白昼夢を見ている余裕などない、というのが彼女の口癖だった。

アフガニスタンでは、たしかに母の言うとおりだった。

ヘラートはこの国のなかでは比較的安全な都市なのだが、それはつまり「自爆犯の爆弾で体を引き裂かれることはないが、不発のクラスター爆弾の爆発で粉々に吹き飛ばされたり、ふつうの犯罪者に殺されたりすることはありうる」ということにすぎない。それに自爆犯が絶対にいないとも言えない。いる危険性はたえずある。でも、ともかく、通常タリバンは活動範囲をアフガニスタンの他の地域に限っている。たとえばそれは南部、シンダンドよりも南の低木におおわれた涸《ワジ》れ川のなかだったり、阿片《あへん》をイランへ密輸する拠点となる西部だったりする。少なくとも、ドヴジェンコがタリバンにロシア製のカラシニコフ自動小銃やF1手榴弾を供給する任務についていたときは、彼らはそういうところにいた。

ドヴジェンコが乗ったタクシーの運転手は、三〇代前半の男で、がっしりしていたが太っていた。たぶん以前は筋骨たくましい壮健な男だったのだろう。彼は政治の話をした。半世紀ものあいだ占領と戦争に苦しめられてきたアフガニスタンの人々の政治についての話しかたは独特だが、彼もまたそういう話しかたをした。空港からヘラート市街までのタクシー代は八アメリカドルほどのようだったので、ドヴジェンコは二〇ドル出すからジェブラエルまで行ってくれないかと運転手に頼んだ。ジェブラエルは、ヘラート市街を通過してサフランとピスタチオの畑をさらに五キロ東へ進んだところにある土埃まみれの町だ。タクシーは幹線道路には入らずに田舎道を走りつづけた。かつて所属していたアフガニスタン陸軍部隊の本部が幹線道路沿いにあり、その前を通りたくないのだ、と運転手は告白した。ドヴジェンコはどうしてそんなに嫌うのかと尋ねはしなかったが、運転手が第四機甲旅団という部隊名を口にしたとき床に唾を吐いたのを見て、これはそうとうな憎しみを抱いているなと思った。

運転手は国連薬物犯罪事務所（ＵＮＯＤＣ）がある場所をよく知っていた。彼はロシア人にも悪感情を抱いていて、それは第四機甲旅団に対する憎しみとほぼ同じくらい強いようだったが、ともかくドヴジェンコを町のはずれにある土埃をかぶった黄色い建物まで連れていってくれた。そこに着いたころには風がたえず吹くようになっていて、ドヴジェンコの肌は砂で打たれ、彼がタクシーから降りてとりだした紙幣が吹き飛ばされそうになった。運転手はその二〇ドルを引ったくるようにしてとると、ひとことも発せずにもと来た道を戻っていった。

建物の前に、アフガニスタンの男性がよく身につけるサルワール・カミーズ――ゆったりしたパジャマのようなズボンと長袖《ながそで》シャツ――を着た十二、三歳の少年と、その妹と思われる少女がいた。建物の壁に寄りかかる二人の頭上に、ＵＮＯＤＣと書かれた木製の看板が吊《つ》り下がっている。少年と少女は風の強い日にやって来た外国人を疑わしげに目を細めて見た。すぐに黒いチャドルに身をつつんだ女性がドアから出てきて、子供たちに何か言った。彼女は頭を下げたまま子供たちを追い立て、ドヴジェンコの横を通りすぎた。少女が通りしなに顔を上げ、緑色の目でドヴジェンコを見て微笑《ほほえ》んだ。

ドヴジェンコはダッフルバッグを肩にかけ、建物のなかに入っていった。入ってすぐのところは、ほんのわずかな家具しかない虚《うつ》ろな感じがする部屋だった。木製の机の中央にマニラ紙のフォルダーがひとつだけ置かれ、そのそばの陶器のコースターにティーカップがひとつ載っていた。なかには紅茶が半分ほど残っている。ついいましがたまでだれかが紅茶を飲んでいたかのよう。机のほかにあった家具は、農業と薬物依存症に関するパンフレットで一杯になった回転ラックだけだった。

風でドアが大きな音を立てて閉まり、ドヴジェンコはギョッとしてダッフルバッグを落とし、反射的にクルッと振り返った。安堵《あんど》の溜息《ためいき》を抑えこめずに洩《も》らし、不意打ちを食らわせた強風に悪態をついた。

と、そのとき、男の声が裏のほうから聞こえてきた。荒々しい喧嘩腰《けんかごし》の声。ドヴジェンコは大声で呼びかけようと口をひらいたが、考えなおし、やめた。さらに複数の声が聞こえてきた。怒りの度合いが強くなっている。次いで、くぐもった女の叫び声。

そして、家具が動くガタガタという音。

ドヴジェンコはいきなり立ち、机の前を通りすぎ、暗い廊下に入った。手が本能的にマカロフを求め、ジャケットのポケットのなかに滑りこんだ。その瞬間、拳銃《けんじゅう》がそこにないことをドヴジェンコは思い出した。角をまわってコンクリートの保管庫へと進むと、女性と思われる者におおいかぶさるようにしている二人の男が見えた。男たちの体で視界がふさがれていたが、ダークブルーのヒジャーブは見えた。男たちのひとりが女性を押しやって金属製の棚にぶつけたが、耳に平手打ちを食らった。女性の首を絞めにかかったもうひとりの男も、股間《こかん》にキックを食らった。

ドヴジェンコは甲高い口笛を響かせるや、跳ねるように二歩前進し、振り向いた近いほうの男の鼻に頭突きをお見舞いした。もうひとりの男——たっぷりの顎鬚をけばけばしい赤色に染めた男——が、猛然となぐりかかってきた。巨大な拳《こぶし》がぶっ飛んできて、ドヴジェンコのこめかみをかすめた。ほんの一インチしかはずれなかった。ドヴジェンコは頭突きを食らわせたばかりの男の膝《ひざ》の側面に、うしろ向きになったままキックを命中させ、すこしばかり時間を稼いだ。そして、その回転の勢いを利用して、赤い顎鬚の男の顔に肘《ひじ》をめりこませた。巨体のアフガン人はたまらず、仰向けに倒れた。ドヴジェンコはすかさず、倒れた男を蹴《け》った。首に一発、側頭部にもう一発。それで〝赤鬚〟は気を失ったが、もうひとりの男はまだ立っていた。そいつは一方の足を引きずり、呼吸をするたびに鼻梁《びりょう》の裂傷から血を霧状に噴き出した。血が流れ出さないように顎を上げている。ドヴジェンコはアフガン人の喉《のど》に強烈なパンチを決めてから、顔を鷲《わし》づかみにしたまま乗りかかるようにして、男をコンクリートの床にたたきつけた。アフガン人の目が回転し、白くなった。鼻からの噴霧状の出血の勢いが弱まり、血がボコボコと泡立ちはじめた。二人とも脳震盪《のうしんとう》を起こしたにちがいない。頭《ず》蓋骨《がいこつ》に罅《ひび》が入った可能性もある。だが、ドヴジェンコにはそんなことはどうでもよかった。憤激おさまらず、男の両耳をつかむと、頭を床に激しく打ちつけた。何度も何度も。こいつらはマリアムを襲った……。

ドヴジェンコは首を振った。いや、ちがう、そうじゃない。イサベルだ。こいつらはイサベルを襲ったのだ。

彼女のようすを調べようと振り向いた瞬間、黒いぼんやりした塊《かたまり》が自分に向かって飛んできた。何か重いものが胸に強くあたり、ドヴジェンコはうしろへよろめいた。次の攻撃をかわそうと両手を前に突き出し、視線を下げた。自分の革のジャケットにまっすぐ突き刺さる短剣が見えた。

イサベルは気がふれたかのように金切り声をあげ、床に倒れこみ、力をこめて両脚を横に振った。ドヴジェンコは足を払われて〝赤鬚〟の横に転がったが、そのときふと、短剣で刺されたのになぜそんなに痛くないのだろうか、と思った。彼は短剣を引き抜きながら体を横に回転させ、頭蓋骨を陥没させようとするかのように激しく蹴りかかってくるイサベルの足を避けようとした。

ドヴジェンコは蹴りかたを熟知している者たちに蹴られた経験があったので、遠ざからずに体を前方に転がし、勢いよく突進してきた足を捕まえた。そして、そのまま転がりつづけ、自分の体重をうまく利用して彼女をうしろへ打ち倒した。イサベルの体はすっ飛び、ドスッという不快な音を立てて床に落ちた。彼女は叫ぼうとしたが、かすれた小さな声しか出せなかった。

イサベルが横隔膜の麻痺《まひ》でしばらく息を吸いこめなくなり、じっとしていることしかできなくなって、ようやくドヴジェンコは彼女をじっくり見ることができた。

ダークブルーのヒジャーブから長い黒髪がこぼれている。漆黒の目が高い頬骨越しにドヴジェンコを凝視していた。ほんのすこし鉤形《かぎがた》になった鼻は、大きすぎはしないが、自分ではそうだと思っている可能性が高い。だが、彼女の容貌《ようぼう》で最も目を惹《ひ》く特徴というと傷跡だった。イサベルがとれそうになっていたヒジャーブを完全にとり去ると、ドヴジェンコは彼女の首のブロンズの肌に引かれた白い筋をたくさん見ることができた。そうした傷跡は醜くはなかった。むしろその逆だ。キューピッドの弓そのままの美しい曲線を描く上唇の上端の右に細い白線が一本入っているため、たえず口をとがらせてすねているように見える。残りの傷跡は、ただでさえ当たりの強い物腰をさらに強めているだけだ。

ドヴジェンコは短剣を思い出し、彼女の手のとどかないところまで蹴りやった。同時に、傷の具合を調べようと手を革のジャケットの内側に入れた。

「これがなかったら、あんたに殺されていた」ドヴジェンコはあえぎながら言い、マリアムの手帳を引っぱり出した。短剣の刃先はいちばん下の肋骨《ろっこつ》を傷つけていたが、手帳のボール紙と革の表紙のおかげで、心臓まで達しはしなかった。出血はたいしたことなかった。少なくとも見たかぎりでは。

「叔母さんが電話してきて、わたしを捜しているロシア人がいるって教えてくれたの」イサベル・カシャニの英語は完璧《かんぺき》だった。ほぼイギリス英語。

「おれはロシア人だと言いはしなかった」ドヴジェンコは返した。「叔母さんは耳がいい」やはり、あのきつい無礼な電話のせいで、期待どおりイサベルは警戒してくれたのだ。おかげでこちらは殺されそうになったが。

「マリアムの手帳で何をしているの？」

ドヴジェンコは目を閉じた。「実は悪いニュースをとどけに来たんだ。マリアムは——」

裏のドアがギーッという音を立ててあき、風がヒューとうなって飛びこんできた。ドヴジェンコは目をひらいた。大きなアフガン人がドア口に立っていた。男が首に巻いたシュマグ（アフガンストール）が風に吹かれてパタパタ動いている。新たな来訪者は床に視線を投げて気を失っている二人のアフガン人を素早く調べてから、イサベルをチラッと見やった。

イサベルは片手を上げた。「わたしは大丈夫よ、ハミド」

男はドヴジェンコをにらみはじめた。

アフガン人の髪は頭皮の近くまで短く刈りこまれていたが、黒い顎鬚は長く、巨大な三日月刀《シミタール》の先端のように整えられていた。何世代にもわたる戦争に苦しんできた国では珍しいことに、笑い皺《じわ》が頬や目の周辺にある。幅の広い革のベルトには拳銃と長い短剣が差しこまれている。男はカラシニコフ自動小銃を三点スリングで肩から吊し、銃口をまっすぐドヴジェンコの胸に向けていた。コッキングハンドルはすでに引かれていて、もういつでも発砲できる。男が自動小銃を携行していること自体は驚きでも何でもなかったが、銃器を首から下げるのに古い絨毯地《じゅうたんじ》のひもやロープを使う者が多い国で、まあまあ洗練された軍用スリングを用いているという点にはドヴジェンコも注目せざるをえなかった。こいつは銃器の扱いかたを知っているのではないか、と思ったのだ。軍隊に所属したことがあるにちがいない。アフガニスタンの戦闘可能な男はほぼすべて、どちら側についたにせよ、この四〇年間に起こった何かしらの戦いに参加した経験があるのだから、そう考えてもとんでもない論理の飛躍とは言えない。

ハミドは長い顎鬚の先を整えるようになでた。「発電機はなおった。こいつら、おれを外に出すためにわざと壊したにちがいない」彼はイサベルに手を振って、横についているようううながした。ハミドは明らかにイサベルの雇い人だが、彼女の警護も担当しているのだろう。

ハミドは保管庫のなかを吹きまわっている風と土埃にやられないように目を細くしてドヴジェンコの顔を見つめた。「あんたは何をしに来たんだ?」ダリー語――アフガニスタンで使われているペルシャ語――で言った。

ドヴジェンコは立ち上がり、目を細めたまま見つめ返したが、答えなかった。

「目的は何だ?」ハミドはふたたび訊《き》いた。今度は英語で。

「ミズ・カシャニに会いにきた」

ハミドは首をかしげた。「あんた、ロシア野郎だろ?」

「そうだ」ドヴジェンコも英語で答えた。そして両手を上げた。

「じゃあ、もう帰れ」

ドヴジェンコは深呼吸をひとつした。「それはできない」

背後で吼《ほ》えながら舞い狂っている砂と土埃のせいで、アフガン人が異世界の存在のように見えた。

イサベルが口をひらいた。「この人はわたしの友だちの手帳を持っているの」漆黒の目を細くしてドヴジェンコをにらみつけた。「どうやってそれを手に入れたの？」

ドヴジェンコはマリアムが殺された経緯を語って聞かせた。イサベル・カシャニは崩れ落ちてひざまずき、涙を流して泣きはじめた。

35

パルヴィス・ササニ少佐にとって、オフィスのソファーは自宅のベッドよりも快適だった。そしてその最大の理由は、そのソファーにはベッドの半分を分かち合う口やかましい妻がいないからだった。ササニの妻フリヤはやさしいときはまったくなかったが、美しいときはあった。ただ、いまはもう美しくもない。彼女の父親はイスラム革命防衛隊の将軍だった。ということは、ササニは妻をあるていど満足させておかなければならない。だが、将軍でさえ、娘が口やかましい女であることを知っている。だからササニは、ファミリーの名誉を傷つける——ということは将軍の評判をも落とす——ことをしているところを見つからないかぎり、妻にやさしくしすぎる必要はない。要するに、妻と会話をひとことも交わさなくてもよい。もちろん、妻のほうもお返しをする。ササニが最近オフィスのソファーで眠ることが多くなったのは、実はそのためだった。

ササニは病院の死体安置所を訪れたあとドヴジェンコのマンションまで車を飛ばし、

そこで張り込みをしていた部下に話を聞いた。ロシア人はまだ帰宅していなかった。だが、まもなく塒《ねぐら》に帰ってくるはずだった。

ササニは自分のオフィスへ戻り、あのSVR（ロシア対外情報庁）野郎を直接責め立てる場面をいろいろ想像して楽しんだ。ドヴジェンコの顔に浮かぶ恐怖の表情を思い描いてにやにやし、ロシア人が追及されてうっかり有罪を証明する受け答えをしてしまうさまを空想して嬉《うれ》しくなった。ササニはドヴジェンコに見下されていると思っていた。おれがロシア人にはもう使う度胸がない拷問《ごうもん》テクニックを平気で利用するものだから、あいつはおれを獣《けだもの》だと思っているのだ。おれのやりかたへの完全な軽蔑《けいべつ》があいつの目にはっきりあらわれている。

オフィスの外の留置場で朝早くから働く部下たちが立てる音で、ササニは夢のない眠りから引きずり出された。部下たちはササニが不規則な寝起きをすることを知っていて、将軍が訪れることがないかぎり、自然に目を覚ますまで少佐を眠らせておいた。ただ、ソファーでは最長六時間くらいしか睡眠をとれない。ササニは伸びをすると、体を回転させて床に下り、腕立て伏せを三〇回した。最後の八回はいいかげんにやってごまかしたが、オフィスのカーテンが引かれていたので、まったく問題なかった。いいかげんな腕立て伏せでも、まったくやらないよりはいい。

カーテンをひらき、ゆっくりと東を向いてお祈りをした。そうやって善きリーダーに要求される敬虔《けいけん》さをしっかり見せてから、机につき、今日の計画を練りはじめた。マリアム・ファルハドに、ひいてはドヴジェンコに係わる手がかりを見つけることに全時間を費やしたくてしかたなかった。あの女は国家への裏切り行為にすらりとした首までどっぷりと漬かっている――いや、漬かっていた。マリアムの友人、マンションを貸していた友だちを見つけ出さないと。ササニは自分の手帳を見た。イサベル・カシャニ、そう、この女。だが、たったひとつの事案に精力を集中しすぎてはいけないということくらいササニにもわかっていた。

たとえば例のレザ・カゼムの問題がある。やつは蛇のように誘惑の術に長《た》けたペテン師で、邪悪な心で何万という人々を堕落させようとしている。しかし、なぜか、最高指導者《アヤトラ》はまだ、やつを本気で拘束したいとは思っていない。カゼムを餌《えさ》にして、やつの主張に賛同して公然と反逆するやつらを見つけようというのか？　もしそうなら、わからないでもない。だが、そんなまだるっこい方法をとる必要があるのだろうか？　カゼムを捕まえて消してしまうだけでいいのでは？　それで体制に楯突《たてつ》くやつの数はぐんと減るのではないか？　ともかく、対処しなければならない反逆者はたくさんいる。直近の公開絞首刑《こうしゅけい》に顔を見せた〝デモ参加者と判明している者〟たちの数はすでに数百人に達し、監視カメラの記録映像の見なおしによって、その数はさらに増加しようとしていた。だが、まずは、すでにわかった者たち一人ひとりの素性・経歴を徹底的に調べなければならない。部下たちとともに記録映像の見なおしにとりかかるのは、それを終えたあと、たぶん昼食後になる。家族のコネやドウレ――仲間集団――によっては、尋問されて、これからは親体制行動をとるよう厳しく警告されるだけですむ者もいる。一方、ドウレ内に有力な父親も伯父もいない者は、他の者たちへの見せしめに利用される。エヴィーン刑務所の尋問室の天井には現在、だれも吊《つる》されていないアイボルトが少なくとも三つあるのだ。

ササニが机の引出しから小型の髭剃《ひげそ》りセットをとりだした瞬間、電話が鳴った。

少佐は受話器をひったくるようにしてとった。「はい《バレ》」

「少佐」女の声だった。

「ドクター・ヌリ」ササニは応《こた》えた。「もっと早く電話をもらえると思っていた」

「よしてよ！」ヌリは返した。「一二時間はかかるって言ったじゃないの。それよりずっと早かった」

「押した効用があったわけだ」ササニは言った。「頑張ったのは賢明だったぞ」

「そんなんじゃぜんぜんないわよ。まだ予備段階の結果。Eメールで送ってほしい？

それともファックスがいい？」

「Eメールで送ってくれ」ササニは腕時計に目をやった。「わかったことは？」

「あんたの正体不明の容疑者はアゼルバイジャン系――」

「そんな情報は役立たない」ササニはがっかりした。「この都市《まち》の住民の四分の一はアゼルバイジャン系だ」

「話は最後まで聞いて」ドクター・ヌリは言った。「あんたが捜している男は複数の民族の血を引いていると思われる。アゼルバイジャン人とスラブ人の血を引く東ヨーロッパ人」

「ロシア人？」

「DNAを調べてわかるのは民族。国籍ではない」

「しかし、ロシア人である可能性はある？」

「ある、それはね、ええ」ヌリは不満をあらわにした。「だから言ったでしょう。スラブ人だって。その問題の男のDNAサンプルをもらえれば、それを調べて比較することはできる。毛髪とか唾液《だえき》とか、そういうものがあればできるわね」

「ありがとう、ドクター」ササニは差し当たり監察医への憎しみを忘れることにした。

少佐は受話器を架台に戻すと、すぐにまたそれをとり上げ、ドヴジェンコのマンシヨンを見張っている部下に電話した。そして、マンションのなかに侵入し、ドヴジェンコのDNAがついたものを何でもいいから見つけ、それを持って病院の死体安置所へ急行せよ、と命じた。

ササニはにやにやしながら、緑色のファイル・フォルダーを机の中央に引っぱり寄せ、そのラベルにブロック体の大文字でYSABEL KASHANIと書き入れた。イサベル・カシャニのソーシャルメディアのアカウントによると、彼女は現在ロンドンに居住しているという。ササニは現地に駐在する部下のひとりにそれをチェックさせることにした。次いで、彼女の詳細な素性・経歴と即時拘束命令を請求するための適正な書類を完成させた。ロシア大使館のドヴジェンコの上司に電話しようかとも思ったが、結局やめた。SVRに〝素早く当該要員をモスクワに戻して一件落着〟とされるのは絶対に嫌だ。行政処分だけでは甘すぎる。ドヴジェンコはそれよりもずっと厳しい罰を受けるに値する男だ。

しかも、ササニはその罰をどうしても自分で与えたかった。

36

ヴァディク・チェレンコは忘れものをとりに部屋にいったん戻ると言った。そして、一二個の木箱をアントノフAn‐124の機首カーゴドアから、待っていたイリューシンIl‐76へ積み替える作業を監督するように、と部下たちに命じた。オマーンの基地の司令官は古代美術品の密輸にちがいないと思いこんだ。そこで、実際に古代美術品が積み替えられているところを司令官に見せることが重要になった。ミサイルの木箱を見せたら、なかに何が入っているのか簡単にわかってしまうので、それはアントノフに積まれたままにされ、イリューシンでやって来た乗組員たちに輸送機ごと引き渡された。

チェレンコはイリューシンを操縦することもできたのだが、それにもっと慣れている別のパイロットに任せるようにしてもらったほうがありがたい、と上官たちに打ち明けた。ミハイロフ大佐を殺せと命じられた瞬間、今回の作戦は細かな点まできちんと処理されなければならないのだと彼は知った。このおれを始末するよう命じられた者がいるはずだ、とチェレンコは推理した。たぶん、そいつはイリューシンに乗ってやって来たのではないか？　そういうふうに事は進められるのだ。作戦に係わった人々を必要なだけ殺し、捜査する者がいても、作戦のことなど何も知らないひとりの暗殺者にしか到達できない、となるように事は組み立てられるのである。なぜこいつを殺すのかまったくわからない、という者たちしかいなくなったほうが安全なのだ。

だが、チェレンコはその窮地からなんとか逃れるつもりだった。アントノフのエンジン音に耳をかたむけながら、彼は最後の衣類を小さなダッフルバッグに詰めこんだ。アントノフは方向を転じて誘導路へと出ていった。部屋の薄い壁がビリビリふるえた。イリューシンもあとを追うように離陸することになっていたが、チェレンコはそれに乗る気はなかった。

報酬の残りの半分は、アントノフAn‐124がミサイルと発射制御装置を積んだまま離陸した時点で、チェレンコの銀行口座に送金されることになっていた。人間はだれしも欲深いから、それでチェレンコをつなぎとめ、消すこともできるだろう、と作戦を立案した謎《なぞ》の人物たちは考えたのだ。だが、チェレンコは彼らの想定の半分しか欲深くなかった。五〇万ドルを受け取らずに去るのは彼にとってそれほど難しいことではなかった。口座への送金を確認しようとぐずぐずしていたら、弾丸を耳に一発食らうことになるからだ。報酬の最初の半分はすでに、GRU（ロシア軍参謀本部情報総局）の馬鹿《ばか》どもの知らない新口座に移してしまった。貯金がかなりの額に達していたうえ、その最初の五〇万ドルが手に入ったのだから、タイでのセミリタイア生活を問題なく楽しめる。航空機操縦の仕事をすこしすれば、一生安泰だ。

チェレンコにはほかの者たちのことまで心配している余裕はなかったが、彼らも自分たちが危険な状況にあることは知っていた。なかでもいちばん危険にさらされていたのは、ここまで飛んできたアントノフの通信士、ユーリー・ジェルデフだった。なにしろ、ミハイロフ大佐の首に弾丸を撃ちこんだのは彼なのだ。ジェルデフはうぬぼれの強い若者で、だまし・だまされるという人間の習性に痛めつけられた経験がまだほとんどなかった。チェレンコはいちおう彼に警告しておこうかとも思ったが、結局やめた。

「同志少佐」

突然、背後から呼びかけられ、チェレンコは凍りついた。ドアがひらく音も聞こえなかった。

チェレンコは振り向いた。

「ああ、きみか、ユーリー」自分の通信士を見て、すこしばかり緊張がゆるんだ。

「あの大事なものはちゃんと出発したか？」

「ええ、しましたよ」ユーリー・ジェルデフは答えた。「イランへ向けてね」

「それは、はっきりそうだとは言えないことだろうが」チェレンコはたしなめた。

「核ミサイルをイランの指導者たちに渡すなんて、ロシアには絶対にできないことなんだからな」

「でも」ジェルデフは返した。「われわれがしているのはまさにそれです」

チェレンコはダッフルバッグのチャックを閉め、首を振った。「ちょっとは気をつけろよ、同志。そんなことは、おれ以外のだれにも言っちゃいけない。よし、おれもすぐに行くと、ほかの者たちに伝えてくれないか？　電話を一本かけないといけないんだ。長くはかからない」

「ほんとうですか？」

チェレンコは警戒して片眉《かたまゆ》を上げた。「ほんとうですかって、何が？」

「すぐに行くということ」若者は言った。「すでに金をほかの口座に移したんでしょう？」

「どうして知っているんだ？」

ユーリー・ジェルデフは溜息《ためいき》をついた。「そんなこと、どうでもいい」背中に手をまわして、減音器《サイレンサー》付きの拳銃《けんじゅう》をとりだし、銃口をチェレンコの胸に向けた。

「待ってくれ！」チェレンコはあわてて両手を前に振り上げた。「おれたちはひとり残らず、秘密隠蔽《いんぺい》のために殺されるんだ。それはきみだってわかっているはずだ。おれたちはみんな安全ではない」

ジェルデフはぞんざいに肩をすくめた。「おれは大丈夫だよ」

「き……きみだって、見てしまったんだぞ」チェレンコは焦《あせ》り、言葉がつっかえた。

「だから、きみも消されるんだ」

「それはちがうと思う。ほかのことはみな、あんたの言うとおりだが、この任務をおれにやらせたのは叔父なんだよ。おれが消されるようなことがあったら、その叔父の兄である政権幹部のおれの父が黙っちゃいない。というわけで、おれは殺しの対象にはならないから、あんたを消す仕事をも与えられたんだ」

チェレンコは口を大きくあけて、あえぎはじめた。「おれは……きみは……」身を護《まも》ろうと抵抗することもできたのだろうが、彼はパイロットであり、戦士ではなかった。

ジェルデフは拳銃を振って、チェレンコにうしろを向くようながした。「ふるまうウォツカがなくて申し訳ない。『ウォツカを飲めば、これから起こることに……すこしは耐えやすくなる』とあんたに教わったのに……」

　ウルバーノ・ダ・ローシャはベッドわきのナイトテーブルに電話を戻すと、体をゴロリと回転させて、全裸でそばに横たわるリュシル・フルニエのほうに向きなおった。

「すぐにまた自分たちのベッドで眠れるようになるぞ、マイ・ラヴ」ダ・ローシャは言った。「まあ、たいしたことではないが」

「でも、やっぱり自分のベッドのほうがいいわね」リュシルは応《こた》えた。「こんなの馬鹿げているわよ、ほんとに。あなたもわかっているはず」

「いや、そういうことではぜんぜんない」ダ・ローシャは嘲笑《あざわら》った。「集団や国に武器を売るのがおれの仕事だ――同じ紛争の当事者双方に武器を売ることもある。そうやって稼ぐんだ、マイ・ディア。売る相手を選びはじめたら、たちまち仕事がなくなり、廃業に追いやられる」

「でも、今回の荷は核兵器なのよ」リュシルは食い下がった。「その種の仕事にはとっても大きな危険がある」

　ダ・ローシャは指先で彼女の鎖骨のゆるやかにカーブした部分をなぞった。「危険なんて、いままでいちども心配したことないじゃないか。怒らずに聞いてくれ。きみはひとり殺すのはまあ楽にできる。だが、一〇〇〇人殺すのはちょっとちがう、というわけか」

「いえ」リュシルは返した。「殺されるのがわたしたちだったら？　その場合はちょっとちがわない？」

ダ・ローシャは遠くを見るような目をしてうなずいた。「ロシアはおれたちを必要としている。彼らは万が一、事が明るみに出たときに関与を否定できるように、おれたちを〝中間安全器《カットアウト》〟にして、イランへの秘密のパイプラインをつくりたいんだ。きみも聞いたじゃないか。彼らはおれたちを試すつもりなんだ。今回、おれたちがうまくやり果《おお》せれば、彼らから仕事がさらにまわってくる」

リュシルはダ・ローシャのほうを向き、片方の肘《ひじ》をついて上体を起こした。「あら、そうかしら？　彼らがそういうことを言ったのは、わたしたちをうまく操るためだったのだと、わたしは思うけど。あなたも聞いたじゃないの。今回わたしたちが使う輸送ルートはそのうち露見する、って彼らは言ったのよ」

「うん、たしかに」ダ・ローシャは言った。「でも、そうはっきり言ったというのは、誠意のあらわれだ。今回のルートが露見しても一向に構わない。またほかのルートを開拓すればいいんだ。世界はとてつもなく広い。イランに核兵器を供給したければ、ロシアはしっかりしたパイプラインが必要になる。ミサイル二基では欧米諸国の報復を招くだけだ。イラン政府《テヘラン》のアホたちでもそれくらいはわかる」

リュシルは仰向けに倒れこんで頭を自分の枕《まくら》にのせ、天井を見つめた。胸がうねっている。「狂気の沙汰《さた》だわ」

「必要な狂気の沙汰なのさ」ダ・ローシャは言い返した。「おれたちがロシア人たちにはっきり示したように、この業界では、欠員を埋める代役がかならずいるんだ。今回も、おれたちが輸送できなければ、ほかのだれかがそれを請け負っていただろう。おれたちがこれをやって儲《もう》けてはいけないという理由なんてない。だろう、マイ・ラヴ？　これで大金を稼げば、他の武器商人と張り合うこともあまりしなくてすむようになり、最後に笑う真の勝利者になれる」

「それって、あんがい淋《さび》しいかも」リュシルは言った。

ダ・ローシャはリュシルの髪をなでたが、彼女を納得させるのはあきらめた。リュシルは素晴らしい暗殺者だし、美しくもある——だが、ビジネスのことを理解する頭はまったくない。

37

エリク・ドヴジェンコは何も省かず、エヴィーン刑務所での拷問《ごうもん》や、ササニが死んだ若者を吊《つる》して市民に見せたことまでイサベル・カシャニに話して聞かせた。彼はマリアム・ファルハドが死んだ経緯についても語り、話す必要のない細かな点まで伝えた。それでも、目をつむったときにまだ見えることをすべて話したわけではない。実際に伝えたことはそれよりもずっと少なかった。ともかく、ササニという男がどれほど残忍であるかをイサベルに理解してもらう必要がある。そして、彼女自身も重大な危険にさらされていることに気づいてもらわなければならないのだ。

ハミドは二人のアフガン人を縛り、猿ぐつわをかませた。二人ともまだ失神したままで、そこまでやる必要はないように思えたのだが、念のためそうしたのだ。そのあとハミドは、スリングで胸の前に吊した自動小銃をいつでも撃てるように持ち、イサベルのわきに立って、警戒感をあらわにしてドヴジェンコをにらみはじめた。アフガン人の男性が妻ではない女性と二人きりで過ごすというのは、異例中の異例、異常とさえ言える。超保守的なヘラートではとりわけそうなのだが、ハミドは礼儀作法よりも責務を重視する男のように見えた。イサベルは警護を必要としているので、ハミドが必死になって彼女を護《まも》っているのである。

アフガン人は嫌悪《けんお》感を隠さず、顔をしかめてドヴジェンコの話に耳をかたむけ、それが終わるとグリッと目を上へ向けた。明らかに、まったく信じられないという仕種《しぐさ》。

「あんた、ずいぶん長い旅をしてきたようだな」ハミドは言った。「電話一本ですむことなのに」

「いや、果たしてそうだろうか？」ドヴジェンコは問い返した。「こうやって足を運んで話しても、あんたはわたしの言うことを信じない。電話で話しただけで、あんたが信じるなんてことがありうるだろうか？」

イサベルはヒジャーブでそっとたたくようにして涙をふいた。いまはヒジャーブをショールのように頭ではなく肩にかけている。「では、叔母に電話したのはあなたなのね？」

「そう」ドヴジェンコは答えた。「すこし怖がらせれば、イスラム革命防衛隊が何か言ってきたとき用心してくれるんじゃないかと思ったんです」

イサベルは両手で服の前の皺《しわ》を伸ばしてから、深呼吸をひとつして、気持ちを落ち着けた。「革命防衛隊《パ セ》の怖さは、警告されなくても、みんな知っている」

部屋のすみに横たわる赤鬚《あかひげ》のアフガン人がうめき声をあげたが、気を失ったまま動こうとしなかった。

ドヴジェンコは顎《あご》をしゃくって、その男を示した。「密輸業者?」

「そう」イサベルは答えた。「ここに入るとき、出ていった女性とすれちがったでしょう。彼女、ファーティマという名なんだけど、七キロも歩いてわたしに注意をうながしに来てくれたの——地元の……業者の一部が、罌粟《けし》畑をサフラン畑に替えさせようとする国連薬物犯罪事務所の試みを快く思っていないということを知らせに来てくれたの」イサベルは溜息《ためいき》をついた。どうやらこの種の襲撃はよく起こるようだった。

「密輸業者はまだかわいい」ドヴジェンコは言った。「あなたは逃げないと。革命防衛隊の目がとどかないところへ行かないと」

ハミドがまたしても不満げにぶつぶつ言った。「それがあんたにとってどんな利益になるんだ? おれにはまだよくわからない」

ドヴジェンコはイサベルのボディーガードを無視し、彼女に話しつづけた。「ここにいたらササニに見つかってしまう。絶対に見つかる」

イサベルは片手を上げ、〝もう充分に聞いた〟とばかりドヴジェンコを制した。「エヴィーン刑務所で拷問に立ち会い、公開処刑の場でも革命防衛隊員たちと肩をならべて立っていた人が、いちども会ったことがない女に危険を知らせるために、わざわざアフガニスタンまでやって来るなんて、やっぱり、ちょっと変じゃないかしら？　それはあなたも認めないと」

「だから言ったじゃないか」ドヴジェンコは返した。「おれも監獄に投げこまれるんだ、ササニの野郎に。おれたちは共通の問題を抱えているんだ」

「政府内に残っている友人はもうほとんどいない」イサベルは言った。「でも、イランに戻って、これをうまく処理し――」

「だめだ、やめてくれ！」

ドヴジェンコが甲高い声をあげたので、ハミドが爪先立《つまさき》った。イサベルが手を振ってアフガン人をとめた。まるで攻撃犬に〝落ち着け〟と指示する飼い主。話し合いはまだすんでいない。

ドヴジェンコは熱くなってつづけた。「お願いだから信じてくれ。おれたちはいますぐ、ここを離れないといけないんだ」

ハミドが一歩前に出た。「われわれは何もしなくていい」

イサベルも言った。「わたしはマリアムの友人というだけで、ほかに問題になることなんて何もしていないわ」

「だが、結局は、もっとたくさんのことを自白させられることになる」ドヴジェンコは返した。「ササニはあらゆる手を使って自白に追いこむ」

「なるほど」イサベルはついに納得した。「では、仮にわたしもあなたといっしょに行くとして、どこへ行くの？」

ドヴジェンコは立ち上がり、唖然《あぜん》としてイサベルを見つめた。「それが、正直なところ、おれにもわからない。テヘランには戻れない。それだけははっきりしている」

「マリアムとの関係をつきとめられる可能性があるから？」

ドヴジェンコはうなずいた。

「マリアムのことはだれよりもよく知っている。あなたが詳しく話してくれたから、言外の意味も読み取れる」イサベルは言った。「彼らは証拠をにぎっているのね？マリアムとあなたが……彼女が殺された夜にいっしょにいた証拠を？」

「これから見つける」ドヴジェンコはつぶやいた。「すぐに」

イサベルはしばし頭《こうべ》を垂れてから、目をしっかり閉じたまま天をあおいだ。悲痛な結論に達したようだった。盛大な溜息をついて言った。「よく聞いて。わたしはマリアムから謎《なぞ》めいたジェントルマンのお友だちのことを何度か聞かされたことがある。

実は以前わたしにも、ちょうど同じような——まあ、言うなれば、あなたと同業の——友だちがいた。だから、そういう関係については多少わかるの。それに、あなたが革命防衛隊支援担当のロシアの情報機関員なら、ここにこうして来たことはモスクワの上司たちには職務怠慢と見なされるわね。反逆とされることはないにしても。それくらいのことはわたしにもわかる」

ドヴジェンコは目を閉じた。「そのとおり」

「だったら」イサベルは言った。「あなたも逃げているわけね」

「そう」

「すると、欧米諸国への亡命を望んでいる?」

「もう疲れ切ってしまって」

イサベルは沈思し、うなずいた。「イエスということね」

イサベルは壁に寄りかかり、唇をすこしだけすぼめ、目を細めて考えこんだ。ストレスと悲しみによって顔面がまるで日焼けしたかのように赤らみ、顔と首についた青白い傷跡がいつもよりもくっきり浮かび上がって見える。それにともなう精神的な傷もあるのではないかとドヴジェンコは思わずにはいられなかった。

彼はミリタリー風腕時計ボストーク・アンフィビアにチラッと目をやった。ここに入ってきてまだ一〇分もたっていない。イサベルには考えを整理する時間が必要だが、なんとか早いところ移動しなければならないということだけは確かだ。

イサベルは何らかの決断をしたようで、うめくような声をあげた。「あなたは大きな危険をおかしてまで、わたしに逃げろと警告しにここまで来てくれた。それには感謝しないと。あなたはもうロシアに帰れない。むろんイランにも戻れない」

「その気なら、イタリアに亡命を求められる」ハミドが言った。「いまここでNATO軍を指揮しているのはイタリアだ」

「何をするにせよ」ドヴジェンコは応《こた》えた。「よそでやりたい。赤鬚野郎たちを避けるためにも」

「ようやくまともなことを言ったな」ハミドもやっと警戒をといた。

イサベルのあとについて二人の男たちも表側のオフィスに戻った。そこでイサベルは小さなデイパックをつかみ上げた。

ふたたびヒジャーブで頭をおおって外に出る準備を終えると、イサベルはその場に突っ立ったまま、まるで視線で後頭部まで射貫こうとするかのように鋭い目でドヴジェンコの顔をまっすぐ凝視した。「あなた、ただ逃げたいだけ？　それとも寝返るつもり？」

「寝返る？」ドヴジェンコはその意味を正確に理解していたが、いちおう確認しておきたかった。

「そう、寝返る。反対側につく。祖国から離脱し、革命防衛隊やイラン政治の内情を欧米諸国の情報機関に提供する」

ドヴジェンコは寒気に襲われた。イサベルが突然、アフガニスタンからイランへの阿片《あへん》の流れを止めようとする国際援助機関の職員ではなく、諜報《ちょうほう》活動を熟知している者のようなしゃべりかたをしたからだ。傷跡もこれでなんとなくわかるような気がした。

ドヴジェンコは慎重に言葉を選んだ。「あなたにも想像してもらえると思うのだけど、わたしがしている仕事では、だれを信頼すればいいのか知るのがとても難しい」

「それはどんな仕事でも言えること」イサベルは返した。「少なくとも重要なことではね。わたしだけでなくあなたをも助けてくれる人をひとり知っている。まあ、驢馬《ハル》の部類に入る男。でも、信頼できる頑固者なの。それは一〇〇％確か。途中で電話するわ」

国連薬物犯罪事務所のオフィスとして使われている黄色い建物から通りを一〇〇メ

ートルほど行ったところに、これという特徴のない泥煉瓦《どろれんが》造りの建物があり、その屋上にパシュトゥーン人の男がひとり腹ばいになっていた。強風に飛ばされている土埃《つちぼこり》のせいで地上からはほとんど見えない。ゆったりしたサルワール・カミーズを身にまとい、パコールと呼ばれるアフガン帽を目深《まぶか》にかぶり、それを風に飛ばされないようにグレーのヘッドスカーフで頭にくくりつけている。正確な年齢は自分でもわからなかったが、五〇歳くらいではないかと彼は思っていた。見た目は、風にさらされて硬化した浅黒い顔のせいで六〇歳をとうに過ぎているかのようだ。それでも、何マイルも歩いてイランとの国境を越えて行ったり来たりする筋力とスタミナを持ち、とてつもなく不快な仕事や重労働にも慣れていた。いまも旧ソ連時代の双眼鏡をずっと目に押しあてたままだ。メッカ巡礼をまだしておらず、成熟者の知恵を獲得できずにいたため、がさがさの顎鬚をオレンジっぽい赤色に染めていたが、イランの女《あま》を訪ねてきた野郎がロシア人のように振る舞っているということがわかるくらいの知恵はあった。長期にわたって不信仰者たちの占領に苦しめられてきたので、ロシア人とアメリカ人の振る舞いの微妙な差異を感じとれるようになっていたのだ。ロシア人は世界を所有しているかのように行動し、アメリカ人は実際に世界を所有しているのである。

アフガン人はイラン女のボディーガードの動きを観察していた。ボディーガードは外に出てくると、古いヴァンをとりに行き、それを運転して建物の前まで移動させた。それでドア口を直接見ることができなくなった。

アフガン人の肘《ひじ》のそばに置かれていた細い線型《ホイップ》アンテナ付き小型無線機から雑音まみれの声が飛び出した。

「いますぐ捕まえますか？」

「いや、待て」アフガン人は答えた。焦《あせ》って性急に事を進めなかったからこそ、彼はこの数十年、密輸業者として生き延びることができたのだ。彼らは女を拉致《らち》しに来たのだが、ロシア人の登場で局面が一変してしまった。代案が頭のなかに浮かびはじめた。うまくやれば儲《もう》かるが、準備が必要で、それにはいくらか時間がかかる。あのロシア人は、どのようにしたのかはわからないが、女を拉致するために送りこんだ二人の手下を打ちのめしてしまった。だから、やつを見くびってはいけない、とアフガン人は思った。

あのイラン女はだれにとっても悩みの種だ。阿片生産者ともめごとを起こし、他の女たちに現状に甘んじないでもっと多くのものを求めてもよいのだと信じこませ、ヒジャーブをうしろに引いて頭の半分を剝《む》き出しにしたまま長時間歩きまわっている。あの女はただの売女《ばいた》ではない。おせっかいな売女だ。うまくやれば二重の利を得ることができる。女を排除することで阿片生産者たちから報酬を得られるし、女を快楽か転売のために買う者たちからも金銭を得られる。アフガン人は手に入る大金のことを考え、舌なめずりした。舌が土埃でざらざらになった唇をなめた。

女とロシア人も出てきてヴァンに乗りこんだ。ヴァンが走りだした。

「出ていきます！」押し殺された声が無線機から飛び出した。

「尾《つ》けろ」アフガン人は言った。「行き先をつきとめろ。おれたちにはやることがたくさんある」

眼下の路地に待機していたオートバイが咳《せ》きこむようなエンジン音を発し、さらにもう一台が同じ音を立てて息を吹き返した。そして二台とも、路地から出て通りを走りはじめ、たちまち土埃のなかに入りこみ、イサベル・カシャニのヴァンの尾灯を追った。

38

「どうした？」ジャック・ジュニアがジョン・クラークのホテルの部屋に入ってきたので、〝ディング〟・シャベスは読書用眼鏡を下げた。「タマタマにきついキックを食らったような顔をしているぞ」

ジャック・ジュニアはソファーまで歩き、ドスンと座ったが、すぐにまた跳び上がるようにして立ち、ミニバーから水のボトルをつかみ出した。

ロシア人たちが去ったので、〈ザ・キャンパス〉チームの作戦《オプ》テンポは遅くなり、交代でダ・ローシャを監視するくらいしかやることがなくなって、ＥＭＥカテドラル・ホテルの部屋はみなが会って今後のことを話し合う平時の指揮所といった感じになっていた。ちょうどアダーラ・シャーマンはひと眠りしているところで、ウルバーノ・ダ・ローシャたちが泊るアルフォンソⅩⅢのロビーにはドミニク・カルーソーと〝ミダス〟・ジャンコウスキーがいた。二人はダ・ローシャとリュシル・フルニエがホテルをあとにしたら知らせることになっている。

「マジな話、おい」クラークも尋ねた。「具合でも悪いのか?」

ジャックは素早く溜息《ためいき》をつき、水をゴクゴク飲み、前腕で口をぬぐってから、口走った。「イサベル・カシャニ」

はるか彼方《かなた》をながめるような目をしている。視線が壁を突き抜け、その向こうの遠い虚空《こくう》へ吸いこまれているかのようだった。

クラークはシャベスをチラッと見やってから、視線をジャックに戻した。「彼女がどうした?」

「トラブルに巻きこまれたのです、ジョン」

「ロンドンで?」

ジャックは首を振った。「イサベルのFacebook《フェイスブック》の自己紹介では夫、赤ちゃんとともにロンドンに住んでいることになっていますが、家族の写真を投稿するような馬鹿《ばか》な真似《まね》はしていません。すべて偽装です。イサベルがいま実際にいるところはアフガニスタンです。そしていま彼女は窮地におちいっているのです」

「なんてこった」ジャック・ジュニアがイサベルからの電話の内容を詳しく語って聞かせると、シャベスは言った。「彼女を信じるのか?」

「もちろん信じます」ジャックは戸惑いをあらわにして答えた。「だって、彼女はわれわれがしていることを知っているんですよ。それに、なんと、わたしの命を救ってもくれた」

「『信じる』という言葉がいけなかったな」シャベスは返した。「おれが言いたかったのは、その男がロシアのスパイだというのは確かなのか、ということ」

「それの判断では彼女に勝る者はいません」ジャックは応《こた》えた。「わたしたちが……いや、わたしがイサベルに出遭ったとき、彼女は大学に提出するロシアに関する論文を書いていました」

クラークが顎《あご》をこすって考えこんだ。「そのロシア人が寝返りたいのなら、カブールのアメリカ大使館へ行くだけでいい。そこにはＣＩＡ《エージェンシー》の有能な工作担当官《ケース・オフィサー》がたくさんいて、そいつにも対応できる」

「どうやら信頼でつながっているようです」ジャックは言った。「ロシア人はイサベルを信頼し、イサベルはわたしを信頼しているのです。彼女はわたしが個人的に対処することを望んでいます」

「おいおい、それはだめだ」シャベスが声をあげた。「当然だろう。相手に担当者を選ばせてはいけない。それに、おれたちに縄張りを荒らされたら、ＣＩＡは少なからず不愉快になる」

「縄張りだったら、われわれはもうすでに荒らしているじゃないですか、ディング」

ジャックは自己弁護した。「それに、彼女がわたしに電話してきたのです」

シャベスは嘲笑《あざわら》い、留守電の応答メッセージの真似をした。「ピーッ。亡命をお望みのかたは、電話をお切りになり、フリーダイヤル1-800-CIAにおかけなおしになるか、最寄りのアメリカ大使館までお越しください」

ジャックは〝やめてくれ〟とばかりに手を振り、クラークのほうを見た。「ジョン、このロシア人は何カ月ものあいだイラン国内にいたのです。情報の宝庫であるかもしれません。イランでの〝資産《アセット》〟運営がどれだけ難しいか、あなたもわたし同様、よく知っているはずです」

クラークはシャベスを見やった。「一分ほど席をはずしてくれないか?」

シャベスはジャックをじっと見つめたまま肩をすくめた。「そちらが愚か者たちに言い聞かせ、道理をわからせているあいだに、おれはほかの者たちの働きぶりをチェックする」

「イサベルのフェイスブックを最初に見たときに気づけばよかったんです」シャベスが部屋から出てドアを閉めるや、ジャックは言った。

「つまり」クラークは返した。「彼女は結婚していない？」

数カ月前、ジャックはイサベルのフェイスブックをのぞき、男、赤ん坊といっしょに写っている彼女の写真を見つけた。イサベルは結婚してロンドンに住んでいるようで、幸せそうだった。ジャックはソーシャルメディアへの投稿を額面どおりに受け取ってしまったことをいまでは悔やんでいた。

「夫はいません」ジャックは説明した。「赤ん坊も。電話ではそのことを詳しく話している余裕はありませんでしたが、辻褄《つじつま》は合います。だって、わたしが知る同業のだれもがソーシャルメディアにはフェイク自己紹介を載せているのです。わたしがイサベルのフェイスブックをのぞいたときだって、フェイク・アカウントを利用しました。だから、いいですか――」

「まあ、待て」クラークはジャックの言葉をさえぎって言った。「あわてて飛び出していく前に、ちょっと落ち着き、おれの言うことをよく聞け。きみは自分がイサベルを危険にさらしたのだと思い、彼女に負い目を感じている」

「イサベルは文字どおり叩《たた》きのめされたのです、ジョン。首を折られたのです、わたしを見つけようとしていたやつらに。傷は癒《い》えましたが、『危険にさらした』という言葉では弱すぎると思いませんか？」

「おれが言いたいのは」クラークは穏やかな声でつづけた。「自分にはどうすることもできなかった不可抗力のことにきみは責任を感じている、ということだ。それに、イラン政府は、きみが最後にあちらにいたときよりも自由を著しく後退させている。国の最高位にある聖職者《ムッラー》たちは以前にも増して権力にしがみつき、あらゆる手を使って体制の維持をはかろうと躍起になっている。あの国ではもう、だれがだれと手を組んでいるのかさっぱりわからなくなっている。イサベルに負い目を感じていて、ずばり彼女の恋人でもあった者は、罠《わな》であるかもしれないと警戒することもできないのではないか？　そう言っても、突拍子もない論理の飛躍ではあるまい」

ジャックは足もとを見つめて、まるまる一分近くも押し黙っていた。緊張で、階段を全力で駆け上がったかのような息づかいになった。ようやく顔を上げたとき、奥歯を噛《か》み合わせ、顎の筋肉を引きしめていた。気づきたくないことに気づいたのだ。

「それについては反論できません」

「よし」クラークは言った。「きみが反論したら、行かせないつもりだった」

ジャックは驚いて口をあんぐりあけた。「では、許可してくれるんですか？」

「ジャック」クラークは溜息をついた。「きみが飛行機に飛び乗る前にここに来て、電話のことを報告してくれたのは、イサベルと合流したあとどこにいるのか知らせてくるより遥《はる》かにいい。チームを分割したくはないのだが、おそらくダ・ローシャはあと一カ月はセビリアに滞在するのではないかと思う。それに、きみが言ったように、そのロシア人は情報の宝庫である可能性がある」

「では、あなたは罠ではないと考えているわけですね?」

「電話をかけてきたのはイサベル本人だと確信できるか?」

「それはわたしも考えました」ジャックは答えた。「イサベルしか知らないことを知っていました」目を閉じた。「私的なことです」

「ようし、いいだろう」クラークは言った。「おれもイサベル・カシャニには会ったことがある。そうだとわかっていてきみを罠に誘いこむような真似は、彼女は死んでもしないだろう。だが、おれは『そうだとわかっていて』と言ったんだ。彼女に罠を仕組むつもりがないとしても、ロシア人にはあるかもしれない。おれの考えをジェリーにもチェックしてもらい、しかるべきチャンネルを通して国家情報長官にも知らせ、われわれの行動と情報機関が現在やっていることが衝突しないことを確認する必要があるが、彼らはおれの判断に賛成するはずだ」

「判断って?」

「きみはヘラートへ飛ぶべきだということ。なにしろ、イサベルはロシア人よりも役立つ情報源になる可能性だってあるんだ。イサベルはおれには頭が切れる女性に見える。彼女がきみに電話してきたというのなら、何か理由があってそうしたにちがいない」

「後悔させません、ジョン」ジャックは言った。

「いや」クラークは返した。「きっと後悔することになるだろうな。たぶん、きみもな。軍や情報機関にいたあいだに学んだことがいくつかある。たとえば、どんな計画も敵との最初の接触で変更を余儀なくされるし、缶切りよりも複雑なものはすべて、いちばん必要なときに壊れがちだ。どれほど単純な作戦でも期待どおりの結果になることはほとんどない。ともかく、今回も〝ヘラート休暇〟なんてことにはならないから、きみだけ送りこんですますわけにはいかない。イサベルはドミニクを知っている。彼がいっしょにやって来ても動揺しない。ドミニクはきみを援護する。それから、持っていくパスポートは偽名の外交官用のものにしろ。ライアン家のことを知っている者はアフガニスタンにもずいぶんいるからな。よし、荷造りにかかれ。ちょっと気分転換するのもいいだろう——リーサンヌのことを忘れるためにも」

「リーサンヌ?」ジャックはとぼけた。「何のことかわかりません」

「やめろ」クラークは言った。「おれはスパイをずっとやってきた。微妙なことにも気づけるからやってこられたんだ。さあ、かかれ。おれは電話を何本かかけないといけない。たぶんきみはマドリードからドバイ経由でアフガニスタンへ飛ぶことになるから、搭乗できる便を見つけろ。行く気なら、早くここから出ていけ。まずはアダーラを起こし、ドミニクと交代させろ——ドムがおれに会いにこられるように」

「うわっ」ライアンは言った。「早くも予定外の展開になってきた。アダーラを起こすなんて、アフガニスタン行きより怖い」

クラークが電話で〈ザ・キャンパス〉の長であるジェリー・ヘンドリーやメアリ・パット・フォーリ国家情報長官と何を話したのか、ジャックは知らなかった。彼が知っていたのは、クラークが自分にアフガニスタン行きのゴー・サインを出したということだけだった。メアリ・パットは〈ザ・キャンパス〉とはできるだけ接触しないようにしていたが、その極秘民間情報組織のチームがまったく知らずに情報機関の作戦と衝突することがないように、双方が話し合う必要がときどきあった。味方の組織同士の衝突を回避するのも、国家情報長官室の主要な仕事のひとつだった。

ドミニクとジャックはまずイベリア航空の便に乗って一時間かけてセビリアからマドリードに移動し、次いで乗り継ぎまでの二、三時間に軽食類を買いこんでから、エミレーツ航空のドバイ行きに搭乗した。今回、二人は黒色の外交官用パスポートを携えていた。それで大半の国にヴィザなしで入国できるからである。ドミニク・カルーソーは本名を使用したが、ジャック・ライアン・ジュニアは偽名を用いた。偽装経歴《レジェンド》をつくる場合、ファーストネームは同じにするのがふつうのやりかただ。万が一、知っている者に呼びかけられたとき、それで怪しまれずにすむこともあるからである。だが、ライアン家の一員で、ファーストネームも有名な父と同じなので、ジャックはその通例にはしたがわず、ジョーゼフ・〝ジョー〟・ピータースンを選んだ。ジャックではあまりにも見え透いていると思ったからである。

ドバイでの乗り継ぎの待ち時間がかなりあったので、二人の〈ザ・キャンパス〉工作員は空港のなかを見てまわり、旅客機の電子レンジで温められたものではない食事にもありついた。エミレーツ航空の旅客機の乗り心地はずいぶんいいほうだったが、ヘンドリー・アソシエイツ社機ガルフストリームG550でのフライトに慣れている二人には物足りなかった。それに、旅客機では通常の装備品を携行することもできない。二人とも、機内に持ちこんだ小型バックパックひとつだけの旅で、武器はなく、持ちものは衣類、緊急時に食べるスナックバー、衛星携帯電話くらいのものだった。ただ、彼らは頑丈な編上靴《ブーツ》をはき、薄手のジャケットを持参していた。アフガニスタンの砂漠の夜は冷えることもあるのだ。ジャケットは丸めればエコノミークラスの座席の追加枕《ついかまくら》にもなる。

　ジャックがこれまでに乗ったエミレーツ航空の旅客機はかならず新車の臭《にお》いがし、今回もそうだった。ともかく、内装は豪華だし、設備も整っていて、サーヴィスも行き届いている。ただ、不運なことに、大洞窟《だいどうくつ》のようなエアバスA380の客室はほぼ満席で、ジャックとドミニクはエコノミークラスの最後尾席で我慢しなければならなかった。隔壁に押しつけられるように設置された席のため、リクライニングも満足にできない。

「こんな席でごめん」体を窓側まですべりこませてシートにおさめたドミニクにジャックは言った。

「心配無用」とドミニクは応えたが、目尻《めじり》の皺《しわ》が〝大喜びしているわけではぜんぜんない〟と言っていた。「おれのことは知っているだろう、従弟《カズ》。おれはいつだって、彼女を救おうと頑張るきみに手を貸すぜ。まかせておけ」

　これにはジャックも笑いを洩《も》らし、イサベルの目のなかの炎を脳裏に思い描いた。

「うん、そう、彼女はすごい女だからね」

　ドミニクは欠伸《あくび》をした。「すごい女だって、ときには救助してもらわざるをえなくなる」ジャケットを丸め、頭と窓のあいだに押しこんだ。瞼《まぶた》がすでに垂れ下がりだしている。「おれはアダーラと協定を結んだ。『ときどきおれが彼女を救い、ときどき彼女がおれを救う』という協定だ」

39

　ドミンゴ・〝ディング〟・シャベスは二人をじっと見つめていた。ダ・ローシャと薄気味悪い暗殺者のガールフレンドは経験不足なのか、それとも自分たちは無敵だと思いこんでいるだけなのか、よくわからなくなってきた。ダ・ローシャはたえず腕時計に目をやりつづけている。変ではあるが、異常というほどではない。それがどういうことであろうと、二人とも尾行者を見つけようとはしていないようだ。二人は三〇分ちょっと前にホテルから出てきた。カジュアルな夜の装《よそお》いだった。リュシル・フルニエは黒っぽいTシャツの上にゆったりした薄手のジャケットをはおっている。どんな拳銃《けんじゅう》でも完璧《かんぺき》に隠すことができる服装。ダ・ローシャはズボンにペイズリー柄の長袖《ながそで》ドレスシャツという格好で、革のメッセンジャーバッグを斜めがけしていた。《小粋《こいき》な男性用ハンドバッグ》とシャベスは思った。

　ずる賢いクソ野郎は朝からいちどもコンピューターにサインインしなかった。ふつう、だれだっていちどはコンピューターを起動させる。そこで〈ザ・キャンパス〉チームは、やつが夜になってもコンピューターをオンライン状態にしなかったらギャヴィンのマルウェアが何らかの原因でうまく作動しなかったのだと考えることにした。というわけで、ダ・ローシャが何をしようとしているのかまったくわからず、文字どおり手探り状態で、ただ監視をつづけている。

ずんぐりした二両編成の路面電車が、アルフォンソXIIIホテルの北側のサン・フェルナンド通りの真ん中に敷かれた線路をガラガラ、キーッという音を立てながら走っていく。ダ・ローシャとリュシルはホテルから出ると、通りの向かいの『ハードロック・カフェ』に入った。そこでまず喉《のど》をうるおしたようだ。三〇分もしないうちに二人はそこから出て、まるで観光客のようにあたりをながめまわしながら、手をつないで左へ折れた。歴史と文化が深くしみこんだセビリアのような都市に来て『ハードロック・カフェ』へ行くというのはシャベスには奇妙に思えたが、ヨーロッパの人々にとってはハードロックも気分転換になるのかな、とも彼は思った――少なくとも粋なTシャツは買える。

すでに夜も遅く、セビリア大学や宮殿アルカサルに近い通りはディナーの食前酒を飲もうとする人々であふれていた。群がる観光客たちは、途方もなく暑いアンダルシアの夏に替わる前の穏やかな春の気候を楽しんでいる。北西へ一キロも行かないところに闘牛場があり、今日は夜の興行もあったせいで、通りに繰り出した人の数はいつもより一段と増えていた。

数百人の人々がひとところでぶらぶらしたり急いで移動したりして、人の塊《かたまり》がたえずうごめいていたので、シャベスにとって気取られずに尾行するのは比較的簡単だった。ダ・ローシャとリュシルはまったく心配していないようだった。観光に夢中になっているようで、いちどもうしろを振り返りさえしなかった。

「注意！」シャベスは無線を通して言った。「対監視要員がどこかにいるにちがいない」

「かもな」クラークは返した。

「あるいは、ただ大間抜けなだけかも」ミダスが推測合戦に加わった。彼は通りの角の向こうで待っていて、もし二人がセビリア大学を通り越してエル・シッド通りに入ったら、目視による尾行を受け持つことになっていた。

「あるいは」クラークは言った。「やつらは犯罪のプロで、諜報《ちょうほう》活動のエキスパートではない、ということなのじゃないか？　尾行を心配することもごくたまにあるが、個人《パーソナル》セキュリティでいちばん気になるのは直接攻撃してくる者なのかも。自分に関するファイルをつくろうとしている者はあまり念頭になく、いまこの場で自分を傷つけようとしている者のほうが心配なのでは？」

「だとしたら、あまり賢い連中ではないですね」アダーラが割りこんだ。「でも、われわれにとってはありがたい」

「まあ、見てみよう」クラークは返した。「スパイ術には長《た》けていないのかもしれないが、おれにはあいつらのどちらも間抜けとは思えない」

ダ・ローシャがまた腕時計に目をやった。これでホテルから出て五回目だ。

それをシャベスがチームの全員に報告した。「こいつはだれかと会うことになっているにちがいない。急いでいるふうには見えないが、何らかの約束が気になっている」

「ただ時間をつぶしているだけなのかも」アダーラが頭に浮かんだことをそのまま口にした。

「右折してエル・シッド通りに入った」シャベスが甲高い声をあげた。「通りを渡って東側へ行こうとしている。スペイン広場のまわりを歩こうとしているのかもしれないし、その小公園のなかに入ろうとしているのかもしれない。ともかく、いま地図を思い浮かべているが、記憶が正しければ、そこには小道がたくさんある」

「二人を目視」ミダスはサン・フェルナンド通りを渡って、エル・シッド通りの反対側に出ようとしていた。シャベスはまっすぐ歩きつづけ、交差点に達すると、目を合わせないようにしてミダスの前を通りすぎた。

「了解です《コピー・ザット》」アダーラはすこし息を切らしているようだった。マイク付きの銅の首輪を隠せるほどゆったりしたTシャツにランニングショーツという格好でジョギングをしていたのだ。無線機本体は小さなファニー・パックのなかにある。「現在位置はそちらの一ブロック東。公園までジョギングをつづけ、二人のすこし前に出ます」

「やつらの移動スピードが上がりはじめた」ミダスが応《こた》えた。「走るところまでは行っていないが、明確な目的をもって歩いていく」

「気づかれたのか？」クラークが問うた。

「いえ、それはないと思います」ミダスは言った。「二人はまだしゃべっていますが、明らかに足早になっています」

シャベスは次のブロックの角を右にまがり、プラド・デ・サン・セバスティアン庭園の夜市の屋台や遊園地式乗り物のあいだを通り抜けはじめた。焼き肉や揚げパンの匂《にお》いに腹が鳴ったが、公園の東側へ向かってせっせと歩きつづけた。ターゲットを尾《つ》けているのではない。人員が減少したチームのバックアップ要員として行動しているのだ。万一、事態が悪化した場合、支援にまわらなければならない。シャベスは現実的だったので、ジャックとドミニクがアフガニスタンに向かったことにもあまり動揺しなかった。六人全員がそろっていても、長期にわたる監視作戦を実行するとなると充分ではない。四人いれば、最悪よりはいくらかマシだ。それでも現場では何が起こるかわからない。少数でも、ニコニコして愚痴をこぼさず、辛抱強く頑張ってたくさんのことをしなければならない。なぜなら、結局のところ、邪悪な大馬鹿者《おおばかもの》どもがとんでもない悪事を働こうとするのを阻止するのは、いかに大変であろうと世界最高の仕事なのだから。

「やつら、公園に入った」ミダスが報告した。「スペイン広場の北側」

「ジョギングで周回します」アダーラが応えた。「そちらへ向かい、目視尾行を引き継ぎます」

「待機《スタンバイ》しろ」ミダスは返した。「たまたま同じルートをたどる観光客の一団とともにいる。目視尾行の交代はまだ必要ない」

公園内はオレンジの林や棕櫚《しゅろ》やジャカランダのあいだを小道が縦横に縫っていたため、チームはターゲットを包囲する輪をすこし縮めることができた。ターゲットの二人はぶらぶらとあちこち歩きまわり、ときどき足をとめて看板を読んだり鴨《かも》をながめたりしている。やはり、アダーラが言ったように、時間つぶしなのか？

ダ・ローシャがまたしても腕時計に目をやった。

二人は現在、公園の西端にいて、ダ・ローシャはデリシアス通りと呼ばれる六車線の大通りを北へ向かって進みはじめた。

「ホテルへ戻ろうとしているのかな？　そのようにも見える」

「木々をあいだに挟んで平行に走ります」アダーラが応答した。

「了解《コピー》」ミダスは言った。「なお北へ向かいつづけ――」

「いや、通りを渡ろうとしている」ミダスは言いなおした。「東から西へ」

シャベスが突然、公園から通りへ飛び出した。ミダスの半ブロックほどうしろだった。歩くスピードを速めて目視尾行を引き継ぐつもりだった。だが、もうそんなことをしている余裕などないとわかった。

まるでだれかにスイッチを押されたかのように、突如としてダ・ローシャとリュシルの動きが活発になった。シャベスが見まもるなか、二人は車の流れが切れるのを待ち、小走りに通りを横切りはじめた。もはや手をつないでもいないし、セビリア見物をしている様子もない。ある目的地へ行こうとしているのだ。

「方向転換か？」クラークが訊《き》いた。答えをすでに知っているような訊きかただった。

クラークとほぼ同時にシャベスもどういうことなのか理解した。

「うーん、くそっ」シャベスは思わず声を洩《も》らした。

ターゲットの二人は小走りのままグアダルキビール川の運河の岸に達し、待っていたゴムボートにポンと器用に飛び乗った。すぐさま船外機がうなりだし、小型ボートは南へ船首を向けてぐんぐんスピードを上げ、たちまち暗闇《くらやみ》のなかに姿を消した。

シャベスは自分が見たことを報告した。

「それは」ミダスは言った。「なかなか巧妙だ」

「運河のことを頭に入れておくべきだった」クラークは悔やんだ。「ミダス、昨夜やつらのホテル・ルームに入ったとき、荷物はどれくらいあった？」

「たいしてありませんでした、そう言われてみると。やつらが外にいるあいだにホテルの部屋を再チェックしましょうか？」

「いや」クラークは答えた。「ギャヴィンのマルウェアがだめになったという証拠はまだないから、やつを動揺させる可能性のあることはしたくない。部屋を見張っている者がいるかもしれないし。やつがコンピューターにサインインするよう祈ったほうがいい。やつはもうどこにでも行けるわけだからな。わずか五〇マイル川を下っただけで海にだって出られる。その気なら、明朝までに北アフリカにも到達できる」

40

エリザヴェータ・ボブコヴァはミネラルウォーターをひとくち飲み、目を閉じた。関節がこわばり、頭がぼうっとしている。プギンが発散するオーデコロンの有毒物質臭から逃れ、時間をたっぷりかけてゆったりジョギングするだけで、こんな不快感は吹っ飛ぶのかもしれない。ゴレフはソファーに横になって眠りこみ、穏やかな鼾《いびき》をかいている。通りの向こう側にある建物の窓をねらうレーザー・マイクロフォンの作動ぶりを見まもる役目は、プギンが務める番だった。そして、レーザー光が照射されているターゲットは、ヴァージニア州アーリントンにあるミッシェル・チャドウィック上院議員のコンドミニアムの寝室の窓ガラス。チャドウィックはほとんどしゃべらず、捉《とら》えられた音から察すると、彼女の若き補佐官、ミスター・ファイトはなかなか思うように頑張れずにいるようだった。

プギンの口が広がって好色な笑みとなった。「アメリカ人というのは奇妙な動物ですね」

「動物はみんな奇妙」ボブコヴァがもうひとくちミネラルウォーターを飲んでから言った。「あるていど観察すれば、そうだとわかる」

プギンはコンピューターのそばに置かれていた手帳を鉛筆でトントンたたいた。

「このラウンドが終わったら二人とも、空腹を覚えるでしょうね」

プギンの前のテーブルにはさまざまな装置が置かれていたが、すべて通信データ傍受、盗聴、盗撮をするためのものだった。プギンの左側にある三脚には、通りの向こうの窓をねらうレーザー・マイクロフォンと受信装置が取り付けられている。右側にあるずんぐりした三脚に載っている梯子《はしご》のような形をした八木《やぎ》指向性アンテナもまた、同じコンドミニアムのほうに向けられている。そのアンテナは、携帯電話、無線ルーター、コンピューター、それにボブコヴァがチャドウィックのスマートテレビとスマート食洗機のものと判断したIPアドレスがやりとりする通信データを収集するためのものだ。ただ、それは他のコンドミニアムの機器や、カーナビなどインターネット接続可能な装置を搭載してそばを通過していく車のIPアドレスの通信をも傍受してしまう。実は、そうした通信データ傍受は現在どんどん当たり前のことになりつつある。もし自分にどこまでもつきまとうデジタルの雲が存在することに突然気づいたら、一般のアメリカ人の多くはきっと気持ち悪がるにちがいない、とボブコヴァは思った。

たとえば、ポケットに携帯を入れているだけで、どの商品の前までショッピングカートを押していったか、すっかり食料品店主に知られてしまう。また、インターネットであるブラジャーを見たりしたら、オンライン広告主に知られてしまい、向こう見ずにも他のブラを買うことにした場合、最初のブラの広告をいやというほど見せられることになる。さらに、車のオイル交換を推薦にしたがわずに数千マイル先延ばしにしたら、自動車販売店に知られ、保証クレームに応じてもらえなくなる。こうした私生活へのたえまない侵入は気にしないほうが健康的かもしれない。少なくとも短期間は忘れていてもどうということはないだろう。ボブコヴァはロシア対外情報庁（ＳＶＲ）に入った直後から私生活を知られないようにすることにこだわってきた。まだ訓練生のときから自分のラップトップ・コンピューターのカメラのレンズを絶縁テープの切れ端でふさぐようにしていたのだ。嘘《うそ》つきが他人《ひと》をなかなか信頼できないように、監視のプロは自分も見張られているのではないかという病的な恐れをたえず抱いている。

ボブコヴァはチャドウィック上院議員の携帯電話番号をいとも簡単に見つけられたことがとても誇らしかったが、同時にそのことでチャドウィック本人には嫌悪《けんお》感をおぼえた。チャドウィックは政治家であるうえにナルシズム性人格の持ち主でもあったので、ソーシャルメディアへの露出がとりわけ激しかった。ヘルメットのような髪にしっかり縁取られた顔のクローズアップ写真を自分のアカウントに大量に掲載していた。自分の写真をこれほど多量に公開するアカウントをボブコヴァはこれまでに一度も見たことがなかった。まるでショッピングモールの写真ボックスのなかに入って撮影したら、カメラが壊れて暴走し、大げさな表情の同じ顔写真を次から次へと吐き出しはじめた、という感じ。そして、チャドウィックはその写真が価値ある大義と結びつくように念入りに工作し、自分を当選する可能性の高い――少なくとも選挙参謀たちがそう判断する――上院議員にするのである。かくして、ホームレス宿泊施設《シェルター》、レイプ被害者支援センター、美術館や博物館のオープニングといったものすべてが、彼女の満面の笑みの背景となる。そして、用心深いことに、私生活はちゃんと秘密にしている――飼い犬をのぞいて。

その犬はボーダーコリーと尾が湾曲した何かのミックスで、なかなか美しい。まあ、犬としては。ボブコヴァもアフガニスタンにいたころ迷い犬を飼ったことがあった。アフガニスタンでは犬はとんでもないことをされる。彼女はその犬に愛情をいっぱい注いだが、ロシアに連れ帰ったとたん、あっけなく目の前で死んでしまった。チャドウィックも雑種犬をたいそうかわいがり、いっしょに写真に収まったり、登録して迷子札をつけたりした。ソーシャルメディアに掲載された何百枚もの写真の一枚を拡大し、金属製の犬の迷子札に彫りこまれた携帯電話番号を見つけるなんて、ボブコヴァにとっては朝飯前のことだった。携帯の番号さえわかれば、あとはもう簡単で、ボブコヴァはたやすく〝中間者〟になることができた。一時間もしないうちにチャドウィックのスマートフォンに〝到達〟し、かかってきた電話とかけた電話の記録、インターネットに接続したさいの送受信データの収集もできるようになった。さらにボブコヴァは、上院議員が使いまわしているにちがいないユーザーIDやパスワードも記録し、死に追いやるときに知る必要がある生活パターン情報を得ていった。

実はそうしたことすべてをエリザヴェータ・ボブコヴァは歯ぎしりしながらやった。あの青白きおべっか使いのドゥドコは、一分でもいっしょに現場仕事をしたら、きっと無能ぶりをさらけ出すにちがいない、とボブコヴァは思わずにはいられなかった。それなのに、早くやれと容赦なく圧力をかけつづけてくる。彼女は自分のやることに抜かりはないとドゥドコに言い返さなければならなかった。自分は徹底していて、きわめて注意深く、仕事を手際《てぎわ》よくこなせるのに、ドゥドコは信じてすべてを任せようという気には決してならない。かならず今夜中にやれ、と言うばかり。そして、ロシアのだれにもトバッチリがかからないようにしろ、と念を押す。

プギンがゴールを決めたばかりの選手のように両手を頭の上まで勢いよく突き上げた。「ようし……終わった」

ボブコヴァは不快そうに首を振った。毛深い耳をした工作員の仕種《しぐさ》が嫌だったのではなく、ドゥドコのことを考えていたせいだった。

プギンは回転椅子《いす》をクルリとまわしてテーブルに背を向けると、コンピューター画面上をスクロールダウンしはじめた一連の通信データを鉛筆でさし示した。「ほら、空腹を覚えるって言ってたでしょう」

ボブコヴァはプギンのところまで歩いてきて、画面をよく見られるように腰をまげた。プギンのオーデコロンの香りがすこし弱まり、いい匂《にお》いになっていた——それとも、鼻がそれに慣れてしまっただけなのか？

「ほら、『モートンズ・ザ・ステーキハウス』の二人用テーブル席を予約しましたよ」

プギンはチャドウィックが予約サイトで使ったログイン情報をメモした。これは彼女の他のアプリケーションへの侵入に利用できるかもしれない。

ボブコヴァは、ミッシェル・チャドウィックが——ひょっとしたら鯉《こい》の口のような唇をした〝若い燕《つばめ》〟が彼女のスマホをいじって——クリスタル・シティでの七時からのディナーを予約するのをリアルタイムで見まもったことになる。場所はよく知っていた。『モートンズ・ザ・ステーキハウス』はクリスタル通り《ドライヴ》に面していたが、クリスタル・シティ・アンダーグラウンドと呼ばれる地下のショッピング・エリアからも入れるようになっていた。そのステーキハウスのすぐそばにあるスターバックスでレザ・カゼムと会ったこともある。クリスタル通り《ドライヴ》の向こうにはポトマック川に沿って延びるマウント・ヴァーノン・トレイルがあり、そこはボブコヴァがよくジョギングする舗装された小道だった。

ボブコヴァは腕を組み、ホテルの部屋の端から端まで行ったり来たりしながら、問題のステーキハウスがあるあたりの詳しい位置関係を思い出し、いろいろ検討しはじめた。

適度にパニックになって騒然とするくらいの人々がいるから――ドゥドコの指示どおり――暗殺をかなりの人間にしっかり目撃させることができる。近辺にはレストランがほかに数軒あるのだ――シーフード、タパス、ヌードルの各専門店のほか、バイソン料理に特化したところさえある。それに、車で来るディナー客もいる一方、メトロを利用する者もたくさんいて、帰るさいは『モートンズ・ザ・ステーキハウス』の前を通って駅に向かうことになり、かなり込み合う。それゆえ、目撃者は充分な数に達するはずだし、暗殺決行後の逃走も楽になる。

クリスタル・シティ・アンダーグラウンドの防犯カメラについては、先日レザ・カゼムと会う前に徹底的に調べた。そのときは、実は見られたかったので問題なかったのだが、作戦遂行にあたっては必ずそうする習慣になっていたので、いちおう調べたのだ。今回は、念のためもういちどゴレフにチェックさせ、ステーキハウス正面に向けられたクリスタル通り上《ドライヴ》のカメラを作動不能にさせることにした。

理想的には、もうすこし時間をかけて情報量を増やしたかったが、ドゥドコに急げとしつこく言われ、あきらめざるをえなかった。だが、ボブコヴァは馬鹿《ばか》ではなかったので、ドゥドコの目的が何であるかはわかっていた。それに関するニュースがすでに書かれはじめていて、燃えだした小さな炎は今後、数千にものぼるインターネットボットがつくりだす〝いいね！〟、ツイート、シェア、コメントにあおられて大火となってウェブ中に広がるにちがいない。そして、面白い陰謀が大好きな月曜朝の通勤ドライヴ時間帯のラジオがそれをさらに広める。ツイートがどんどん増えつづけ、その多くは実在する人々からのものとなり、それを相変わらずボット軍団がしっかり支える。ひとつの話をもとにして別の話が生まれ、それがどんどん増幅していって、ついにはどんなに疑り《うたぐ》深い人間でも自分の信念を揺るがせ、信じはじめてしまう。ムンドゥス・ウルト・デキピ——世界はだまされることを欲している。

チャドウィック上院議員は今夜死ぬ。そして、アメリカ国民――少なくともそのかなりの部分――は、彼女が超法規的殺人を実行する個人暗殺チームを抱えていると言って非難した男の仕業だと思う。その男はチャドウィックの死から最も多くの安らぎを得られる人物、そう、ジャック・ライアン大統領。

41

レザ・カゼムは盗んだファート・サフィール――ジープCJ・4×4のイラン版――の運転席に座り、まぶしい太陽の光を手でさえぎりながら、巨大な輸送機が強風にもまれつつ間に合わせの滑走路へと降下してくるのをながめた。助手席には五〇代の女性が座っていて、前かがみになり、手帳をのぞきこんでいた。彼女はそこによくメモをするのだが、そのときに使う鉛筆はいまのところまだ耳に挟まれたままだった。彼女は赤い口紅を塗り、黒っぽいアイラインを引いていたものの、装身具と言えるものはその鉛筆だけのようだった。スカーフからこぼれたスティールグレーの髪が顔の前に垂れて風に吹かれていたが、彼女はまったく気にせず、いま自分のしていることに没頭していた。そもそも彼女はほとんどしゃべらない、自分以外とは――自分とは生き生きとした会話をたくさんかわし、それを手帳にメモする。

頭上で、イリューシンIl-76のエンジンが吼《ほ》えている。巨大な輸送機はファイナル・アプローチに入った。イランのマシュハドの東に位置する谷の砂漠を切り拓《ひら》いてつくった滑走路は、理想的とは言えないけれど、イリューシンの着陸には充分なものだった。全長一五〇〇メートル——ただ、イリューシンが積載量最大で離陸するには一〇〇〇メートルほど足りない。

レザ・カゼムは心配などすこしもしていなかった。すぐにイリューシンは七万四〇〇〇キロほど軽くなるのだから。

サフィールの助手席に座っていた女性は、凄《すさ》まじい爆音についに集中力を断ち切られ、ハッとして顔を上げた。

「ミサイルを発射管に収めるときは最大の注意を払うようにと、作業する人たちに言ってね」

カゼムは長い指でハンドルを小刻みにたたきはじめた。「次にアメリカの偵察衛星が頭上を通過するのは、二時間三六分後。われわれがすることを〝大悪魔〟には見られないようにしたほうがいいでしょう？」

「それはそうだけど」女は侮蔑《ぶべつ》をあらわにして言った。「部品がすこしでも損傷したら、必要となる極めて高い精度が失われてしまうのよ。秘密保持だとか言ったって、狙《ねら》っているものに命中させられないのだったら、まったく意味ないじゃない」彼女は手帳にふたたび目を落としたが、しばらくしてまた不意に顔を上げた。

「あなた、撃てる?」

カゼムはうなずいた。「銃なら、ときどき撃っています」

「腕は確かなの?」工学教授はずばり訊《き》いた。自分の口から飛び出した言葉がどのような結果をもたらすかなど、まったく考えていなかった。

「だと思います」カゼムは答えた。

「じゃあ、ちょっと想像してみて」彼女はつづけた。「あなたの友だちのひとりが、あなたの頭上にふつうの迫撃砲弾を一発撃ち上げたとする。それは、そうねえ、秒速一六〇〇メートル——ほぼ一マイル——の速度で飛翔《ひしょう》する。で、あなたはその砲弾をカラシニコフ自動小銃で撃ち落とす任務を与えられた。カラシニコフの銃弾の速度は秒速およそ七〇〇メートル。迫撃砲弾は比較的大きなターゲットだけれど、自動小銃の弾丸の二倍のスピードで飛んでくる。だったら、あなただって、最高に正確な最良の弾丸を使いたいでしょう?」

「そりゃあまあ、おっしゃるとおりです」カゼムは答えた。

「では、お願い」彼女は言った。「ミサイルを動かすときは充分に注意して。いま出した譬《たと》え話はあなたが提案したこととそれほどかけ離れていない」

42

ゲアリー・モンゴメリー大統領警護課長は、大統領との電話を切るとすぐ、大統領警護班に所属する部下二人を別々の車でミッシェル・チャドウィック上院議員のコンドミニアムがある通りへ送りこみ、すこし離れたところに駐車させた。そして、この警護作戦を始動させるや、自分のボスたちにも電話した。そうやって、一〇分もしないうちに、シークレット・サーヴィス長官のハウ、彼の右腕のケンナ・メンデス副長官、それに専属弁護士との電話会議をはじめた。こうした問題を話し合うときはかならず弁護士にも加わってもらわないといけない。

まず、シークレット・サーヴィスの評判を落とす心配はないか話し合われた。弁護士によると、今回の作戦の結果は次の三つと考えてよい。ひとつ目は「何も起こらない」。この場合は、薔薇色《ばらいろ》、つまり何の問題も生じない。二つ目は「シークレット・サーヴィス警護官が暗殺されようとしたチャドウィック上院議員を救う」。この場合も完全な薔薇色だ。ところが三つ目の「何らかの不手際《ふてぎわ》があってチャドウィックが死亡する」となった場合は、シークレット・サーヴィスは無能と見なされ、責任があると非難される可能性さえある。ハウ長官とメンデス副長官のシークレット・サーヴィス勤務年数は合わせてほぼ五〇年にもなり、二人とも雑務担当からはじめて、犯罪捜査官、警護官、管理監督官をへて、大きな支局の長にまでなった。現場の者が対処しなければならない予測不能なことまで二人はよく知っていた。今回の作戦が極秘警護である——チャドウィックが警護を要請したわけでもなく、自分が警護されていることを彼女に知られてもいけない——という事実が、さらに仕事を難しくしていた。上院議員のスケジュールがわからなければ、彼女が訪れる予定の場所の事前調査ができなくなる。すべて勘と経験による動きにならざるをえない。シークレット・サーヴィスは非の打ちどころのない完璧《かんぺき》な警護を提供することを誇りにしていたが、こんな条件でうまくやるなんて、ほとんど不可能だ。

スパイ目的でなければ、シークレット・サーヴィス警護官が本人に知られないように上院議員を尾行するのは違法ではないが、そうする法的義務はない、と弁護士は指摘した。さらに、今回の作戦はたぶん、いくつかの点で政府の政策に違反し、勤務時間外賃金に関する連邦法に抵触する可能性もあり、すこし調べる必要がある、とも弁護士は言った。これにはモンゴメリーも不満の声を洩《も》らした。調べる時間を充分に与えられれば、政府機関の弁護士たちはかならず、どんなことでも規範に反するものにする方法を見つけられるのだ。

最後にモンゴメリーは第四のシナリオがあることを長官に気づかせた。それは「POTUS《ポータス》（アメリカ合衆国大統領《プレジデント・オブ・ジ・ユナイティッド・ステイツ》）の要請を拒否し、チャドウィックが暗殺され、シークレット・サーヴィスが大統領の信頼を失う」というものだ。

ハウ長官の意見は次のようなものだった。この電話会議が意思疎《そ》通《つう》をはかる唯一《ゆいいつ》の方法であり、違法でも不道徳でも非倫理的でもなければ、大統領からの要請を実行することに何の問題もない。暗殺される可能性のある憎たらしい女をひそかに護《まも》るのは、いい気分にはなれないものの、違法でも不道徳でも非倫理的でもない。

最後に弁護士がハウ長官に再考を強くうながして電話会議は終わった。弁護士にとって、それ以上に安全な選択肢はない。なぜなら、すべてがうまく行ったときには、その言葉は忘れられるし、うまく行かなかったときには、だから言ったじゃないですかと言い訳ができる。モンゴメリーは自分が危険な立場にあることに気づいていた。だれもそれを口に出しはしなかったが、この作戦が失敗して困ったことになった場合、責任をとらされるのはモンゴメリーなのだ。ライアン大統領だって、失職したくなければ、彼を護ることはできない。

法執行機関に所属するほぼすべての人間が、銃撃戦になったら弾丸をよけられる場所を探すよう訓練されているのとは反対に、シークレット・サーヴィス要員の男女は、同僚が懸命になって警護対象を危険から遠ざけようとしているあいだ、立ち上がったまま戦って要人よりも大きな的になるよう訓練されている。とんでもない仕事とふつうの人は思うかもしれないが、それがゲアリー・モンゴメリーの仕事なのだから仕方ない。今回も、大統領から個人的に、立ち上がって戦ってくれ、と頼まれたから、そうする。ただそれだけのこと。

大統領首席補佐官をはじめ政権内の数人にはシークレット・サーヴィスの警護班がついていた。だが、それらの人々の警護班は比較的小規模で、一握りの警護官しか割り当てられていなかったので、そこから一人でも引き抜くと本来の仕事のほうが危うくなりかねなかった。そこでモンゴメリーはまず自身の配下にある大統領警護班から、さらに副大統領と財務長官の各警護班、シークレット・サーヴィス本部、ワシントンDC支局から人員を工面した。結局、女性五人、男性七人からなる警護官の小グループができあがった。大半の者がモンゴメリーの子供と言ってもよいほど若かったが、上司からの熱烈な推薦を受けた優秀な警護官だった。

三人は夜勤――おもにコンドミニアムを見張るくらいの定点監視――を担当し、残りの九人は昼勤で、どこまでも上院議員を尾《つ》けていき秘密警護にあたる。

モンゴメリーは首都圏環状高速《ベルトウェー》の近くか内側に住む警護官を選んだ。互いに数マイルしか離れていないところに住む者たちもいたが、勤務スケジュールのちがいによって近所でばったり出会うことはほとんどなかった。シークレット・サーヴィスは小規模な機関なので、大半の者が互いに知り合いで、そうでない場合でも少なくとも共通の友がいる。今回の秘密警護グループも、会合のさいはあるていど〝和気藹々《あいあい》〟とし、互いの生活の最新情報を得たりする。

モンゴメリーは最初の状況説明《ブリーフィング》をH通《ストリート》りにある地味なオレンジ色のビル——シークレット・サーヴィス本部——でひらいた。彼はだれに対しても正直で、長い会議用テーブルのはしの席についた弁護士にも嘘《うそ》はつかなかった。

「はっきりした脅威はいまのところまだない」モンゴメリーは言った。

「ええ」マイク・エアーズ管理監督官は言った。「不躾《ぶしつけ》なことは言いたくないのだが、上院議員の発言はみんな知っているよね？　彼女の卑劣な腹黒さを憎んでいる者は一〇〇万人はいるにちがいない。すみません、ボス、だれもがすでに思っていることを口に出しただけでして。われわれが心配しなければならないのは、ふだんは大騒ぎしないふつうの人々です」

シークレット・サーヴィス・ワシントンDC支局に所属する頭の切れる管理監督官は、今回、当然ながら、モンゴメリーの〝副司令官〟になった。

「言いたいことはわかる、マイク」モンゴメリーは返した。「だが、それはここだけの話にしよう」

「了解《コピー・ザット》です、ボス」マイク・エアーズは応《こた》えた。

「もうひとつ言っておきたいことがある」モンゴメリーは全員がさまざまな任務を受け持つため散っていく前に言った。「通常われわれは危害だけでなく嫌がらせからも警護対象を護る。だが、今回は嫌がらせについてはほうっておいていい。上院議員が危害を加えられないようにするだけでいい。危なくなりそうだと判断したら、ただちにその原因となるものを排除しろ。上院議員に気づかれないようにやれれば、それに越したことはないが、それを気にしすぎて肝心の警護がおろそかにならないように注意しろ」

エリザヴェータ・ボブコヴァの頭のなかにあることを無視するかのように、その夕方は快適な暖かさになった。太陽はアーリントンのホテルやオフィスビルの背後に沈んでいき、クリスタル通り《ドライヴ》とその向こうの噴水公園《ウォーターパーク》の大部分が影におおわれた。ボブコヴァは公園のベンチにゆったり座っていた。同じようにしてくつろいでいる人々がほかに五、六人いた。大半はロナルド・レーガン・ワシントン・ナショナル空港に隣接してたくさん建っているアパートメントに住んでいるのだろう。マウント・ヴァーノン・トレイルをジョギングしてきたばかりのように見える人もいるし、ただ気持ちのいい夕べにひたるために出てきただけだと思える人もいる。そこにもうすこしぐずぐずしている人々にとって、今宵は生涯忘れることのできないときとなるはずである。チャドウィックがステーキハウスにとどまるのが一時間半だとすると、彼女は日没ごろに出てくることになる。それならタイミングとしてはほぼ完璧だ、とボブコヴァは計算していた。

『モートンズ・ザ・ステーキハウス』はワシントンDCからだと一四番通《ストリート》り橋でポトマック川を渡ってすぐのところにある。だから、チャドウィックがそこで〝ワシントン上流階級〟のだれかと会うというのは、べつに驚くべきことではない。クリスタル・シティのレストランは、ロビー活動をしたり、ロビイストと会ったり、資金援助を懇願したり、すでに懇願していた資金援助をさらに要請したりするのに愛用される場所なのだ。政治というのは、まさに汚いビジネスなのである。そう、スパイ活動よりもずっと汚い、とボブコヴァは思った。だから、おいしい高級料理を食べながらやったほうがいいのだ。

チャドウィックが未熟な補佐官ではない人物とあらわれるのを見ても、ボブコヴァは驚きはしなかった。ファイトもいるにはいたが、会食相手ではなく運転手だった。ファイトは上院議員と相手をステーキハウスの前で降ろすと、チャドウィックの黒いBMW・X5を運転してあっというまに南へ走り去った。おそらく、拾いに来てくれと電話で呼ばれるまでどこかで待っているのだろう。実に都合がよかった。いまの場面が逆に繰り返されるにちがいなかったからだ。つまり、電話で呼ばれたファイトがステーキハウスの真ん前の縁石に車を横づけし、チャドウィックは待っている車に乗りこむとき、ほんのわずかなあいだだが動きをゆるやかにする。その瞬間を見逃さずにゴレフが襲撃する。

今宵の上院議員の相手は大手製薬会社に雇われたロビイストで、樵《きこり》のようにがっしりした男だった。ボブコヴァは名前までは思い出せなかったものの、その男の鬚面《ひげづら》は覚えていた。だれもが悪く言いたがるが、だれも見逃したくない、やたらと催されるワシントンのカクテルパーティーで、何度か見たことがあったからだ。

チャドウィックもロビイストも、ステーキハウスとBMWのあいだで腕時計に目をやった。二人ともこのあと別の約束があるのだろう。

「よし、まもなくだ」ボブコヴァはブラウスの襟の内側に留めておいたミニマイクにそっと言った。公園のベンチに座ってひとりで何やらぶつぶつ言うのは、携帯電話が出現する前はかなり奇妙に思われたかもしれないが、いまはそれほどでもない。

部下は二人とも〝了解〟の応答をした。プギンは地下のショッピング・エリアの小さな郵便局の向かい側にあるベンチに座っていた。彼がいる地点は見晴らしが利《き》き、チャドウィックとロビイストが万が一だれにも知られないように裏のドアを抜けて地下のショッピング・エリアを歩くことにした場合、すぐにそれを知ることができた。しかも、両開きのガラスドアを通してクリスタル通り《ドライヴ》のようすもよく見える。通りにすぐ出られるので、ゴレフが支援を必要としたら、駆けつけることもできる。

銃撃はゴレフが受け持つ。ゴレフは童顔だが、根はプギンよりもずっと冷酷だった。今回の作戦には冷酷さが必要、とボブコヴァは判断していた。ゴレフは防犯カメラに写らないように注意しながら、車を待っているかのようにクリスタル通り《ドライヴ》をぶらぶらすることになっていた。そして、チャドウィックがステーキハウスから出てきたら、表のドアを見られる位置にいるボブコヴァが、それをゴレフに知らせる。すると、すぐさまゴレフは歩み寄り、上院議員の顔を撃ち抜く。その一瞬後にはプギンがショッピング・エリアから出てきて、凶行をしっかり目撃した者を演じ、近くのビルの屋上に襲撃者がいるかのように、そこへ向かって叫ぶ。人間の脳は、予期せぬこと、とりわけ暴力がらみのそれを処理するのに数秒を要する。近くにいた人々の大半はプギンの仕種《しぐさ》にならって、だれもいない屋上を見上げ、なんとか状況を理解しようとする。ゴレフが引き金《トリガー》を引くのを見てしまう者も何人かはいるにちがいない。両手をポケットに突っ込んだまま立ちつくし、テレビで見るものとはまったくちがう砕かれた頭蓋《ずがい》骨《こつ》や脳髄をショック状態で凝視する者もいるだろう。打ちのめされた感覚では、鮮血、血糊《ちのり》、火薬といった情報をうまく処理できないのだ。そう、それに、憐《あわ》れみ深い親切な人もなかにはいて、ゴレフにタックルしようとするかもしれない。だが、ゴレフは強いし敏捷《びんしょう》でもある。さらに、プギンも襲撃者を捕らえようとするふりをして割りこみ、ゴレフを攻撃する者がいれば、わざとぎこちない動作でブロックする。

よくできた計画だった。幸運にすこしでも恵まれれば、すぐに終わるはずだった。ボブコヴァは公園のベンチに座ったまま背筋をすこしだけ伸ばし、緊張で脚が動きださないようにした。アーリントンには警官や連邦機関の捜査官がうようよしている。発砲音が響けば、そうした連中が木工製品からぞろぞろ出てくる白蟻《しろあり》のように姿をあらわすにちがいない。ボブコヴァは自分がいることをだれかに知られる前にここから脱出したかった。

「〝回転木馬《キャラセル》〟、動きなし」『モートンズ・ザ・ステーキハウス』店内にいたソン特別警護官が無線を通して言った。チャドウィックのコードネームについては、それでは褒めすぎだという意見があって、お世辞のないふつうのものがいくつか候補に挙がったが、モンゴメリーは今回の作戦が表沙汰《おもてざた》になりうることをチームに思い出させ、〝回転木馬《キャラセル》〟に固執した。

「A《アルファ》、動きなし」クリスタル・プレイス・アパートメンツの屋上にいる警護官が応えた。彼女はレミントンM700ボルトアクション狙撃銃《そげきじゅう》のうしろに腹ばいになり、頬をアキュラシー・インターナショナル社製シャシーの調節可能な銃床《ストック》上端部に押しあて、ナイトフォース光学照準器《スコープ》をのぞきこみ、その十字線の向こうにあるものを見ていた。

「彼女から目を離すな、クリスティー」とエアーズが言うのをモンゴメリーは聞いた。

ミラー、ウッドラフ両特別警護官も応答した。

「B《ブラヴォー》、動きなし」

「C《チャーリー》、動きなし」

モンゴメリーは満足げにうなずいた。彼は二〇〇メートルほど離れたところにとまっている栗色《くりいろ》のダッジ・デュランゴのなかにひとりで座っていた。この警護態勢なら、脅威となる者があらわれた瞬間、チームは素早く対処できるだろう。そう思うのはモンゴメリーも嫌ではなかったが、彼がいま満足げにうなずいた真の理由は、シークレット・サーヴィスに入りたてのころにまでさかのぼる友情を思ってのことだった。

犯罪捜査官学校（CI）在校中に連邦法執行訓練センターで隣に座っていた警護官見習いは、早くも一九九〇年代前半に、未来の法執行は技術的手段に依《よ》るところが大きいと確信していた。ジョッシュ・パーカーは当時すでに、携帯電話、デジタルカメラ、擡頭《たいとう》しはじめたインターネットに関する最新技術のデータをいっぱい詰めこんだフォルダーを持ち歩いていた。そしてつねに、喜んで耳をかたむけてくれる者には熱心に自分のアイディアを披露した。モンゴメリーはそのころからもう、被服手当をもらえて髪型ももうすこしよければ、ミッキー・スピレインのハードボイルド小説に登場する無骨な人物のように見え、コンピューターの二進数コードよりも自分の足や靴の革を頼りにする傾向があった。だが、その警護官見習いはいいところに気づいたとモンゴメリーは感じとっていた。彼とパーカーは数週間にわたるCIでの基礎訓練中も、さらにベルツヴィルでのより専門的なシークレット・サーヴィス訓練コースのあいだも、ずっと親しくし、親友になった。そして、ジョッシュ・パーカー特別警護官は、いまやシークレット・サーヴィス警護情報課長の地位にあり、本部ビル最上階にあるすりガラス窓のオフィスで働いている。

最初の手がかり、不審な点を知らせたのは、そのパーカーのドローンだった。

厳密に言えば、ロナルド・レーガン・ワシントン・ナショナル空港を中心とした半径一五マイル以内はドローン飛行禁止区域だった。市販の小型ドローンがホワイトハウスの芝地に墜落するという事故がすでに起きていた。遠隔操縦のドローンが大統領の住居の窓まで飛んでいく可能性があったわけで、これにはシークレット・サーヴィスも、ほとんどありえない銃撃以上のことが起こったときくらい色めき立った。そこで、多数のテストを実施してドローンの侵入を阻止する方法を研究し、同時に、そうした無人機を自分たちの任務遂行に有効利用できないものかも検討した。

その研究、検討を指揮したのもジョッシュ・パーカーだった。

今回、パーカーはチャドウィックのコンドミニアムから二ブロック離れた公園を最新型ドローンの発着場所に選んだ。目的はただ、上空からの近隣の最新映像を得て、監視に使われている可能性がある車両など不審なものがあれば見つける、というものだった。パーカーは、近隣の動きのパターン——およびそのパターンの変化——を把握するために毎時間ドローンを飛び立たせることを提案した。

六時五分過ぎに飛び立った三機目のドローンが気になるものを捉《とら》えた。チャドウィック上院議員のコンドミニアムと同じ通りの向かい側にあるアパートメントの裏口から琥珀色《こはくいろ》の髪の女が出てきて、フォード・トーラスに乗りこんだ。それ自体は変でも何でもないが、その女が乗りこんでも車は発進しなかったのだ。二分後、二〇代の白人男性がひとり、同じ建物から出てきて、別のセダンまで歩いていった。そして、その男と女は同時に車を動かし、同じ方向へ向かった。

パーカーはドローンの高度を一〇〇フィートほど上げ、近隣区域から出ていく二台の車を観察しつづけた。二台は州間高速《インターステート》66号線に乗って東へ向かった。この二台が近隣区域外へ出たことは指令センターに記録されたにすぎなかったが、前の男よりも背が低く色黒で年嵩《としかさ》の三人目の男性——警護官のひとりが〝ずる賢そう〟と形容——が同じアパートメントの建物から出てきて車で同じ道をたどった。

六時三〇分ちょっと前、チャドウィックがBMW・X5に乗って自宅のコンドミニアムから出てきた。運転席には補佐官のコリー・ファイトがいた。シークレット・サーヴィスの七台の車が、見つからないよう充分な距離をとって、だが環状高速《ベルトウェー》内では最もよく見かけるタイプの車を見失わないよう充分に近づいたまま、あとを尾《つ》けた。

BMWはメトロのクラレンドン駅の通勤客送り迎え用駐車スペースである人物を拾い、

そのままクラレンドン・ブールバードを走りつづけ、チャドウィックよりもすこし前に出発した三人がとったルートにだいたい平行して東へ向かった。

パーカーは三人それぞれがいちばん鮮明に捉えられている部分のビデオ映像をアップロードし、それを特別警護チームの全員に送った。アングルは理想的ではなかったが、それほど悪くもなかった。チームが現場に到着すると、ほぼ即座にその映像が役立った。〝ずる賢そう〟な男がクリスタル・シティ・アンダーグラウンド内のベンチに座っているのがわかったのだ。

モンゴメリーも他の警護官たちも、チャドウィックが『モートンズ・ザ・ステーキハウス』に着くまで行き先を知らなかったので、そこでの警護態勢を整えるのに数分かかった。ひとりの警護官が上院議員と会食相手の男性を追って店内に入った。この警護官は女性だった。咎《とが》められることなく女性用トイレをチェックできるからである。彼女はシークレット・サーヴィスの身分証をそっと見せてマデリン・ソン特別警護官であることを明かしてから、これから要人が訪れるので事前調査をする必要があるのだと給仕長に言った。ワシントンDC圏では要人警護はよくあることなので、給仕長は彼女に店内を自由に調べさせることにした。店内の照明は薄暗く、ソン特別警護官は小粋《こいき》なネイヴィーブルーのスーツを着ていて、シャツもオープンカラー・ボタンダウンだったので、管理職のように見え、その場に溶けこめた。チャドウィックは自分たちの話し合いに没頭していて、二〇フィートも離れていないところから脅威となりうる人物がいないかと懸命にチェックしているアジア系の女性にまったく注意を払わなかった。

地下のショッピング・エリアに面する『モートンズ・ザ・ステーキハウス』のドアのすぐ近くのベンチに〝ずる賢そう〟な男が座っていただけで、モンゴメリーはクリスタル通り《ドライヴ》の向かい側の南と北にある直近のアパートメントの建物の屋上に狙撃手をひとりずつ配置する気になった。二人のスナイパーにステーキハウスへの送迎地点をしっかり監視させ、必要とあれば狙撃できるようにしておきたかったのだ。パーカーのドローンをここでも使えば役立つのだが、そうするのはレーガン空港に近すぎて問題が起こりうる。

スナイパーたちが屋上にたどり着く前に、地上の警護官たちがチャドウィックの住居のそばのアパートメントから出てきた女と若いほうの男を見つけた。不審な女と二人の男は、アパートメントから出てきた順に、A《アルファ》、B《ブラヴォー》、C《チャーリー》という識別符号を与えられた。いまやモンゴメリーの全感覚がざわめき立っていた。A《アルファ》、B《ブラヴォー》、C《チャーリー》と何やらやらかそうとしている未確認のD《デルタ》もいるのだろうか、とモンゴメリーは思わずにはいられなかった。

ソン特別警護官の声が無線ネットワークを通して聞こえてきた。「〝回転木馬《キャラセル》〟はすぐに店から出る。いま会計を済ませているところ」

「オーケー、ボーイズ・アンド・ガールズ」エアーズ管理監督官は言った。「はじまるぞ！　準備しろ！」

43

モンゴメリーは両手でハンドルをしっかりにぎりしめ、身を前に乗り出し、現場に飛び出したいという衝動を必死で抑えこんでいた。

チャドウィックのＢＭＷ・Ｘ５が『モートンズ・ザ・ステーキハウス』の前にとまると、上院議員がすぐに出てきた。

「Ｂ《ブラヴォー》、動きだした！」ひとりの警護官が言った。

別の警護官が緊迫した声をあげた。「Ｃ《チャーリー》が立ち上がり、通りへ向かって歩きだした！」

次いで「Ｂ《ブラヴォー》、銃を所持！　Ｂ《ブラヴォー》、銃を所持！」

ミズーリ大学アメリカンフットボール・チームでタイトエンドを務めていたこともある痩《や》せこけた身長六フィート三インチのデルレイ・ウィザースプーン特別警護官が、ステーキハウスの前にいて、拳銃《けんじゅう》を構えようとしたＢ《ブラヴォー》の頭をコンクリートの柱に思い切り打ちつけた。Ｂ《ブラヴォー》は歩道に崩れ落ちた。

ソン特別警護官は右へ移動し、ちょうど両開きのガラスドアを通り抜けようとしていたＣ《チャーリー》に体当たりした。Ｃ《チャーリー》はうしろへ弾《はじ》かれ、後方から全速力で走ってきた二人の警護官の腕のなかに入り、拘束された。

チャドウィックと会食相手はＢＭＷに乗りこみ、現場から去った。たったいま暗殺をかろうじてまぬがれたことなど知らないようだった。

「Ａ《アルファ》、東へ走りだした」屋上のスナイパーのひとりが、いかにも狙撃手《そげきしゅ》らしく落ち着いた声で言った。顔を狙撃銃のシャシーに押しつけていたため、ブレているような独特の声の響きになった。「舗装された小道に入り、空港のほうへ下りていく」

モンゴメリーはハンドルをバンとたたいた。エアーズは第二の攻撃を警戒し、チャドウィックの車を追いつづけるはずだ。屋上や通りにいる残りの警護官だけではＡ《アルファ》を取り逃がすことになる。

「おおっ、くそっ、逃がさんぞ」モンゴメリーは思わず声を洩《も》らし、ダッジ・デュランゴのギアをたたき入れた。アクセルペダルをめいっぱい踏みこみ、クリスタル通り《ドライヴ》の右側にある駐車場にデュランゴを突入させると、二つのアパートメントの建物のあいだを切り裂くように走り抜けた。すでにＡ《アルファ》の映像を充分に見ていたので、女が長い脚を持っていて大股《おおまた》でスイスイ歩くのはわかっていた。たぶんランニングシューズを大量に買いこむような女なのだろう。走って追いつくなんてむりだ。だが、モンゴメリーはボクサーだった。ボクサーは角度を上手に利用する術《すべ》を心得ている。

マウント・ヴァーノン・トレイルはポトマック川の西岸沿いに延びる舗装された小道で、ジョージ・ワシントンのプランテーションと邸宅があったマウント・ヴァーノンと、北のセオドア・ルーズヴェルト島を結んでおり、全長は一八マイルにもおよぶ。クリスタル・シティからそこへ入るには、まず林のなかを抜けて東へ進み、線路を渡ったところで、ジョージ・ワシントン・メモリアル・パークウェイに沿ってほぼ南へ向かい、ロナルド・レーガン・ワシントン・ナショナル空港を見晴らせるコンクリート製の傾斜路をのぼらなければならない。それでやっとマウント・ヴァーノン・トレイルの本道に入ることができるのだ。要するに、A《アルファ》がその小道を走って北へと逃げようとしているのなら、まずは南へ向かわなければならないということである。モンゴメリーはその小道を前に走ったことがあった。クリスタル・シティに本部がある連邦保安官局の友人たちといっしょに。

モンゴメリーはデュランゴで行けるところまで行こうと思った。結局、アパートメントの裏にあるプールに行く手をはばまれ、車をとめざるをえなくなった。車から降りるや走りだした。線路沿いの錆《さ》びた金属の壁をよじのぼって越えた。砂利の地面に着地するとき、膝《ひざ》をついてしまい、カーキ色のズボンのその部分が裂けてしまったが、すでに獲物を追う野獣のようになっていて、多少の痛みなど気にならなかった。全速力のまま林に突っ込み、オークやサフラスの青々とした厚い葉叢《はむら》を突き抜け、丘の斜面を滑ったり弾んだりしながら下った。追跡する彼が立てる音は、夕刻のジョージ・ワシントン・メモリアル・パークウェイ上を流れる車の騒音に掻《か》き消された。

樹木が薄くなりはじめると、モンゴメリーはすこしだけスピードを落とし、林の縁《へり》に近づいた。A《アルファ》は現在、左のほうにいて、相変わらず悪魔に追われているかのように懸命に走り、橋の下にさしかかろうとしていた。モンゴメリーは地面を手で掘るようにして、草でおおわれた丘の斜面をジョージ・ワシントン・メモリアル・パークウェイまで一気に駆け上がった。そして、頭がいかれてしまった男さながらに、近づいてくる車に手を振った。環状高速《ベルトウェー》内の道路はつねに混んでいるのだが、日曜の夕方だったので車の切れ目があんがいあり、テレビゲームの蛙《かえる》のように急いで移動・停止を繰り返し、グシャッとつぶされることなく渡り切ることができた。ターゲットよりも先に高い地点に達することができて元気が出て、モンゴメリーは林のなかに歩み入った。そこはクリスタル・シティからの小道がマウント・ヴァーノン・トレイルの本道に合流するところだった。モンゴメリーはA《アルファ》が自分に向かってまっすぐ走ってくるのを待った。

SIGザウエル拳銃を引き抜いたが、その必要はなかった。

A《アルファ》はモンゴメリーの首から鎖で下げられていた身分証を見ると、その場で足をとめ、両手を上げた。

「わたしの名前はエリザヴェータ・ボブコヴァ。ロシア大使館・経済担当官第一補佐官。外交官不逮捕特権がある」

モンゴメリーは拳銃を構えたまま距離をたもち、近づかなかった。

ボブコヴァは命じられもしないのに、芝生にひざまずき、両手を頭のてっぺんに載せ、足首を交差させた。彼女は法執行機関の拘束時の手順を知っていた。アーリントン郡警察のパトロールカーがジョージ・ワシントン・メモリアル・パークウェイの路肩に寄ってとまり、車から降りた二人の警官が拳銃を前に突き出したまま、エンジンがある部分のうしろにまわって身を安全にし、現場の様子をうかがいはじめた。

モンゴメリーは首から下がる身分証をポンとたたいた。「シークレット・サーヴィスだ。応援を頼む」

さらに二台のパトカーが二分後には到着し、彼らは数でもずいぶん勝ったので、すこし緊張をゆるめた。モンゴメリーは拳銃をホルスターにもどし、協力・援護に慣れている警察官たちにエリザヴェータ・ボブコヴァの身柄を確保させた。

「なかなかいいグロックだね」ボブコヴァのウエストバンドからとりあげたグロック43自動拳銃をアーリントン郡の警察官のひとりに手渡されると、モンゴメリーは言った。「小型だが、経済担当大使館員にはちょっと扱いきれない」

ボブコヴァは首をかしげた。上唇に玉の汗が吹き出ている。懸命に走ったためと緊張のせいで胸が上下していた。いまや暗くなりはじめていて、彼女の呆然《ぼうぜん》とした顔もパトカーの青と赤の光を受けてピカピカ点滅しているかのようだった。

「あなたはとっても大きい」ボブコヴァは言った。ロシア訛《なま》りが前より強くなっている。難問を解こうとするかのように目を閉じていた。「太っていると言っているんじゃないの。あなたはいい具合に大きい。だけど、あなたみたいに大きな男が走ってわたしに追いついたなんて、わたし、信じられない。それって……ものすごい《リマーカブル》……」

44

ウルバーノ・ダ・ローシャはプラスチックのラウンジチェアに仰向けに寝そべるように身をまかせ、カー・マガジンを読み、いまや買うことができるようになった新型のブガッティを乗りまわすさまを楽しく空想していた。真昼の強烈な陽光が真っ白なプールサイドに反射し、プールの青い水をギラつかせている。無毛の胸の上にだらりと載っている重い金のチェーンが、水着のバックルともどもキラキラ輝いていた。水着は金襴《ブロケード》でおおわれたシルクのぴっちりしたもので、タレギーリャ——闘牛士《マタドール》のズボン——を模倣したものだ。マチョス——飾り房——までついている。そこまで真似《まね》るのはいささか滑稽《こっけい》だとダ・ローシャには思えたが、その水着はリュシルがセビリアでわざわざ買ってくれたものなのだ。闘牛士が本物のタレギーリャをはいたときと同じように、ダ・ローシャも自分の〝高貴な部分《パルテス・ノブレス》〟を片側にうまく寄せておかなければならなかった。闘牛士の場合は、牡牛《おうし》と闘うときに向ける側から遠ざける。賢明な選択だ。〝高貴な部分〟がスペイン闘牛用の牡牛の鋭い角に串刺《くしざ》しにされかねないからである。ともかく、この水着は見た目はキザだが、寝室では面白い欲情ゲームの小道具にちゃんとなる。おかげでダ・ローシャは、ロシア人たちとの取引が完了して以来、寝室ではまだほとんど一睡もしていない。

リュシル・フルニエの最高の力を引き出すのはつねに殺しだ。

ダ・ローシャは思わずうなり、車の雑誌をわきに置くと、空気の匂《にお》いを嗅《か》いだ。一八世紀に建てられた邸宅の下に広がる畑から立ちのぼる熱気に乗って、刈られた草の匂いが鼻孔から吸いこまれた。おれの畑、おれの邸宅、とダ・ローシャは思った。彼は丘の下のほうへ目をやり、オリーヴ畑をながめた。おれのオリーヴ畑。だが、これは単なる始まりにすぎない。そう、ここはポルトガルの基準からすると申し分のないところだが、いまやその気なら島だって買えるのだ。これから世界中におれの地所がちりばめられることになる。あのロシア人たちが約束を守れば――守らないはずがない――もっとたくさん取引することができる。〈オチョア〉の使い走りだった小僧にしてはまああの出世ではないか。

目のはしに閃光《せんこう》のような動きを捉《とら》え、顔が反射的に横へ倒れた。リュシルの日焼けした肢体がダイビング・ボードから離れて弧を描き、ほとんど音を立てずに水中に没した。リュシルはいつもこうだ。正確で完璧《かんぺき》。練習する必要さえないかのよう。そう、やりたいことをイメージするだけでいいのだ。頭のなかで何度も繰り返しイメージし、極めて小さな細部まで見えてきたら、実行に移すのである。ユゴー・ガスパール殺害はダ・ローシャが言い出したことだったが、どうやって殺すかはリュシルが考えた。衆人環視のなかでやり、あなどれない新しいプレイヤーが登場したことを他の同業者たちにはっきり知らせたほうがいい、と彼女は提案した。恐れられているフランス人を白昼堂々と——しかも、武装ボディーガードの真ん前で——殺せる者は、間違いなく考慮に入れるべき人物ということになる。ドン・フェリペ殺しの場合も同様だった。リュシルは細心の注意を払って毒薬を入手し、ロシア人たちの鼻先で不安を過度にもたらさずに実行できる毒殺方法を考え出した。

目を刺すまばゆい陽光を手でさえぎりながら、ダ・ローシャはリュシルに向かって口笛を吹いた。それは性的関心を示す下品な呼びかけでも〝こっちへ来い〟という命令でもなかった。そもそもリュシルは指をパチンと鳴らされ、それに応《こた》えるような女ではない。ダ・ローシャが吹いたのは畏敬《いけい》の口笛だった。

リュシルは両手をプールサイドに置くと、自分の上体を押し上げて水から出し、流れるような滑らかな動きで片脚を振り上げた。こういう動きはぎこちなくなるのがふつうだ。彼女は完璧な力でどこまでも優美に片足をプールサイドに載せ、全身をスーッと上昇させた。まさに地上に姿をあらわしたばかりの女神だった。濡《ぬ》れた肌が陽光を浴びて金色に輝いていた。リュシルはすべての髪が片側に垂れるように頭をかたむけてから、両手で余分な水分をしぼりとった。今日もユゴー・ガスパールを射殺したときに身につけていた黒いビキニを着ていて、その尻《しり》の左側には男に劣情をもよおさせる、あの日と同じ小さな裂け目があった。

「暑いわねえ、今日は」リュシルは言った。「あなたも泳いだら?」

「ああ、あとでね」ダ・ローシャは答えた。

リュシルは不機嫌そうに唇を突き出した。そして、足を踏み鳴らしたあと、プールの縁でクルリと体を回転させ、背中を弓なりに反らせて肩越しにダ・ローシャを見やり、裂けたビキニをしっかり見せてなじった。「あまりぐずぐずしないでよね。わたし、水で皺《しわ》が寄りそうなんだから」

「ほんのちょっと、先にやらなければならない仕事があるんだよ、わたしの皺だらけ《プルーン》ちゃん。ほら、銀行関係の」ダ・ローシャはラウンジチェアのそばに置かれていたチークのテーブルの上のラップトップ・コンピューターに手を伸ばし、ふたをひらいた。帰宅して以来、リュシルが片時もはなしてくれず、まだいちどもコンピューターにサインインしていなかった。ほんの一瞬でWi-Fi《ワイファイ》につながった。

45

セビリアを発《た》って一六時間後、三度の乗り継ぎをへて、いまジャック・ライアン・ジュニアとドミニク・カルーソーはヘラートの南に位置する空港に向かって急降下するアリアナ・アフガン航空の老朽化したボーイング737の機内にいた。最近はミサイル攻撃されることなどほとんどないが、パイロットは低空に長くとどまって運だめしする気はないのだろう。ほかの乗客たちは急降下に慣れているようで、うとうとしたり、読書したり、楽しそうにおしゃべりしたりしていた。旅客機は着陸したあとも強風にたたかれ、どこか悲しげなターミナルへ向かって地上走行《タキシング》していくあいだも揺れつづけた。

ジャック・ジュニアは首を大きくまわしたが、長時間座っていたことで生じた凝りはほとんどとれなかった。いや、それよりも、イサベル・カシャニとの再会が気になっていて、なんとも落ち着かない。ジャックはぼろぼろになったヘッドレストに頭を打ちつけた。

「着陸したとき、シートの詰めものから埃《ほこり》が舞い上がるのが見えた」ジャックは言った。

ドミニクは顔を両手でこすり、身を乗り出して窓の外に目をやった。「ここ全体が土埃の雲に包まれているようなものだ。もう歯のあいだがジャリジャリしてきたような気がする。ここには茶色以外の色もあるのかね?」

ひとりしかいないアリアナ・アフガン航空の客室乗務員は、乗客が降りるあいだ、すこし引っ込んだところにある調理室のなかに立っていた。まあまあにこやかな笑みを浮かべていたが、大部分がアフガン人男性である乗客たちが一列になって通り過ぎていっても何も言わなかった。

ジャックはたえず吹く風にまず驚かされた。空気よりも土埃のほうが多いのではないかとさえ思える。そして、それ以外で最初に気づいたのは臭《にお》いだった。調理された肉の匂《にお》いとプラスチックが燃える臭い。それで、九歳か一〇歳のころにGIジョー人形をバーベキュー・グリルのなかに隠しておいたときの記憶がよみがえった。父《ダッド》がふたの下をチェックせずにコンロに火をつけてしまったのだ。

駐機場を歩いていたときジャックは、狙撃手《そげきしゅ》がいるのではないかと心配になったが、異常なほど静かなターミナルに入ってイサベルの姿を見たとたん、危険のことなどすっかり忘れてしまった。イサベル・カシャニはチャコールグレーのゆったりした綿のワンピースを着て、ブルーのヘッドスカーフで頭部をおおっていた。ジャックは最後に見たときのようにTシャツにぴっちりしたジーンズという格好だろうと思っていたのだが、考えてみれば、それではいささか進歩的すぎる。なにしろここはアフガニスタン西部、多くの女性がブルカを着ている超保守的な土地なのだ。

彼女のそばには男が二人立っていて、どちらも新たな訪問者たちを険しい目で凝視していた。ひとりは肌の色が浅黒く、髪を剃《そ》ったように短くし、長くて先の尖《とが》った顎《あご》鬚《ひげ》――ジャックは雄山羊《おすやぎ》を連想した――をたくわえていた。顔をしっかり上げ、両手ともわきに垂らし、ちょっと身をかがめるように両肩を前に出して丸めている。喧嘩《けんか》したくてたまらないといった感じ。もうひとりは山羊鬚の男より背が高く、肉づきもいいが、黒い目のあたりに深い悲しみをただよわせている。この男も肌が黄褐色《オリーヴ》だが、もうひとりの男ほど濃くはない。頭をしっかりおおう豊かな髪は、黒くて、まっすぐうしろへ撫《な》でつけられていて、右側がすこし明るくなり、かすかに赤茶けている。ロシア人ではないかとジャックは思った。そして、どちらの男もにこりともしない。それはイサベルも同じだった。

彼女はただうなずいて挨拶《あいさつ》しただけだ。

「来てくれて、ありがとう」イサベルは言った。「車はこっち」

ドミニクとジャックは通りの向かい側にある小さな駐車場にとめられていたポンコツのミニヴァンまで連れていかれた。そのあいだも土埃をいっぱい含んだ暖かい風に打たれつづけた。丸刈りの男が、ハミドと名乗りながら、うしろのドアを横に滑らせてあけてくれた。ドミニクとジャックが乗りこむと、ハミドはヴァンをぐるりとまわって運転席に座った。二人の名前を知ることには興味がないようだった。イサベルは助手席に背筋を伸ばして座った。最後部のシートへの通り道をつくるリリースボタンが壊れていたので、残りの三人はヴァンの中央のみすぼらしいベンチシートに身を押しこめなければならなかった。ドヴジェンコは奥の窓側、ハミドの真後ろに、ジャックは中央の床が盛り上がっているところに座った。いっこうに構わなかった。そこからイサベルの顔があんがいよく見えたからである。

ジャックは両手を膝《ひざ》に置いて身を前に乗り出した。汗をかいていたし、イサベルとのほんとうに久しぶりの再会で神経が高ぶってもいた。

「会ったら、インディ・ジョーンズ風に体をたたき、しゃべりまくって大歓迎してくれるんじゃないかと思っていたけど、そうじゃなくて驚いた」

イサベルは振り向きもせずに、むすっとして横目でジャックを見ただけだった。

「ええ、よそでならそうしていたわ」彼女は真顔で言った。「でも、ここはアフガニスタン、おおっぴらな愛情表現は眉《まゆ》をひそめられる」

　ハミドが運転するヴァンはカンダハール・ヘラート幹線道路に入って北へ向かい、アフガニスタン陸軍基地の前を通過し、ヘラート市街に達する前に左へ折れて西へ進んだ。左右にサフランや罌粟《けし》、そしてアーモンド、棗椰子《なつめやし》、ピスタチオの畑が広がった。谷間には、不毛の丘と対照的に、柳や箱柳が群生していた。

　ジャックは雑談をしようと試みたが、イサベルは素っ気ない言葉しか返さず、会話はすぐに途切れてしまった。ジャックは気づかざるをえなかった――彼女はこちらを見ることさえほとんどしないし、絶対に目を合わせようとしない、と。

「ここには一年前から？」

　イサベルはうなずきはしたが、それ以上の説明はしなかった。

「アヴラムは元気？」

「父は亡《な》くなったわ」イサベルは答えた。「ジャック、いいこと、よく聞いて。わたしたち、近況報告なんてしなくていいの。あなたはわたしの人生に関心があるふりをしなくていいの」

「イサベル――」

彼女はジャックの言葉をさえぎって言った。「あなたに来てもらうことが絶対に必要だったの。そうでなかったら、多忙きわまりないあなたに電話なんてしなかったわ」

ドミニクは従兄《いとこ》として暖かく応援しようと、拳《こぶし》でジャックの膝を軽くポンとたたいた。

「いや、だから」ジャックは返した。「きみがおれに怒っているのはわかる。でも、それをここで、みんなの前でやらなくたっていいじゃないか」

「わたしが何をやっているというの？」イサベルはなおも前をじっと見つめつづけている。「わたしはただ、忙しいのに呼びつけちゃってごめんなさい、と言っているだけじゃない」

ジャックは乗り出していた身をうしろに倒し、ドミニクとロシア人のあいだにはまりこんだ。「わかった、じゃあ、好きにすれば。ともかく、会えて嬉《うれ》しい」次いでロシア人のほうを向いた。「あなたはなぜここに？　何らかのトラブルに巻き込まれ――」

イサベルはクルリと振り向き、ついにジャックの目をまっすぐ見つめた。「あなたにとってわたしは何だったの、ジャック？　わたしと別れたあと、ほかのイラン人女性と付き合った？　あなた、イラン女フェチなの？」

「おれは円満に別れたのだとばかり思っていた」ジャックはつぶやくように言った。「きみの安全が最も重要なのだと、おれとのつながりを完全に断ち切らないときみは安全になれないと、きみのお父さまにははっきり言われたんだ」

「父？」イサベルは怒りをあらわにして猛然とまくしたてた。「死んで自己弁護できないのをいいことに、父のせいにしようというの？」

ジャックは助けを求めてドミニクのほうを見たが、何の助け船も来なかった。沈黙が車内に満ちた。それを破ったのはドヴジェンコの咳払《せきばら》いだった。

「来てくれてありがとう」ドヴジェンコは言った。「わたしはあなたがたが役立つと思えるような情報を持っています」

「それは聞くのが楽しみです」ジャックは返した。

ふたたび沈黙が支配した。

ハミドがルームミラーをチラチラ見つづけている。ジャックがそれに気づいて、なぜかひどく苛立《いらだ》ちはじめた。

「何か用でも？」ジャックは訊《き》いた。

「いや」ハミドは答えた。

「何か質問でもあるように、わたしをチラチラ見ているけど？」

「そうじゃない」アフガン人はふたたび否定した。「単なる監視だ」

「監視？」

「侵入者たちに取り囲まれているんでね」

　イサベルが横に目をやった。「それ、どういうこと？」

「ペルシャ、ロシア、アメリカ――あんたがたはみんな、時代はそれぞれちがうけれど、アフガニスタンに侵入した。そしていま、こうやって、まるでわたしがいないかのように自分たちの問題を議論している」ハミドは肩をすくめた。「まさにわが国の歴史の縮図だ」

「わたしは侵入なんてまったくしていない」ジャックは言った。「招かれただけ」

「でも、ジャック、どうしてあなたはあんなふうにできたの？」イサベルはボディーガードを無視して尋ねた。「あなたも父も見識のある人間のはずなのに、どうしてあなたたちはわたしのためにああしようだなんて思うことができたの？」

「自分のせいで、きみが危うく殺されそうになったからさ」ジャックは答えた。

「それは自惚《うぬぼ》れというもの」イサベルは言った。「わたしは――」

ハミドがイサベルの言葉をさえぎった。「割りこんで申し訳ない」と言いはしたが、声の調子から〝申し訳ない〟と思っていないことは明らかだった。「三台のオートバイがうしろから高速で近づいてくる」

ジャック、ドミニク、ロシア人が座ったまま身をねじって後方に目をやった。だが、ヴァンがもうもうと噴き上げるオレンジ色の土埃の厚い雲のせいで、そのうしろにあるものがほとんど何も見えなかった。

「そいつら、武装しているんですか？」ジャックは訊いた。

ハミドは低いうなり声を洩《も》らしながらうなずいた。「武装していないやつなんていない。ここは阿片《あへん》の国なんだ。すこし南へ行けばタリバンが活動しているし、密輸業者や山賊がそれこそ蚤《のみ》のようにどこにでもいる」

「妙ですね」ジャックは言った。「阿片密輸業者がうじゃうじゃいるところをボディーガードが通り抜けさせようとするなんて」

ハミドは笑い声をあげた。世の中のことを何も知らない子供に笑いかけているかのよう。「あんたはアフガニスタンにいるんだ。ここには二つのタイプの地域しかない。ひとつは安全ではない地域、もうひとつは途轍《とてつ》もなく安全ではない地域」

「このヴァンのなかに拳銃《けんじゅう》は？」ドミニクが訊いた。

イサベルは身をかがめ、シートの下からUzi《ウージー》サブマシンガンを一挺《ちょう》引っぱり出した。そして、銃口を下にしてジャックに手渡した。

ハミドがまたしてもルームミラーにチラッと目をやり、ジャックのようすをうかがった。「その手のものの使いかた、知っているのかね？」

ジャックは笑いを洩らした。「もちろん」

「念のため訊いただけだ」ハミドは言った。「そいつはオープンボルト方式なんでね。実際には撃てる状態なのに、安全だと思いこんで暴発させ、床を撃ち抜いたアメリカ人を、わたしは何人も見ている」

「ありがとう」ジャックは返した。「Uziなら、構造もよく知っていて、撃ち慣れています」

「泣き言を言っていると思われたくはないんだが」ドミニクがジャックの前に身を押しこみ、前部の一人用バケットシート――運転席と助手席――のあいだに顔を入れた。「おれのぶんもありますか？」

イサベルはベレッタ92自動拳銃をドミニクに手渡したが、カラシニコフ自動小銃は手放さず、銃口を下に向けて自分の膝のあいだに立てて持った。そしてドヴジェンコのほうに顔を向けて言った。「ごめんなさい、これですべて。あなたのぶんはないわ、ドヴジェンコ」

ロシア人は片手を上げた。「いいです。ヤバいことになったら、二人の銃のどちらかを使います、最初に使えるようになったほうを」

「オートバイ、追い越そうとしている」ハミドが目をサイドミラーから離さずに言った。「小銃は肩からはずしていない」

オートバイの一台がけたたましいエンジン音をあげて、雄鶏《おんどり》の尾のような土埃を上げながら追い越していった。ヴァンにはまったく関心がないようだった。

二台目のオートバイも同じように一台目を追って通り過ぎていった。AK-47自動小銃はライダーの背中に斜めにかけられたままだった。

道は幅がすこし狭くなり、蛇行するハリー川に沿って北へ急カーブしはじめた。三台目のオートバイは、仲間の二台がどんどん離れていくのに、後方にとどまったままだった。好機を待っているのか？　川がまっすぐになり、道も直線になるや、三台目はただちに追いつき、ヴァンの運転席側のドアの真横まで来て、ちょっとスピードを落とした。

ジャックの耳がコツンというかすかな音を捉《とら》えた。撥《は》ね上がった小石があたったような音。三台目のオートバイは一気にスピードを上げ、追い抜いていった。

「マグネット爆弾だ！」ハミドが叫び、磁石でくっついた爆弾を払い落とそうと、ドアを勢いよくあけた。

無駄な抵抗だった。

爆発でヴァンの前部が完全に路面から浮き上がった。ハミドがいた運転席が一瞬のうちに空になり、ズタズタに引き裂かれた。ヴァンは急激にかたむき、右の車輪を側溝に落とし、横へ転がり、そのまま側面を下にして砂利の上を滑った。金属と石がこすれる恐ろしい〝金切り声〟が響きわたった。

すぐ前のシートがなくなり、ジャックは前に投げ出され、腕と脚とサブマシンガンをもつれさせてイサベルの上に乗っかった。二人とも、いまや下になってしまった砕けた窓に押しつけられ、ダッシュボードと助手席のあいだに嵌《は》まりこんだ。ジャックは両足を上に向け、両肩で体の重みを受けとめていたが、おおむねイサベルの膝に仰向けに横たわっている状態だった。

「大丈夫か？」ジャックは訊いた。

イサベルはうめいた。「わたしの胸からどいてくれたら楽になる」

「銃をくれ！」ドヴジェンコがうしろのシートから吼《ほ》えた。ロシア人は上になってしまったドアを横に滑らせてあけた。土埃におおわれた明るい空が見えた。

ジャックは何も言わずにUziを渡した。いまは使わない。

「ドム!」ジャックは叫んだ。「大丈夫か?」

土埃と煙が車内に吹きこんでくる。

「ドム!」ふたたび叫んだ。

何の応答もない。

ドヴジェンコはすでに車外に出ていた。サブマシンガンを首にかけて、ひらいたドアから車内をのぞきこんだ。「イサベルをこっちへ渡してくれ! エンジンが燃えている。早く外に出ないと」

ジャックは両手をシートについて体を持ち上げると、手を貸してイサベルを立たせた。彼女はジャックを見て青ざめた。

「あなた、出血しているわ」イサベルは言った。

「おれは大丈夫」ジャックは返した。「さあ、ここから出てくれ」

イサベルは目に恐怖の表情を浮かべて彼を見返した。

「いえ」彼女は言った。「あなたは大丈夫ではない」

ジャックは両足を踏ん張ってなんとか立ち上がり、イサベルの尻《しり》を押し上げ、ドヴジェンコが彼女を引っ張り上げて外に出した。

「急がないと！」ロシア人は大声をあげた。「オートバイが戻ってくる！」

「すぐ行く」ジャックは返した。

ドミニクは意識を朦朧《もうろう》とさせていて、うめき、状況を理解したかのようにジャックの顔を見たが、すぐに目を閉じてしまった。

「しっかりしろ、おい」ジャックは歯を食いしばって言った。そして、しゃがみこみ、ドミニクの片腕を自分の肩に巻きつけると、両脚に力をこめて立ち上がり、従兄の体をドアのほうへと押し上げた。「ドヴジェンコ！」ふたたび食いしばった歯のあいだから声を出した。「ちょっと手伝って！」

応答なし。

「ドヴジェンコ！」

ドミニクが体をほんのすこし動かし、顔をだらりと横に向け、ジャックをまっすぐ見た。ぼんやりした目で、焦点が合っていない。「おまえ、出血しているぞ」

「おれは大丈夫だ」ジャックは応《こた》えた。

「いや」ドミニクは言った。「そうは思えない。自分を見てみろ……」

「大丈夫だって言ったじゃないか」ジャックはふたたびロシア人を、次いでイサベルを呼んだ。

相変わらず応答なし。

「おれだけではきみをここから出せない」ジャックは言った。「拳銃、まだそばにあるか？」

ドミニクは首を振った。「ない」

オートバイのエンジン音がぐんぐん大きくなって轟《とどろ》き、風の音を圧倒した。

ジャックはドミニクの体をそっと下げてシートの上に寝かせた。このままではだめだ。なんとかしないと。ジャックはヴァンの内部を見まわし、ほかの出口を探した。這《は》ってバックシートを越え、最後部のドアを蹴《け》りあけることはできるかもしれない。ただ、ドミニクは自力ではほとんど動けず、死体のように重くなっている。

タタタタというUzi サブマシンガンの連射音が聞こえ、AKのものとわかる射撃音がそれにつづいた。マグネシウム合金製のエンジンに火がつき、つんと鼻をつく煙がダッシュボードから車内に流れこみはじめた。まずい。これでは一分でヴァンは完全に炎に包まれる。熱が燃料タンクに達すれば、一分ももたない。

「ドム」ジャックの心臓はいまやパニックに近い状態になっていた。「きみをここから出さないと」

ドミニクは地面を指さした。「ここだ」

「ここにはいられないと言っているじゃないか」

ドミニクは首を振った。傷が痛みだし、目を細くした。最初にどっと出たアドレナリンの効果が失《う》せはじめたのだ。「ここ！」窓を踏みつけた。「おれたちは側溝の上にいる。ここから這い出すんだ」

ジャックの目がベレッタの床尾《バット》をとらえた。拳銃は助手席の側面とドアフレームのあいだに挟まっていた。ジャックはドミニクの体を背もたれに寄りかからせ、自分が下側になるようにした。自分が先に行き、そのあと従兄を引っぱり出したほうが、ずっと簡単だとジャックは判断した。ドミニクを先にしたのでは、煮たスパゲッティを押すようなことになる。ジャックは拳銃をつかむと、両足を金属のフレームにのせて体を支え、窓ガラスに弾丸を一発撃ちこんだ。幸運なことに強化ガラスだったので、夥《おびただ》しい数の細かな粒になって砕け、危険な尖ったかけらはできなかった。

ヴァンは横向きに倒れて側溝にまたがってとまっており、車輪を道路のはしに横たえ、屋根を土手にのせていた。ジャックは銃を手にして、足から先に、ガラスが砕け散った窓を急いで通り抜けた。たちまち泥水に胸までつかってしまった。ドミニクもあとにつづき、泥水に落ちると、びっくりしてあえぎ、あわてて手足をバタつかせた。

「頭を出していられるか？」ジャックは訊いた。

「ああ、大丈夫」ドミニクはうめいた。「だが、頭がひどく痛む」

従兄がまともに受け答えできたので、これなら思ったより救出しやすいのではないかとジャックは考え、安堵《あんど》した。

「のようだね」

「ああ、そうだ」ドミニクは言った。「だが、おまえも早く鏡を見たほうがいいぞ……」

ジャックは小海老《こえび》のように背を丸めてうしろ向きに進みはじめた。背中がヴァンの側面をこすった。体が沈みだし、どろどろの泥水に首までつかった。ドミニクの双子の兄ブライアンは〈ザ・キャンパス〉の任務を実行中に死亡した。ジャックは残ったもうひとりの従兄ドミニクをここで失うわけにはいかない。ドミニクはジャックと向かい合い、煙と泥水のせいで咳《せ》きこみ、唾《つば》を吐きながら、全力をふりしぼって這うように前進しはじめた。

またしても銃撃音。ジャックの耳がそれをどうにか捉えた。ヴァンの前方から聞こえてきたことくらいはわかった。水のなかにできるだけ深くつかったまま、ドミニクを溺死《できし》や焼死から護《まも》りつつ、足から先になんとか側溝から脱出できないものか、とジャックは漠然と考えていた。

「おれから離れないで、ド——」

不意にジャックは力強い二つの手で両足首をつかまれた。蹴り、体をねじって、手をふりほどこうとしたが、側溝とヴァンのあいだのトンネルのような空間に文字どおり嵌まっていたので、しっかり力をこめて反撃することができなかった。複数のくぐもった声が聞こえ、つかみかかってくる手がさらに増え、二人の男に脚を一本ずつとられ、泥水から引っぱり出された。その瞬間、従兄の映像が脳に焼き付いた。ぼうっとした目、ゆがんだ顎、そしてドミニクの上のヴァンをなめている炎。

46

ドミンゴ・〝ディング〟・シャベスは節くれ立ったオリーヴの幹に背骨を押しつけた。いつでも撃てるように銃身の短いショットガンをやや斜め下に向けて構えている。一歩進むごとにバッタが飛び立ち、羽音を響かせて、靄《もや》のかかった夕刻の空気をかきまわす。枝にとまった鳥たちの囀《さえず》りも聞こえる。一五フィートほど離れた低木の茂みのなかに男の死体がひとつ横たわっていた。たぶん見張りの者だろう。そいつを殺した者は、丘の上のほう、いまシャベスがいるところと邸宅のあいだにいるはずだった。

シャベスは愚痴をこぼすような人間ではないが、一度でいいから——武装工作員チームではなく嫁さんを連れて——世界の美しい場所に出かけて見てまわるということをしてみたいとは思っている。妻のパッツィはそれくらいのプレゼントをされてもいい。なにしろ彼女は、シャベスがどこで何をしているのかさえほとんど知らされていないのだ。ただ、ジョン・クラークのような父のもとで育ったのだから、シャベスとの暮らしかたについてはあるていど心得ている。パッツィとシャベスは結婚してすぐ、「夫は妻に話せることだけ話し、妻は質問を一切しない」という協定を結んだ。だから、息子のJ・Cが幼いころ、夕食中の会話にはごまかしのテクニックが必要になったが、パッィは「このまま行けば夫を嘘《うそ》つきにしてしまう話になったら、巧みに話題をそらすことができる」ようになった。

　こんなポルトガルの小村に妻子を連れてこられたら、どんなにか素晴らしいだろう、とシャベスは思わずにはいられなかった。だが、まずは例の殺人カップルをなんとかしなければならない。それに、村の東側にある低い丘のひとつにある邸宅でくつろぐその二人を、まさにいま殺そうとしているやつらにも対処する必要がある。そいつらはあのロシア人ども——きっとGRU（ロシア軍参謀本部情報総局）要員——にちがいない、とシャベスは思っていた。やつらはウルバーノ・ダ・ローシャと取引し、そのあと何らかの理由で手を切ることにしたのだろう。

　ダ・ローシャのコンピューターの動きを数日にわたって監視し、できるかぎり多くの情報を収集して、知りうることをすべて知ろう、というのがクラークの作戦だった。そして、ダ・ローシャの居所をつかんだいま、彼らは近くのホテルに部屋をとり、観光客のふりをして自分たちの目による監視へと進んだ。

　それはいい計画だった、一〇分前までは。死体を発見して、状況がすっかり変わってしまった。

ギャヴィンがダ・ローシャのコンピューターの裏側で活動するマルウェアを微調整して、自分とミダス――現在アフガニスタンをぶらぶらしているジャックの代わり――に〝勝手に連絡する《フォン・ホーム》〟ようにした。そのマルウェアのおかげで二人は、ダ・ローシャのEメール、ドキュメント、銀行口座を調べることができ、しかも彼らがそうしているときにポルトガル人がコンピューター画面を見ていないかぎり絶対にばれることはなかった。さらにギャヴィンのプログラムはキーストロークを記録することもできたので、ダ・ローシャがコンピューターでしていることをリアルタイムで観察できた。それでダ・ローシャが武器に深く関わっていることもわかった。だが、その秘密のプログラムがギャヴィンとミダスに教えた最も重要なことは、ダ・ローシャの居所だった。

〈ザ・キャンパス〉チームが十字路を中心とするアルパリョン村に到着したとき、午後も半ばになっていた。小麦とオリーヴの豊かな畑にかこまれた村で、常住人口は一五〇〇人にも満たない。

クラークは、村に着いたらすぐ、あたりの様子をすこし偵察すべきだと考えていた。宿泊場所を見つける前に土地の感触をつかんでおいたほうがよいと判断したのだ。

ダ・ローシャのコンピューターに内蔵されているGPSによると、やつの居所は林を突き抜ける未舗装の小道のいちばん奥、ということになっていた。小道への入口がある道路からは、松林にさえぎられて、邸宅の屋根と白壁がほんのすこし見えるだけだった。松林から二本の脚が突き出しているのを最初に見つけたのはアダーラだった。南から邸宅へと至る小道の入口の前をミダスといっしょに通り過ぎようとしたときのことだった。

「これですべてが変わった」クラークは無線ネットワークを通して言った。「あの野郎からいろいろ聞き出したいのは山々だが、やつを訪問したのがロシア人どもだということになると、その線はいささか望み薄だな」

「ドローンを飛ばしましょうか？」ミダスが訊《き》いた。

「戦闘態勢を整えるのが先だ」クラークは答えた。

ミダスとアダーラはそのまま北へ向かい、シャベスとクラークは大きなコルク樫《がし》のうしろに身を隠した。〈ザ・キャンパス〉チームはユゴー・ガスパール監視のため最初にポルトガルに赴いたさいに、すでに武器を秘密裏にヘンドリー・アソシエイツ社機ガルフストリームG550に搭載して持ちこんでいたので、いまは全員が充分に武装して移動することができていた。クラークは昔から愛用しているウィルソン・コンバットの45口径自動拳銃《けんじゅう》を携行していた。それはシングル・アクションなので、利《き》き手を負傷して腱《けん》を痛めたことがあるクラークとしては扱いやすい。ほかの者はみなスミス&ウェッソン・M&Pシールド・9ミリ口径自動拳銃を携帯していた。こちらは薬室《チェンバー》のなかの一発を含めて九発しか発射できない小型拳銃なので、正面攻撃をおこなうさいの最適な武器とは言えない。だが、そもそも〝人間狩り〟にはどんな拳銃も理想的な武器にはならないと、シャベスは厳しい経験から学んでいた。こちらから攻撃しなければならない場合、武器を選べる状況にあるのなら、第一に使うべきなのは、やはり自動小銃やサブマシンガンだ。

クラークとアダーラは短銃身のコルトM4カービンを一点スリングで首にかけた。5・56ミリ口径NATO弾を使用するので、優に四〇〇メートルを超える遠くのターゲットをも正確に撃ち抜くことができる。ミダスはH&K・MP7短機関銃と4・6×30ミリ弾四〇発が入った弾倉《マガジン》三本を身につけた。使用弾は小口径だが高速であり、ボディーアーマーも貫通できる。それはMP5サブマシンガンが使用する9ミリ弾にはできない芸当だ。そしてシャベスが、ボールのような丸みをおびた鳥頭握り《バーズヘッドグリップ》がついている12ゲージ弾使用のレミントンTac・14散弾銃を携えた。銃身が一四インチあるそのショットガンは、ストリート榴弾砲《ハウィッツァ》とも呼ばれ、非常に扱いやすく、至近距離からの発砲の威力は凄《すさ》まじい。

さらに、そうした銃器に加えて各人がコーデュラ製ウォレットを携帯した。そのなかには、血液凝固止血ガーゼ、〝イスラエル包帯〟、SWAT‐T止血帯、14ゲージ注射器などからなるパーソナル救急キットが入っている。

ミダスは邸宅近辺に到着した六分後にスナイプ・ナノ偵察用ドローンを離陸させ、高度三〇〇フィートまで上昇させた。そこまで高ければ、地上の人間が飛行音を聞き取ることはまずできない。

アダーラが目を大きく見ひらいてあたりを監視するなか、チームの他の者たちはドローンが送信してくる映像を見まもった。コントローラーの小さな画面に、強固な壁で護《まも》られた白漆喰《しろしっくい》の邸宅へゆっくりと近づいていく黒ずくめの四人の男たちが映し出された。プールサイドでくつろぐ男と女はダ・ローシャとリュシルだろう。邸宅の裏側のプールの両端に見張りが少なくとも二人はいるようだ。

「よし、行くぞ」クラークは言った。「できれば、こいつらに殺《や》られる前にダ・ローシャを確保したい」

ミダスがドローンを呼び戻して回収し、二分後、チームの全員が散開して林のなかに入った。広い視界を得るためにかなり広がったが、影が長くなった夕刻でも互いの姿が見えるくらい近づいたままにした。ロシア人たちは――まだ彼らだと確認できたわけではなかったが――六時の方向、つまり後方に注意しないという、よくある間違いをおかした。〈ザ・キャンパス〉チームは同じ間違いをおかしたくなかったので、クラークとアダーラとシャベスがそれぞれ射界を交差させつつ前方に注意を集中させる一方、ミダスがMP7で後方となる丘の斜面の下方へ目を光らせつづけた。

丘のてっぺんの木立に達したときには、彼らは見張りと思われる三人の死体を発見していた。しかし、彼らはまだ、銃声らしき音をまったく耳にしていなかった。

ダ・ローシャはラウンジチェアの肘掛《ひじか》けを強くたたきすぎてビールをこぼしてしまった。「ありえない。ものはちゃんと行くべきところへ届いているはずだ」

リュシルはプールの縁でくつろいでいた。「ええっ？　あいつら、支払うのを忘れたわけ？」

「いや、昨日支払ってはいる」ダ・ローシャは片手で髪を梳《す》き、別の口座もチェックした。間違った口座を調べてしまったのかもしれないと思ったからだ。「半分だけだけど。残りも今日入るはずだったのだが、いまチェックしたら、昨日入った金まで消えてしまっている」

「変ねえ」リュシルは言った。「あいつら、どうやってあなたの口座にアクセスしたのかしら？」

と、そのとき、くぐもったうめき声が聞こえ、ダ・ローシャは肩越しにうしろを見やった。いつもの見張りの位置にラミレスの姿がない。胃がずしんと重くなり、凄まじい不安感に打ちのめされた。波止場でチンピラをやっていたころから一度も味わったことがない底なしの恐怖。何者かが外の木立のなかにいるのだ。とても危険なやつが。

リュシルもラミレスがいなくなったことに気づき、プールから跳び出した。したたる水を折りたたんだタオルで素早くたたくようにして拭《ふ》きとる。タオルのあいだに入れておいたベレッタ自動拳銃を手にとると、何も言わずに銃口を邸宅の敷地のいちばん奥に向け、ラミレスがどうなったのかを調べに夕方の空気のなかを前進しはじめた。

ダ・ローシャは武器を持っていなかった。武器は雇った警備員に持たせているのだ。ダ・ローシャは無関心をよそおいはしたものの、弾丸がキューンと空気を切り裂いて自分の頭を吹き飛ばすのではないかと極度に恐れつつ、パティオドアに向かって何気ないふうをよそおって歩きだした。案の定、ドアまであと五、六フィートというところで、弾丸が一発飛んできて、すぐ前の壁にあたって弾《はじ》け、白漆喰に完璧《かんぺき》な三日月を彫りこんだ。そして、もう一発。今度は敷石にあたって弾けた。もうすこしでダ・ローシャの踵《かかと》にもぐりこむところだった。次いで、超音速の弾丸がつづけざまに壁をぶったたく音が聞こえた。だが、発砲音はまったく聞こえない。減音器《サプレッサー》を使っているにちがいない。

むろん、それを確認するためにぐずぐずしている気は彼にはなかった。ダ・ローシャは頭を下げ、走った。

リュシル・フルニエは口中に血の味が広がるのを感じた。これからだれかの血をばらまこうというとき、彼女は決まって血を味わっているような気がする。革靴の片方の爪先《つまさき》が塀のはしから突き出しているのが見えた。男がいるのだ。塀の角の向こう側に隠れて待ち伏せている。リュシルはにやっと笑い、蛇のようにピンクの舌先で唇をなめ、空気を味わった。一瞬、塀を撃ち抜こうかと思った。だが、ダ・ローシャは防音に近い堅牢《けんろう》な家でないと落ち着かず、この塀も家屋内の壁の多くと同様、コンクリートにペンキを塗ったものだった。リュシルは両手でベレッタを構え、男の姿がほんのわずかでも見えたら撃とうと、横向きに円を描いて慎重に移動しはじめた。まずはかすり傷でもいいから負傷させ、次いでとどめを刺す、という戦法だ。塀の角の向こう側がほとんど見えるところまで移動して初めて、靴しかなく、だれもいないことに気づいた。リュシルは歯を食いしばり、体を回転させたが、遅すぎた。強烈なパンチを食らい、塀にたたきつけられ、目の奥に大量の火花が散った。ベレッタを構えようとしたが、警棒のようなもので前腕をたたかれた。ベレッタは床に落ち、攻撃者にそれを蹴《け》られ、遠ざけられた。

さらにつづけざまに二発、顔面を強打された。リュシルはよろめき、目がくらみ、ぼうっとなった。塀に寄りかからないと立っていられない。かすんだ目で攻撃者の姿をとらえようとした。奇妙な髪型のあのロシア人がすぐ前に立っていて、薄ら笑いを浮かべているということくらいはなんとかわかった。

「チッチッチ、ミズ・フルニエ」男はいかにも不快そうに顔をゆがませて舌を鳴らした。「おまえは物事を複雑にしすぎる。ピストン・プリンシプル弾、ややこしい貝毒……。人間なんて、もっと簡単に殺せる」

それを証明するかのように、ロシア人は拳銃を上げ、リュシルの鼻のすぐ下を撃ち抜いた。リュシルの頭に反論の言葉が浮かんだとしても、それは歯とともに飛び散り、コンクリートの塀に貼《は》り付いた。

クラークはプールのそばの家の角から姿をあらわした最初のロシア人を撃った。

「一丁上がり」彼は言い、男の減音器《サプレッサー》付きグロック自動拳銃を蹴って、プールの深くなっているところへ沈めると、ふたたび前進をはじめた。右手から耳をつんざく発砲音が聞こえた。シャベスのTac‐14ショットガンが吼《ほ》えたのだ。散弾を浴びたロシア人が、建物を支える三角形の控え壁《バットレス》の背後からうしろ向きによろめき出てきて倒れた。三人目のロシア人は寝室から出てきたところをクラークとアダーラが同時に発砲して撃ち殺した。そいつはこれまでの発砲が味方からのものではなくて仲間を仕留めるためのものであったことを知らなかった。四人目のロシア人はダ・ローシャに狙《ねら》いを定めて撃とうとしているところをアダーラが射殺した。ダ・ローシャは闘牛士《マタドール》のズボンからつくったように見える奇妙な水着を身につけていた。いまや武器商人は脚をできるかぎり速く動かし、砂利敷きの小道を道路へと向かって全力疾走していた。

「油断するな」クラークが言い、M4カービンの銃身を振りながら、その先を目で調べていった。シャベスはショットガンを構えたまま背後の家の内部に目を光らせた。

クラークはつづけた。「ドローンで確認できたのは四人だが、見落とした者がひとりいるかもしれない――ほかにリュシル・フルニエもいる。ミダス、ダ・ローシャを捕まえられるか？　やつから話を聞きたい」

ミダスはすでに走りだしていて、答えると呼吸が苦しくなるので、ただ左手を頭の上にあげて振った。クラークは思わずにやっとしてしまった。元デルタフォース隊員は力強く大股《おおまた》で走り、ぐんぐんダ・ローシャとの距離を詰めていった。たちまち追いつき、すぐうしろまで迫って、武器商人の肩甲骨のあいだをドンと強く押しやった。ミダスは倒れかけたダ・ローシャの髪をつかみ、前に倒れこんだ獲物の上にまたがった。ダ・ローシャは胸と鼻をしたたか打って悲痛なうめき声をあげ、ミダスに乗っかられたまま、まるで橇《そり》のように滑ってとまった。ミダスはダ・ローシャを引っくり返し、平手で耳のあたりをひっぱたいた。三〇秒後、ダ・ローシャは拘束バンドで両手を縛られ、立たされた。そして、あの滑稽《こっけい》な水着のまま砂利敷きの小道を歩かされ、とぼとぼと邸宅へと戻っていった。

アドレナリンが引きはじめ、ダ・ローシャはたくさんの死体が転がる邸宅を見まわして肩をガタガタふるわせた。何度も目を瞬《しばた》かせたあと、さまよわせていた視線をようやくとめ、クラークをじっと見つめた。彼を謎《なぞ》の集団のリーダーだと判断したのだ。

「あんたらは何者なんだ？　これは……いったい……どういうことなんだ？」

アダーラがガラスのスライディングドアから上半身を出し、険しい表情をして首を振った。「リュシル・フルニエを発見しました」

クラークは溜息《ためいき》をついた。「ミスター・ダ・ローシャ。おれはたったいまあんたの命を救った。命の恩人だ。だから、すこしは情報を流してもらわんとな」

シャベスが身を寄せて言った。「もう行かないと、ボス」

「だな」クラークはダ・ローシャから目を離さずに応《こた》えた。「だれにも邪魔されずに話せる家が海のほうへ行ったところにある」それからシャベスのほうを向いて、わざわざ説明した。「そこは防音装置がほどこされている。嘘じゃない。それに裏には深さが一〇〇フィートはあるにちがいない湖がある。そこなら何だって好きなことができるし、何をやったってだれにも永遠に知られない」

ダ・ローシャは完全に打ちのめされ、顔を激しくゆがませ、くしゃくしゃにしてすすり泣きはじめた。

47

ドミニク・カルーソーは六歳のとき、シェナンドー国立公園の森で家族とはぐれてしまうという経験をした。次第に暗くなるにつれ、どの木や茂みも見分けがつかなくなった。方向を変えてばかりいたので、あっというまに自分がどこにいるのかさっぱりわからなくなってしまった。完全に迷子になって絶望し、岩に座って泣いた。いかにも六歳の少年らしくワアワア泣いた。だがそれでも、どんどん深くなっていく闇《やみ》のどこかに、自分を愛し、無事を祈ってくれている人々がいることを知っていた。

そしていまドミニクは、泥と血とガラスのかけらにおおわれたまま、ヘラートの南西のどこかにある、この隔絶した未舗装道路のわきに座りこみ、うなだれている。背後には黒焦《くろこ》げになったヴァンの残骸《ざんがい》があり、そこからなおも蒸気と煙が立ちのぼっている。燃料タンクに火がついても爆発はせず、ただ炎と蒸気と煙が大きな音を立てて勢いよく噴き出し、凄《すさ》まじい熱が発生しただけだった。炎と煙は強風にあおられて黒い山と化した。それは何マイルも離れたところからも確実に見えたはずだったが、何ごとかと調べに来た者はひとりもいなかった。ここより月のほうがまだましなのではないかとさえ思えた。おそらく一〇〇マイル以内に、だれかが怪我《けが》でもしているのではないかと心配して調べに行こうと思う人間なんかひとりもいないのだろう。いや、だから、そもそも行方不明になった者がいることを知っている者さえひとりもいないのだ。ジャックはいなくなってしまった。イサベル、ロシア人といっしょに拉致《らち》されたのである。世界のこの地域では命の値段はとても安い。ジャックがまだ死んでいないとしても、命を失うのは時間の問題にすぎない。

盗賊どもは側溝の泥水のなかにうつ伏せになっていたドミニクに気づかなかったのだ。もし気づいていたら、彼も連れ去られていたにちがいない。

ドミニクは側頭部に手をやり、軽くさわって傷の具合を調べはじめた。髪が焦げて剛毛のようになっており、耳の上に第二度熱傷の水ぶくれがある。そちら側のシャツも半分焼けてなくなっている。だが、風が一時《いっとき》もやまず、たえず土埃《つちぼこり》を吹きつけてくるので、黄色い小麦粉のなかを転げまわったような状態になっていて、傷の具合を正確に査定するのは不可能だった。片方の瞼《まぶた》が腫《は》れ上がって閉じてしまっており、視力が混濁し、ものがぼんやりとしか見えない。立つことはできるが、自分を懸命に放り投げるようにしてやっと立てるという状態。それに、両手は大雑把な動きならなんとかできそうだったものの、物理的・精神的打撃によって激しくふるえている。もし拳《けん》銃《じゅう》を見つけることができ、それをにぎろうとしたら、暴発させて自分の足を撃ってしまったのではないか？

二分ほど自分を哀れみ、慰めようとしたが、それではいけないと思い、立ち上がった。そのときになって初めて、靴をなくしてしまっていることに気づいた。泥のなかを這《は》い進んだときにぬげてしまったのだ。だれも助けに来てはくれない。「自分は自分で助けろ」とジョン・クラークはつねに言っている。あの老戦士はどんなことにも独自の信念を持っている。ドミニクはふらつく脚でためらいがちに一歩踏み出してみた。岩の尖《とが》った部分で足を切り、痛みに顔をしかめた。だが、絶望的な状況であったにもかかわらず、風に立ち向かい、声をあげて大笑いした。

いまのところまだ火傷《やけど》、捻挫《ねんざ》、切り傷の痛みに耐えることができていたが、耐えられなくなるのは時間の問題だった。ともかく電話が必要だ。重武装しているうえに上空からの偵察もできるNATO部隊やCIAに電話し、ジャックが助けを求めていることを知らせなければならない。このように自分は途轍《とてつ》もなく悪い状況にはまりこんでしまったが、ジャックはもっとずっとひどい窮地に追いこまれているはずだ、とドミニクは思った。少なくともおれは自由だ、いろいろ問題はあるにせよ。そういえばハミドは、空港から出発してアフガニスタン陸軍基地の前を通過するルートをとった。この道に入る前のどこかにその陸軍基地はある。よし、夜通し歩いてやる。必要なら這いもしよう。ドミニクはふたたび笑い声をあげた。くそっ、歩くより這うほうがたぶん速い。

暗くなる——漆黒の闇に包まれる——までに、あと一時間くらいはあるのではないか？　太陽が沈めば、危険は急激に増大する。だが、その一方、少なくとも身を隠すことができるようになる。

だから、ともかく歩きはじめた。前のめりになり、なんとかこらえて転倒をまぬがれ、次いでふたたび前のめりになる。ひどくのろくはあったが進んではいた。風のうなり声の向こうから甲高い何かの音がかすかに聞こえてきて、ドミニクはハッとした。煤《すす》で黒くなった手を上げて、よいほうの目を土埃から護《まも》った。

またしてもオートバイ。くそっ！　見つかってしまったのだ。

ドミニク・カルーソーは泥水の側溝の縁まで移動し、目を閉じ、待った。

ジャック・ジュニアは意識をとりもどした。両手の感覚がない。だが、凸凹道を走る車の揺れは肩と腰に確実に伝わってくる。どれくらい意識を失っていたのかはまったくわからなかったが、すでに暗くなっていたので、それなりの時間はたっているのだろう。白いボンゴトラックの土埃だらけの荷台は強固な金属板であり、拉致された三人はガタガタ揺れながら突っ走る車のせいで、連打される殻竿《からさお》の先のようにそこにたたきつけられていた。トラックは北西に向かっているとジャックは思っていたが、風がたえず変化しているうえに、太陽はすでに荷台のあおりにさえぎられて見えなくなっていたので、確信することはできなかった。でも、そんなことはもうどうでもよかった。どの方向に何マイル進もうと、自分を助けてくれる者などひとりもいないはずだったからだ。ジャックはドミニクが燃えるヴァンの下から無事逃げられましたようにと祈った。しかし、冷静かつ合理的に考えると——もはやそんなふうに考えるなんてなかなかできないのだが——ドミニクが助かった可能性はほぼゼロに近かった。たしかに生き延びるためには前向きの姿勢をとらないといけない。しかし、自分らはみな、どう見ても死んだも同然、というのがまさに真実なのである。拉致犯が何者であるかによるが、側溝の泥水のなかで焼け死ぬほうが早いところ片がついて楽ということになるかもしれない。

運転席の室内灯が点《つ》いていて、イサベルの顔を照らしていた。無表情で力がすっかり抜けており、ジャックの顔から数インチしか離れていない。ヘッドスカーフはなくなっていて、ぐったりと横たわる彼女の頭から伸びる長い黒髪がトラックの汚い荷台に水たまりのように広がっている。服は破れ、片方の肩が血に染まっていたが、顔は驚くほどきれいで、汚れひとつなかった。ひらいた口から水晶のような唾液《だえき》が一筋垂れていた。最初ジャックは死んでいるのではないかと思ったが、もしそうなら、わざわざここまで連れてこられはしなかっただろうし、そもそも縛られもしなかったはずだ、と思いなおした。拉致された三人はみな、手足を縛られた状態で、頭を後方へ向けて荷台に寝かされ、顔を剝《む》き出しの金属板に押しつけられていた。だから乗り心地は最悪だった。頭に袋をかぶせられていないというのもジャックには気がかりだった。やつらは顔を覚えられても構わないと思っている、ということだからである。

ボンゴトラックはスピードを落としてまがり、揺れがすこし弱まった。

イサベルの目が痙攣《けいれん》するように動き、ひらいた。彼女は唾《つば》をごくりと飲みこみ、真っ黒な目をあちこち動かして自分がいまどこにいるのか知ろうとした。

「ほんとうにごめんなさい」彼女はささやいた。

ジャックは首を振ろうとしたが、そうすると胃がむかつくのがわかり、やめた。

「きみのせいじゃない。これからどうなるのか見てみよう」

「あんた、負傷しているわ、ジャック」イサベルは言った。「自分ではわかっていないのかもしれないけど、かなりひどい傷」

トラックがさらにスピードをゆるめた。

「いいかい、よく聞いて」ジャックは小声で伝えた。「おれが持ってきたパスポートの名義はジョーゼフ・ピータースン。間違っても、おれをジャックと呼ばないで。いいね？」

イサベルはうなずいた。「じゃあ、ジョーね。わかったわ」

「ドヴジェンコにもそう言って」

ボンゴトラックは一段とスピードを下げて、もう一度まがった。その瞬間、オートバイのエンジンのうなりが聞こえてきた。トラックが高い塀のなかへ入ると、土埃をいっぱい含んでヒューヒュー音を立てていた風が突然やみ、刈りたての草と雨後の湿った土の心地よい香りがしだした。暗がりのなかでも、細い道の両側に棗椰子《なつめやし》の木が高く伸びているのがわかった。枝垂柳《しだれやなぎ》の細枝《しもと》がトラックの側面をこすった。バリケードの塀がかなり高いので、風に揺れているのはいちばん高い木々のてっぺんだけだ。

ボンゴトラックがキキーッという音を立ててとまると、荷台に横たわっていたジャックの体が前方にすべった。男たちが大声で話しはじめた。パシュトウ語なのかダリー語なのかジャックにはわからなかった。後部のあおりが勢いよく下ろされ、いくつかの手がまず荒っぽくイサベルの肩をつかみ、彼女を引きずり出した。イサベルは眠っているふりをしていたが、男たちは笑い声をあげ、面白半分に彼女の顔を平手でたいた。ジャックは男たちの数をかぞえた。五人――ボンゴトラックに乗ってきたのが二人、爆殺作戦を実行したくそオートバイ乗りが三人。全員が土埃まみれのサルワール・カミーズを着ている。みな、二〇代か三〇代前半のように思え、体が引きしまっていて強そう。ジャックも二人につかまれ、外に引き出された。彼らはジャックの顔を見て、首を振った。

「英語を話しますか?」ジャックは訊《き》いた。彼は正体不明の男たちの親切をあてにするほど初《うぶ》ではなかったが、彼らには単に喉《のど》を掻《か》き切る対象ではなく同じ人間として見てほしかった。

だが、男たちはまるで頬の内側を吸いこんでいるかのように痩《や》せこけた顔に何の表情も浮かべず、ただ黙ってジャックを見つめるだけだった。

ジャックら三人はフロリダやハワイだったらラナイと呼ばれる屋根付きベランダに連れていかれた。縦横二〇フィートほどの正方形のコンクリートの台の上にペルシャ絨毯《じゅうたん》が敷かれていた。中央に木製の座卓が置かれていて、そのまわりに厚いクッションが散らばっている。ベランダのそばには低木の茂みや花籠《はなかご》がいくつもあり、そのなかに陶器の壺《つぼ》や岩を複雑に積み上げてつくった噴水がある。そして、座卓から一五フィートも離れていない、コンクリートの台からちょっとはずれたところに、小さな穴があり、そこで火がポンと弾《はじ》けたりパチパチ音を立てたりして燃えている。

野太い声がロシア語で何か言った。脛《すね》までの長さの清潔なペロン・トンボンを着た長身の男が、ドア口から歩いて近づいてきた。タリバン戦士風に黒いターバンで頭をおおい、長くてたっぷりした顎鬚《あごひげ》をたくわえている。その鬚もターバンのように黒い。そして、耳あての部分にオレンジ色のスウッシュ——ナイキのロゴマーク——がついている粋《いき》な眼鏡を鼻の先まで下ろしてかけている。

ドヴジェンコがロシア語でその男に何やら言った。男はそれを聞いてジャックのほうを見た。

「きみの傷の手当てをしてあげないといけないと、わたしは彼に言ったのです」ドヴジェンコはイギリス訛《なま》りとはっきりわかる英語で説明した。

「あなたは英語も話すのでしょう?」ジャックはそうにちがいないと思った。

「話す」男は答えた。訝《いぶか》しげな表情を浮かべている。「あんたが英語を話した、と部下たちから聞いた。すると、あんたはロシア人ではない?」

「ロシア人は彼だけ」ジャックは言った。「わたしはここに着いたばかりなんです」

ドミニクのことも話そうかと思ったが、やめておいた。死んでいるのなら、もう意味はないし、拉致する人間をひとり忘れたと教えてやること自体、何の得にもならない。

「ああ」男は応《こた》えた。「わかった。手荒い真似《まね》をして、すまない。必要悪ってやつなんだ」男はジャックのようすを目でよく調べると、部下のひとりのほうを向いて吼《ほ》えるような声をあげて命じた。そして、ふたたびジャックのほうに向きなおった。「座ったほうがいいんじゃないか？」

「わたしは大丈夫」ジャックは答えた。「友人たちの手当をお願いします」

男は溜息《ためいき》をつき、家のなかに戻っていった。すぐに鼈甲《べっこう》の手鏡を持って帰ってきて、それをジャックの顔の前にかかげた。

「自分では大丈夫だと思っているようだが」男は言った。「それはあんたがショック状態におちいっていて、まだ痛みをちゃんと感じられないからにすぎない。間違いない。あんたの傷の手当てをいますぐやる」男は慈悲深そうな笑みを浮かべて見せた。

「なにせ、耳がとれかかっているような男は、おれにたいした利益をもたらしてくれんからな」

ジャック・ジュニアは、耳が千切れそうになったまま不快きわまりない側溝の泥水のなかを這い進んだことと、男が奴隷《どれい》市場での価格を軽々しく口にしたということのどちらに、自分がより狼狽《ろうばい》しているのかわからなくなってしまった。しかも、燃えるヴァンの残骸の下に半分埋まっていたドミニクの映像をどうしても振り払うことができない。ドミニクのことを考えると、自分のいまの窮地など取るに足らないことのように思えた。

妙に善良そうなところもある男は、オマル・カンと名乗り、この地域のビジネスマンでありタリバンのメンバーでもあると自己紹介した。自分も部下たちもアメリカ人をたくさん殺した、と彼は穏やかな笑みを浮かべてジャックに教えたが、それは単なるビジネスだった——だから自分はビジネスマンなのだ——とも言った。だが、あんたは幸運だぞ、とオマル・カンはつづけた。おれの部下はみな訓練をしっかり受けた戦士なので、あらゆる種類の戦場医療にも精通しているんだ。おれ自身、耳の傷口の縫合をしたことが何度もある。

このタリバンのボスはほんとうに腕のいい外科医だった。まず、痛みを和らげるためにジャックに生阿片《なまあへん》を勧めた。ジャックは辞退し、縫合が終わったときにはびっしより汗をかいていた。イサベルが手伝い、オマルの求めに応じて鋏《はさみ》や消毒パッドを手渡した。彼女は何も言わなかったが、ジャックは火灯《ひあ》かりに照らされた元カノを見ていると気持ちが癒され、あたりを観察する力もあるていど戻り、オマルのベルトから衛星携帯電話が吊《つ》り下がっているのにも気づくことができた。イサベルは何らかの計画を練っているようだった。ジャックは彼女の目を見ただけでそれがわかった。

一時間後、ジャックの頭には太いガーゼ包帯が巻かれていて、全員がサフラン・ライス、パプリカ、ヌードル、焼いた羊肉というご馳走《ちそう》を前にしてクッションの上に座っていた。オマル・カンは敬虔《けいけん》なイスラム教徒のようだったが、イサベルにも男たちといっしょに食事をすることを許した。ただ、頭をおおい、オマルに話しかけられたときにしかしゃべってはいけないという条件がついていた。彼女はオマルにいちばん近いところに座らされた。オマルが座卓の角に座り、その左右にイサベルとジャックという席順だった。オマルは好色な表情をどうにかこうにか隠していた。

傷の縫合でジャックは食欲がなかったが、ともかく食べた。この先またいつ食べられるかわからなかったからだ。イサベルもドヴジェンコも同じ思いで、むりに食べていた。

「それで」ロシア人は訊いた。「買い手はもう見つかったんですか?」

オマルはじっと見つめていたイサベルから視線をそらし、一片の仔羊肉《こひつじにく》をヨーグルトにひたしてから口のなかに放りこんだ。そして、それを嚙《か》みながら意味ありげにうなずいた。「女は簡単に売れる。これほどの美人なら、処女かどうかということも、あまり重要ではない」オマルは肩をすくめた。「処女なら、売らずにおれ自身の妻にするところだが、処女でないことは目を見ればわかる」不意に思いついて、首をかしげた。「もしかして、あんたの妻?」

これにはイサベルも顔を上げた。

「そうだと言ったら、どうにかなるのかね?」ドヴジェンコは訊き返した。

「うん、たしかにそのとおりだ」オマルは答えた。「そうだとしても、どうということはない。ともかく、部下たちはあんたら男でも一儲《ひともう》けしようとしている、身代金《みのしろきん》をとって。ロシア人を金に変えるのはなかなか難しいが、アメリカ人ならかなりの金になる」

屋根付きベランダのコンクリートの床の縁で何かが動いたのをジャックの目が捉《とら》えた。アメリカの子供たちが飼うような鼠《ねずみ》——小さな灰色の荒地鼠《あれちねずみ》——が一匹、チョコチョコ走っては止まるという動作を繰り返して絨毯に近づいてくる。脂《あぶら》っこい食べ物の匂《にお》いに引き寄せられたにちがいない。オマルがサフラン・ライスをすこしほうって、体をふるわせる小動物をおびき寄せた。どうやら前にもそういう遊びをやったようだった。鼠はすぐに罠《わな》にはまり、オマルはそれをスッとつかみ上げた。

そして部下のひとりに顎をしゃくって見せた。火に薪《まき》をくべろという仕種《しぐさ》。加えられた薪が燃えて炎が大きくなっていくあいだ、オマルは掌《てのひら》のなかの小さな生き物をなでていた。

イサベルの顔に激しいショックの表情が浮かんだ。

ジャックは眉《まゆ》をひそめた。「まさか、火のなかに投げ入れるんじゃないでしょうね?」

オマルは笑いを洩《も》らした。「そんな無駄なことはしない。まあ、見ていればわかる」

彼は鼠を片方の手でかかげると、もう一方の手の親指と人差し指で哀れな小動物のうしろ脚をポキンと折ってしまった。まるでマッチ棒を折るように。

ジャックは思わず顔をしかめた。鼠類を好きになったことなど一度もなかったが、嫌いな動物でも、ただ傷つけて楽しむ輩《やから》は許せなかった。顔を撃ち抜いてやりたいとさえ思ってしまう。

オマルはキーキー鳴く鼠を炎のなかには投げ入れず、ベランダの縁にある岩のプランターに投げあてた。地面に落ちた鼠は、苦痛の鳴き声をあげながら、動かせないうしろ脚を引きずって、なんとか暗闇のなかに戻ろうともがき進みはじめた。

すると、まるで魔法のように、岩のあいだから一匹の蛇がスルスルと滑り出てきて、舌をチロチロ出し入れしつつ、ゆっくりと、だが着実に、命運尽きた鼠のほうへと這っていった。

イサベルはあえいだ。

「悪魔！」彼女は小声でなじった。

ジャックはすでに〝こいつにイサベルを殴らせない〟と決めていた。その結果、頭を撃たれてしまっても構わない、とまで思い詰めていた。

だが、オマルは嘲笑《あざわら》っただけだった。「鋸蛇《のこぎりへび》だ」自然ドキュメンタリー番組でも見ているかのように解説した。「猛毒。致死率はかなり高い。やつらはたまたま我が美しき庭を愛するようになってしまった。この国では、あんたが日影のある涼しい場所を見つけたら、もうそのときには死をもたらす何者かが先にそこを見つけている、という可能性が大いにある」

毒蛇はすぐさま攻撃し、ひと嚙みすると、すこし離れて鼠が死ぬのを悠然として待った。脚の骨を折られてすでに参っていた鼠は、逃げようとほんのすこしよろめき動いただけで、引っくり返った。蛇はそろりそろりと近づいて、新鮮な肉を頭から丸呑《まるの》みにする骨の折れる作業を開始した。

「あんたらはみんな、逃げることを考えている。そんなことは先刻承知だ」オマルはつづけた。「だが、助けてくれる者たちは、いちばん近くても何マイルも離れたところにしかいない。しかも、こいつのような毒蛇がいたるところにいる。あんたらは我が庭のはしにさえ到達できない。おれは、蛇の毒なんかのせいで〝貴重な投資物件〟を失うなんて絶対にいやだ」

イサベルはジャックを見つめ、服の襟をグイッと引っぱった。オマルの小動物への残忍な行為を目《ま》のあたりにして考えを実行する気になったようだ。やはりイサベルには考えがあったのだ。そしていま、ジャックはそれがどういうものなのかわかった。

48

ジョン・クラークが段取りをつけて使えるようになったポルトガルの隠れ家《セーフ・ハウス》は、リスボンから見てテージョ川の対岸になるモンティジョ郊外の樹木の茂った農場にあった。クラークはＣＩＡの友人《エージェンシー》に電話すると、ミステリアスな自分の評判をすこしだけ利用してうまいこと話をつけ、その家を借りられるようにしてしまった。彼はもはや現役——正規機関の要員——ではなかったが、ＣＩＡの現役工作担当官《ケース・オフィサー》が、引退した信頼できる先輩に教官になってもらったり、現役時代に獲得した特定方面の鋭い洞察力が必要となる仕事を特別にやってもらったりすることは、ごくふつうのことだった。たとえばジョン・クラークは、田舎の農家での尋問に場合によっては必要となる専門技能をしっかり身につけていることで有名だった。

アルパリョン村からの車での移動はアメリカの規準からすれば長いものではなかった。距離は一〇〇マイルちょっとで、彼らは二時間で走破してしまった。一台目の車のハンドルはシャベスがにぎり、バックシートにはクラークがダ・ローシャとともに座った。ダ・ローシャは暴れるような真似《まね》はせず、おとなしくしていた。ミダスとアダーラが二台目に乗ってあとを追った。一見したところ、武器商人はリュシル・フルニエが殺されて取り乱しているように見えた。だが、ダ・ローシャがめそめそ泣けば泣くほど、それだけ真実がはっきり見えるようになった。実は、ダ・ローシャは愛人を失って悲しんでいるのではなく、彼女の特殊技術をもう利用できないことを嘆いているのだ。

ドミンゴ・〝ディング〟・シャベスとコンビを組んで仕事をするようになる前、クラークはよく単独で任務の遂行にあたった——まさに槍《やり》の最先端となって。だが、どれだけ孤立していようと、頼れる人々はつねにいた。自分が大事に思い、自分を大事に思ってくれる人々。妻のサンディがいなければ、クラークはとっくの昔に死んでしまっていただろう——真っ黒に焼け焦《こ》げ、縮れ砕け、風に飛ばされて、跡形もなくなっていたにちがいない。彼はいちども認めたことがなかったが、シャベスは娘婿《むすめむこ》というより弟だった。もしもだれかに、娘をイーストロサンジェルスの元ストリートギャングなんかと結婚させて喜んでいる、と言われたら、クラークはそいつの尻《しり》にきつい蹴《け》りを入れていただろう。なにしろ、その元ストリートギャングはいくつもの言葉をしゃべり、上級学位を二つも取得しているのである。そして、さらに重要なことに、毎日、それこそ一日中、正しい行ないをしようと粉骨砕身しているのだ。

　クラークはほんのすこしだがダ・ローシャを哀れんでもいた。こいつのような男には友だちなどいない。いるのは雇った者と協力者《コンタクト》だけだ。リュシル・フルニエにしても伴侶《はんりょ》でも戦友でもない。リュシルは手のなかにある道具、目的を達成するための手段でしかなかった。このクソ野郎は自分のことだけ考えている――だから、こいつと係わる者たちもみな、自分のことだけ考えるようになる。それゆえ、結局のところ、こちらの仕事はとっても楽になる。信念のために戦う者たちを落とすのは難しい。そいつらは徹底して壊さないといけないからだ。しかも、狂信者である場合、完全には落ちない。ただ、しかたなく妥協するだけだ。だが、相手の最大の目的が金《マネー》のときは、大金を餌《えさ》にするか、すでに持っている金を失うことになるとそいつを怯《おび》えさせるだけで、落とすことができる。

　クラークは移動中の車のなかでは自業《じごう》自得で苦しむダ・ローシャをそのままにしておいた。問いをいっさい発せず、ダ・ローシャが会話をはじめようとしても無視した。その戦術が功を奏して、隠れ家《セーフ・ハウス》に着いたときにはもう、ポルトガル人は情報を吐く気になっていた。

　ダ・ローシャは両手を前で縛られていた。左右の手首にひとつずつ拘束バンドを巻かれ、その二つのバンドをつなぐ三つ目のバンドに、腰に巻かれた南京錠《ナンキンじょう》付きチェインが固定されていた。だから、かがみこめば、食べものや飲みものを口に運ぶことができる。クラークはダ・ローシャをドンと押しやって、詰めものがたっぷり入った埃《ほこり》っぽいソファーに座らせた。ソファーはふかふかで、両手を自由に使えなければ立てない。クラークは食堂の椅子《いす》を引っぱり寄せて、膝《ひざ》と膝がくっつくほど近くに座った。

「ちょっと意外だったな」クラークは言った。「おまえの家はもっと大きいのかと思っていた」

ダ・ローシャは顔を上げてアメリカ人を見つめた。部屋のなかが薄暗かったので目をちょっと細めた。

「えっ?」

クラークはつづけた。「おまえはヨーロッパ中を旅し、違法な武器輸送・取引をしているというのに、たかだか二〇万ユーロほどの家に住み、ボディーガードもわずかな数しかいなかった。それでは、おまえのために一所懸命働いても殺されるだけだ」

クラークはいったん言葉を切り、沈黙が支配するのを待った。

沈黙が充分に重苦しくなってからクラークは言った。「要するにおれは、おまえみたいな男は要塞《ようさい》に住んでいるものだとばかり思っていた、ということだ。ロシアのGRUとの取引は危険なビジネスだからな」GRUはロシア軍参謀本部情報総局。

「GRUではない」ダ・ローシャは一蹴《いっしゅう》し、嘲笑《あざわら》った。

「いや、GRUだ」クラークは言い返した。「GRUの臭《にお》いがぷんぷんする」

「じゃあ……あんたらは……CIA？」

「おまえにとっては不幸なことに」クラークは答えた。「ちがう。たしかに利害関係はCIAといっしょだが、おれはCIA《エージェンシー》の規則にしばられない」

ダ・ローシャはフンと鼻を鳴らし、嘴《くちばし》で羽づくろいする鳥のように鼻を肩にあててぬぐった。そしてしばらくして不意に顔を上げた。「おれが知っていることをすべて話したらどうなるんだ？」

クラークは肩をすくめた。「正直なところ、そのあとどうなるかは、いまは言えない」

「おれはあんたらが欲しがる情報を持っている。嘘《うそ》じゃない」

「おれたちはおまえのコンピューターを手に入れた」クラークは返した。「そのなかにある情報で充分かもしれない」

「いや、そこには情報の一部しかない」ダ・ローシャは食い下がった。「そのとおりだとわかったときにはもう遅すぎる」

クラークは何の表情も浮かべないようにした。こいつはおれを引っかけようとしている、と思ったからだ。

「保証してもらいたいものがある」ダ・ローシャは言った。

「具体的に？」

「自由」

クラークは片眉《かたまゆ》を上げた。「それは場合による」

「おれの金は？」

「おまえの口座には金なんか入っていない」

「ロシア人どもから金を取り返すのを手伝ってくれるとか？」

「それはない」クラークは答えた。「まあ、知っていることを話せば、残りの人生をコロラド砂漠の地下にあるとっても小さな独房で過ごさなくてすむようにはなるかもしれない」

「じゃあやっぱり、あんたら、アメリカ政府機関の要員なんじゃないの」ダ・ローシャは得意げに言った。

「いや、ちがう」クラークは応《こた》えた。「おれはただ、アメリカ国民の義務を果たすのが大事だと思っているだけだ。まずは、自分にとってほんとうに重要なものは何なのかって考えてみたらどうだ」彼は立ち上がった。そして犬に骨を投げ与えるようなことをした。「おまえ、かなり利口な男のように見えるんだが」

「ミサイル」ダ・ローシャは口走った。

「そんなことはすでにわかっている」クラークは言った。「おまえは武器商人なんだからな。ミサイルくらい取引するだろう」

「あんたが考えているようなミサイルではない」ダ・ローシャは返した。

クラークはふたたび椅子に腰を下ろしたが、何も言わなかった。沈黙が答えを引き出す最善手、ということがしばしばある。

「証拠はまったくない」ダ・ローシャは話しはじめた。それでほっとし、溜息《ためいき》をついた。「考えてみると、やはり、あのロシア人たちはGRU局員にちがいない。あんたと同じようにおれもそうだと思う。ロシア人がとても大きな取引をしたがっていて、その相手を必要としているということを、おれはいわゆる〝風の便り〟で知った。で、おれは……まあ、なんと言うか、やつらに言い寄ったわけだ――ビジネスマンならみなそうするようにね」

「競争相手を排除した」クラークは言った。

「そういう言いかたもできる。やつらがGRUなら、ロシア政府がイランとのビジネスの仲介者としておれを利用したわけだ」

部屋の隅の椅子に座っていた〝ディング〟・シャベスが背筋をすこし伸ばした。

「ロシアはイランに武器を提供していることを秘密になんかしていない」クラークは言った。

「武器と言っても核兵器だぞ」ダ・ローシャは上体をうしろへ倒し、ふかふかのクッションのなかに沈みこんだ。「おれが取引したロシア人たちは、明らかに、その核兵器はロシアに関係ない正体不明の集団がイランに運びこんだと世界に思わせたがっている。ロシアはすでに、それを盗まれたことにする偽装話をでっちあげたのではないかと、おれは思う。やつらはこれからも仕事をまわすと約束したが、それは殺すまでのあいだおれを従順にさせる嘘だったのだと、いまではわかる」

「核ミサイルというのは確かなのか？」

「まず間違いない」ダ・ローシャは答えた。「51T6弾道弾迎撃ミサイル——あんたらがゴルゴンと呼んでいるもの——二基と発射制御装置。おれの配下の者たちがオマーンで受け取り、イランまで運んだ」

「イランのどこだ？」

「そいつは扱いやすい大きさで、あんがい楽に移動できる」ダ・ローシャはクラークの問いを無視して説明をつづけた。「射程もたいしてなく、アメリカまではとてもじゃないけど到達できない。ただ、イランはそこいらにやたらにあるアメリカの基地への攻撃に使用するつもりなのかもしれない。そう考えるのは突飛な空想とは言えないと思う。イランの西部からなら、イスラエルをねらうことも可能だろう」

「いまどこにあるんだ?」クラークはもういちど訊《き》いた。

ダ・ローシャは喉《のど》をごくりとさせた。「まず保証してもらわないと」

クラークはゆっくりとうなずいた。「ようし、保証する——これから一五秒のあいだに、ミサイルをどこへ運んだか言わなければ、脚を切り落とす。一五秒後に、たとえ話しはじめても、おまえは脚を一本失う」

「サー、だから、おれは……わたしは……」

「あと八秒」

「わかった、わかった」

「そいつは答えではない」クラークは言った。「あと四秒」

ダ・ローシャはあわてて場所を教えた。「でも、いまはもうそこにはないと思う」

またためそめそ泣きだした。「別の場所に移されたはずだ」

クラークは指をパチンと鳴らした。「おまえが雇った者たち――ミサイルをイランに運んだやつら――の名前と、そいつらへの連絡方法を教えろ」

ダ・ローシャはふたたび鼻を肩にあててぬぐった。動きが活発になり、またしても喉をごくりとさせた。「それはもちろんいいが、ロシアのクソ野郎どもがおれを殺そうとしたことを考えると、おれが雇った者たちはすでに――」

シャベスの携帯が鳴った。彼は立ち上がって応え、しばらく相手の話を聞いてから歩きだし、部屋のなかを行きつ戻りつしはじめた。クラークにはシャベスの言葉しか聞こえなかったが、その受け答えの口調から悪い知らせにちがいないと思えた。

シャベスは電話を終えると、クラークに手を振り、会話をほかの者たちに聞かれないところまで来るよううながした。ミダスとアダーラがダ・ローシャに近づき、武器商人の見張りを引き受けた。

「どうした？」クラークは訊いた。

「ドムからです」シャベスは答えた。「かなりの傷を負っています」

クラークはハンマーで腸《はらわた》をたたかれたような感覚をおぼえた。「ジャックは？」

シャベスは首を振った。「行方不明。五人の男に襲われたとドムは言っています。タリバンのようですが、ＩＳの可能性もあります。みんなでヴァンに乗って隠れ家《セーフ・ハウス》に向かう途中、二人乗りのオートバイが追いかけてきて、後部座席の男にマグネット爆弾をくっ付けられたのです。ドムによると、ジャックは拉致《らち》されたときは歩行できる状態だったそうです」

クラークは部屋のいちばん奥にいたアダーラを見やった。シャベスとの会話は小声でかわしていたので、アダーラには当然、聞き取れない。それでも彼女は顔に険しい表情を浮かべていた。ボーイフレンドのことだと気づいたにちがいない。だが、気丈なことに、〝ダ・ローシャのそば〟という自分の持ち場を離れなかった。

「で、ドムの負傷の具合は？」

「重傷のようです」シャベスは答えた。「第三度熱傷、数箇所の肋骨《ろっこつ》骨折、一方の耳の鼓膜穿孔《せんこう》……。二時間前に、ピスタチオ農家のアフガン人が、道端をふらふら歩いているドムを発見し、ヘラート郊外のNATOの基地へ連れていってくれたのです。そこには小さな病院しかありませんので、NATO軍部隊は現在、彼をラムシュタインへ輸送する手はずを整えているところです」ラムシュタインはドイツ南西部にあるヨーロッパ最大のアメリカ空軍基地。

クラークは目を閉じ、気持ちを落ち着けようと、呼吸することに意識を集中させた。

「あらゆる情報をできるかぎり収集しろ。まったくとんでもない話だが、イランに核ミサイルが運びこまれた可能性があることを、しかるべきところへ通報しなければならない。そしてそれを終えたら、今度は大統領に知らせないと——ご子息が拉致されたことを」

49

ジャック・ジュニアはドヴジェンコと目が合った瞬間、視線を素早く動かし、自分のすぐそばに立つ二人のアフガン人をチラッと見やった。ロシア人は、気づかれませんようにと祈りながら、かすかにうなずいて見せた。ジャックもドヴジェンコも経験を充分に積んでいたので、〝いますぐ動くか、まったく動かないか〟のどちらかしかないことを知っていた。オマル・カンが虚勢を張って、食事ができるように彼らの拘束を解いたいましかチャンスはないのだ。ジャックの血だらけの顔や、拉致《らち》した三人全員の疲れ果てた表情を見て、万が一こいつらが何らかの攻撃的行動に出たとしても、小銃を持つ五人で簡単に抑えつけられる、とオマルは思ったにちがいない。食事が終わったら、三人はまた拘束バンドで縛られるはずだ。それは間違いないとジャックにもわかっていた。

家のなかに武装した者がさらにいる可能性はあったが、食事中にもジャックの耳の縫合時にも、呼ばれて出てきた者はひとりもいなかった。オマルのような男は、自分を重要人物と思いたいがために、召使いや部下をやたらに呼んで、あれをしろこれをしろと言いつける。それに、ここを訪れる者などほとんどいないにちがいない。今日は〝外国の悪魔〟たちに自分の力を誇示できるまれな機会なのだ。ここにいる敵はオマル・カンおよびその部下の五人だけ、と考えてほぼ間違いないとジャックは判断した。

視界のなかの武装した五人の部下たちは、座卓のまわりに配置されている。その五人だって空腹のはずで、なぜ捕虜たちが食事にありつけるのか、それも自分たちよりも先に、などと内心不平をこぼしているにちがいない。ジャックは、ドヴジェンコの近くにいる二人と、オマルの向かい側にいるひとり、それにイサベルを見ることができる。一方、ドヴジェンコはジャックの背後にいる二人を見ることができた。

ジャックはイサベルにもういちどうなずいて見せた。イサベルは目を瞬《しばた》かせてから指を三本立てた。そして一本を折り、二本目を折った——カウントダウン。三本目を折るや、彼女は食べものを喉《のど》に詰まらせた演技を開始した。片方の手で喉をつかみ、横に倒れこみながら、もう一方の手で服の裾《すそ》を引っぱり上げ、ふくらはぎを、次いで太腿《ふともも》を剝《む》き出しにした。

思いもかけぬ成り行きに、男たちはみなまんまと罠《わな》にはまり、剝き出しになったイサベルの黄褐色《オリーヴ》のすべすべした肌を見下ろした。透かさずジャックはクルッと体を回転させ、いちばん近い男の膝《ひざ》に肩から勢いよく突っ込んだ。膝の靭帯《じんたい》が裂け、脚をすくわれ、男はカラシニコフ自動小銃もろともすっ転んだ。ジャックは自動小銃をつかみとった。まだスリングが男の首にかかったままだったが、安全装置のレバーを一段下げてフルオートにし、転がりながら発砲した。三発の銃弾が、おおいかぶさってきた別の男の胴体にもぐりこんだ。男は小銃を構える間もなく斃《たお》れた。最初の男が逃れようともがいた。ジャックは小銃の銃口を内側に向けて弾丸を二発発射し、男の脛骨《けいこつ》を撃ち砕いた。男は悲痛な叫びをあげ、脚の残っている部分をつかんだ。ジャックはその腕を打ち払い、スリングを引き上げて、絶叫する男の首からはずした。背後で銃声がつづけざまにあがった。ドヴジェンコが撃ったものでありますようにとジャックは祈り、うしろを振り返ると、三人目の男が小銃を上げてこちらの胸にねらいを定めるのが見えた。と、その瞬間、ドヴジェンコが撃った一発の弾丸が男の側頭部にもぐりこんだ。

オマル・カンの最後の部下が斃れると、ジャックもドヴジェンコもイサベルを目で捜した。彼女は身をよじるオマル・カンに馬乗りになっていて、脂《あぶら》まみれの仔羊《こひつじ》の脛骨をアフガン人の首や顔に何度も何度も突き刺していた。ひと突きするたびに金切り声をあげ、泣きわめいている。中東での食肉処理がだいたいそうであるように、今夜食卓に供された仔羊も斧《おの》でたたき切られていて、骨がギザギザになっており、なまくらではあるものの、それを武器として使おうと思えばなんとか使える。

イサベルが仔羊の脛骨を引き抜くたびに、夜のせいで真っ黒に見える血が糸状に噴き上がり、彼女の顔や胸に飛び散った。オマルがあがくのをやめ、目がひらいたまま動かなくなっても、イサベルは突き刺しつづけた。見かねて、ジャックが手を伸ばして彼女の肩においた。

「もう大丈夫」ジャックは言った。「全員、やっつけた。すごいよ、おれたち」

ジャックは膝が崩れそうになるのを感じたが、なんとかイサベルの両肩をつかみ、彼女が死んだオマルから離れるのを助けた。そしてイサベルといっしょにクッションにドスンと座りこんだ。至近距離から小銃で撃たれた頭は破裂したメロンに近かったし、くっついているとはいえ薄皮一枚でつながっているだけのような四肢もいくつかあった。絨毯《じゅうたん》もクッションも血でべっとり濡《ぬ》れていた。ジャックは手でイサベルの視線をさえぎろうとしたが、その手を彼女に引き離された。

「もう完全に遅すぎ」イサベルは言った。

そのとき、家のなかから銃声が二発聞こえた。すぐにロシア人が小銃を持って家のなかから出てきた。

「料理人がいた」ドヴジェンコは事もなげに言った。「肉切り包丁でいちかばちか戦ってみようと思ったようだ」

ジャックは大きく息を吸い、吐いた。「ここがどこだか見当つきますか？」

「おれたちは西へ向かった」ドヴジェンコは言った。「拉致されたのは、暗くなる二時間ほど前だったと思う――そして、ここに着いたときには暗くなっていた」

ジャックはオマルの死体をチェックして衛星携帯電話をつかみとり、さらに探って、奪われた自分の鍵束《かぎたば》を見つけた。そのリングについているミニ懐中電灯はそのうち役立つかもしれない。

イサベルはここに来てからオマルに与えられたヘッドスカーフを見つけ、それで顔についた血をぬぐいとった。「襲撃現場から車で西へ二時間走ったということであれば、国境を越えてイラン側に入ってしまったことになるわ」

ドヴジェンコは首を振った。「イラン東部もかなりの無法地帯だが、アフガニスタン西部よりは当局のパトロールがずっと多い。なんとか幹線道路から離れて見つからないようにしないと」

イサベルは疲れをあらわにしてうめきながら立ち上がると、爪先《つまさき》立って血だまりを越え、ベランダの縁まで歩いていった。夜空を見上げるためだった。

「おい」ジャックがあわてて彼女のそばへ行った。「毒蛇がいるぞ」

イサベルは〝呆《あき》れた〟とばかり目をグリッと上へ向けた。「あのかわいそうな荒地《あれち》鼠《ねずみ》はこのベランダの下から這《は》い出てきたのよ。あの子が蛇と家をシェアしていたとは思えないわ」そしてドヴジェンコのほうを向いて言った。「明かりを消してくれない？」

ロシア人は言われたとおりにしてから、コンクリート台の縁に立っていた二人に合流した。

目が暗闇《くらやみ》に慣れ、三人はなんとも素晴らしい星の絨毯を見ることができるようになった。イサベルは消えようとしている火の向こうを指さした。「あの細長い三角形状の光の帯が黄道光」

「狂信的宗教団体の名前みたいだ」ジャックは思ったことをそのまま口にした。

イサベルは肘《ひじ》でジャックの胸を軽く突いた。「とっても賢い人でも、知らないことってたくさんあるのね。黄道光は、地球軌道付近に存在する惑星間塵《わくせいかんじん》が太陽光を反射し、散乱させてできるの」

「ということは、それができる方向が、おおよそ西になるわけだ」ジャックは名誉挽《ばん》回《かい》を試みた。

「そのとおり」イサベルは応《こた》えた。

「黄道光か」ドヴジェンコは考えこんだ。「ムハンマドはそれを利用して一日五回の礼拝の時を決めたんじゃなかったっけ？」

「素晴らしい！　満点！」イサベルは賞賛の声をあげた。「ついに、バンバン撃つこと以外のことも勉強する男があらわれたわね」

「おいおい」ジャックは返した。「無知蒙昧《もうまい》なこのおれを電話で呼び出したのはきみなんだぞ。ともかく、あっちが西だとしたら、おれが意識をとりもどしたあと、トラックはほぼずっと北へ向かっていたことになる。ということは、おれたちはいまヘラートの北にいるのか？　どう思う？」

「おれたちは山をいくつか越えたようだ」ドヴジェンコが言った。「トラックが坂道をのぼっているように思えるときが何度かあった」

「たしかにヘラートの北とすぐ南には高い尾根が走っている」イサベルは言った。

「でも、わたしたちがイスラムカラ‐ヘラート幹線道路の北にまで連れていかれたとは、わたしには思えない。だいたい道路があまりないの。ということは、危険が増す。だから、ヘラートの周囲をまわってイスラムカラの南にとどまった、という線が最もありうるわね。ハリー川がつくった谷は一種の緑地帯。わたしたちはいま、そのどこかにいるんじゃないかしら。明るくなったら、もっとよくわかると思うわ」

「いや、なかなかたいしたもんだ」ジャックは感心し、イサベルをアメリカ西部開拓時代初期の勇敢な探検家・開拓者になぞらえた。「まるでイランのダニエル・ブーンみたい」

戦闘時にあふれ出たアドレナリンが引いて、三人は冷静に考えられるようになっていて、オマル・カンの仕事仲間があらわれる気になる前にこの殺戮《さつりく》の現場からあるていど離れなければならないということくらいはわかった。

オマルのコンピューターは家の前の小さなオフィスのなかにあった。簡素な木製の机がひとつ置かれているだけの仕事場で、真っ白な壁にはペルシャの詩が織りこまれた絨毯がかけられており、机の前の窓からは敷地へ通じる細い並木道が見わたせた。実用的で美しいオフィスだった。

「やつは密輸業者だから」ジャックがふたたび口をひらいた。「通信には用心していたはずだ。衛星電話は傍受されやすい」

「賄賂《わいろ》をたくさん渡していたのかもしれない」ドヴジェンコが応えた。

ジャックはトランプ二箱分くらいの大きさの白いプラスチックの箱をつかみ上げた。

ドヴジェンコはうなずいた。「スラーヤWi-Fi《ワイファイ》ホットスポット」

ジャックはオマルの衛星携帯電話をその装置に接続した。

ドヴジェンコが注意をうながした。「この装置を使った電話は簡単に追跡できる」

「たしかに信号の追跡は可能だね」ジャックは返した。「でも、こいつは内容を知られにくいようにする工夫くらいしていたにちがいない」

ジャックがひらいたままのラップトップ・コンピューターのスペースキーをたたくと、パスワード入力ボックスがあらわれた。彼は机の正面の引出しをあけた。探していたものはすぐに見つかった。オマル・カンは自尊心が強い――捕虜たちにさえ力を誇示したがるほど高慢な――男だ。そもそも名前からして、長の称号であるカンが入っている――オマルは首長《アミール》、王様《キング》気取りで、武装した部下たちに取り囲まれ、安全であり、どんな侵入者にも殺《や》られないと思いこんでいた。ところが、実際には、パスワードも覚えられない間抜けな凶悪密輸犯にすぎない。

ジャックはわきにのき、イサベルが机に向かい、使い古したスパイラルノートに書かれたペルシャ文字を読み、ログインした。

「あいつはVPNを使っていたにちがいない」ジャックは推測した。VPN（ヴァーチャル・プライヴェート・ネットワーク）は、インターネット上に仮想《ヴァーチャル》通信トンネルをつくって第三者のアクセスを不能にする組織内《プライヴェート》ネットワーク。

イサベルは顔を上げてジャックを見つめた。「そうだとしたら?」彼女は引出しのなかのノートに書かれたパスワード・リストを調べた。そして、ふたたびキーボードをたたいた。「VPNのものも、VoIP《ヴォイップ》のものも、すべてのパスワードがここに書かれているわ」VoIP(ヴォイス・オーヴァー・インターネット・プロトコル)は音声を符号化・圧縮してインターネットで送受信する技術。

「そういうものだと通話の質が落ちる」ドヴジェンコが言った。「それに、繰り返すが、衛星経由の信号は簡単に追跡できる」

ジャックはうなずいた。フライングフィッシュなどのアプリケーションや、各国が導入しているさまざまなハードウェアを用いれば、無線や衛星電話の軽く暗号化された信号など、簡単に見つけ出すことができる。そういうことなら、ジャック自身も何度もしていた。

「たしかにそれはそうなんだが」ジャックは言った。

「小銃を三挺《ちょう》集めてくる」ドヴジェンコは言った。

「わたしはボンゴトラックではない車のキーを見つけてくるわ」イサベルは言った。

ジャックは電話番号をコンピューターに打ちこんだ。「オーケー。おれはともかく電話し、もうすこし安全な場所へ行ける切符を手に入れる。だれかに電話の信号を捉《とら》えられる前に出発しないと」

ドヴジェンコはベランダへ戻り、イサベルは家の前へつながる廊下へと姿を消した。


そこから五五キロ東へ行った、流れがもつれるようにくねるハリー川の向こう側、ジェブラエルの郊外で、パルヴィス・ササニは両手についた血を、死んだ女のキッチンにあった濡れ雑巾《ぞうきん》でぬぐった。いっしょに連れてきたイスラム革命防衛隊員が、女のティーンエージャーの息子たちの死体のそばにしゃがみこみ、何か有力な情報を得られないかと長男のポケットを探った。年端《としは》もいかない娘からは価値ある情報など得られるはずがない。

ロンドンの革命防衛隊の協力者《コンタクト》からイサベル・カシャニはイギリスの首都にはいないという連絡が入ったときには、もうササニは彼女がアフガニスタンの国連薬物犯罪事務所で働いていることをつきとめていた。テヘラン発の旅客便の乗員乗客名簿を調べただけで、革命防衛隊がマリアム・ファルハドのマンションを手入れした直後にエリク・ドヴジェンコがドバイ行きの便に乗って逃げたことが判明した。ササニは思わず笑いを洩《も》らしてしまった。裏切り者は電話で話したとき空港にいたのだ。ドバイとカブールにいる革命防衛隊の協力者《コンタクト》の助けを借りて、ロシア人がヘラートまで行ったことは簡単にわかった。

革命防衛隊の航空機で素早く現地へ飛び、国連薬物犯罪事務所の周辺でちょっと聞き込みをしただけで、イサベル・カシャニと彼女の計画の断固たる擁護者で、しばしばボランティアとして活動にも参加していたファーティマ・フセイニにたどり着いた。ジェブラエルの隣人たちによると、ファーティマは密輸業者たちがトラブルを起こす可能性があることをイサベルに知らせて注意をうながすためだけに、数キロ歩いて国連薬物犯罪事務所まで行ったという。そして、問題の密輸業者たちのうちの二人があとでイサベルのオフィスで見つかった。ひとりは死んでいて、もうひとりは頭を朦朧《もうろう》とさせていた。それはアフガニスタンのような戦火に引き裂かれた国でも騒がれるほど大きな事件だった。

ファーティマ・フセイニは最初、歯ぎしりして怒り、友を裏切ることを拒否して何もしゃべらなかったので、ササニは子供たちを殺すと脅さざるをえなくなった。それでやっと彼女は、密輸業者たちと彼らの雇い主にちがいない男——オマル・カンという名の阿片《あへん》の密輸業者——のことを話した。ファーティマはオマルが住んでいる場所までは知らなかったが、それなら、まだ病院にいる頭を朦朧とさせた男が知っているはずだった。

すでに近くにまで迫っている、とササニは思った。ファーティマは知っていることをすっかり吐いて死んでいったはずだ。ササニは血だらけの濡れ雑巾を床に投げ棄《す》てると、手を振って連れの副官である少尉《しょうい》にいっしょに来るよううながした。イサベル・カシャニの居所を知っている者がいるとしたら、それはオマル・カンだ。

50

ジョン・クラークが部屋の奥に立って、ジャックが拉致《らち》されたことをジェリー・ヘンドリーに知らせていたとき、〝ディング〟・シャベスの携帯電話がブーブーふるえはじめた。応答して相手の声を聞いた瞬間、シャベスは体内の血のすべてが一気に脚へと引いてしまったような感覚をおぼえた。

「死んだとばかり思っていた」シャベスは言い、指を鳴らしてクラークの注意を惹《ひ》いた。

クラークは片手を上げ、待つよう身振りで指示した。

「ジャックからです」とシャベスが言うと、クラークもすぐに反応した。

「すぐまたかけ直します」クラークは自分のスマートフォンに言った。「ジュニアから電話が入ったようです……はい、そう。状況がわかり次第、また報告します」

シャベスはジャックからの電話をスピーカーフォン・モードにし、二人は裏の寝室へ入った。ダ・ローシャに聞かれないようにするためだった。

「説明しろ、キッド」クラークは切り出した。「大丈夫なのか？」

「はい、全員生きていますし、自由です」ジャック・ジュニアの声はどこか薄気味悪く、人間ばなれしていて、すこしゆがんでいた。「でも、一時は危険な状態でした」言葉が途切れた。喉《のど》を詰まらせたような音が聞こえた。「あのですね……悪いニュースがあるんです」

「ドムなら無事だ」クラークもよくジョークを口にするが、部下や友人の命をネタにした冗談は決して言わない。「三〇分ほど前にヘラート近郊のアフガニスタン陸軍病院から電話してきた。重い火傷《やけど》をいくらか負ったが、命に別条はないと言っていた。アダーラもドムと話し、死んだりしたら尻《しり》を蹴《け》りとばすからね、って脅していたよ。いまごろドイツのラムシュタイン空軍基地へ向かうところだと思う」

ジャックは安堵《あんど》し、思わず声をあげた。

「いいか、よく聞け」クラークはつづけた。「イランがらみの重要な動きがいくつかあることが判明した。この電話の回線はどんなものだ？」

「VoIP《ヴォイップ》です」ジャックは答えた。「匿名化《とくめい》されています。暗号化もされていると思います。でも、衛星経由ですので、急がないと」

「ほんとに？」シャベスが疑問を呈した。

「ペルシャ語は読めませんが」ジャックは返した。「まず間違いないと思います」

「では、急がないとな」クラークは言った。「と言っても、盗聴しているのはたぶんNSAくらいだろう。彼らはすぐにすべてを知ることになる……」NSAはアメリカの国家安全保障局。

クラークはゴルゴン——ロシアの弾道弾迎撃ミサイル——関係の情報をかいつまんですべてジャックに伝え、それの輸送先とわかっているイランの地名を教えた。

「ロシア……少なくとも一部のロシア人が、この陰謀に加担している」シャベスがあとを承《う》けた。「きみといっしょに行動しているロシア人は、ゴルゴンが最終的に運ばれる場所について何か情報を持っていないか？」

「彼はいまそばにいますが」ジャックは答えた。「わたしと同じくらい仰天しています」

「そんなところだとおれも思っていた」クラークがさらに詳しく説明した。「おれたちが身柄を確保した男によると、ゴルゴンはイラン北東部のマシュハド近郊にある飛行場に輸送された。辻褄《つじつま》が合う。そこにはイスラム革命防衛隊・弾道ミサイル部隊のミサイル基地があるんだ」

「マシュハド……」ジャックはしばし間をおき、考えた。「そこなら、いまわれわれがいる場所からたったの一五〇マイルほどです。調べてみます」

「イランに入る？」シャベスはしっかり首を振った。「それはだめだ！」

「ジョン」ジャックは食い下がった。「わたしはいま近くにいて、行く準備もできているのです。イランが核兵器を手に入れたのなら、どこにあるのか見つけないと——」

ジャックの声が突然切れた。だれかに話しかけられたような気配。たぶんロシア人に何か言われたのだろう。ＶｏＩＰ／衛星経由の電話では特有の時間差が生じるので、正確なところはわからなかったが、数秒後にふたたびジャックの声が聞こえた。

「ここにいるロシアの友人が、〝資産《アセット》〟として利用できる可能性があるイラン人科学者のリストを持っていて、そのうちの二人がマシュハドにいるそうです」

シャベスが返した。「ロシアの〝資産《アセット》〟になりうる者では、われわれに協力してくれるはずがない」

「二人とも簡単に取り込めるそうです」ジャックはつづけた。「ロシアへの愛など、どちらも微塵《みじん》も持ち合わせていないようです。問題は自分の得られる利益だけです。どちらにつくかはまったく関係ない」ふたたびジャックは話すのをやめ、そばにいる者が言っていることを聞きはじめた。「ひとりは西洋医学の治療がなんとしても必要な病気の子供をかかえています」

「そいつは見込みがありそうだ」クラークも譲歩せざるをえなかった。子供の病気という弱みにつけこむのは汚いやりかただが、諜報《ちょうほう》作戦の成否がまさにそういうこと次第という場合がよくあるのだ。

「では、その科学者に接触する許可をください」ジャックは言った。「マシュハドには日の出までに着けます」

「イランはそのへんの国境にも人々の自由な行き来を阻止する何らかの手段を講じているはずだ」

「それはそのとおりですが」ジャックは返した。「このあたりは阿片《あへん》の密輸が盛んです。イサベルによると、ヨーロッパに入るヘロインの大半がイランを通過しています」

シャベスは納得できなかった。「それなら、イランの麻薬取締官は国境での取り締まりを強化するだけじゃないか。最近どこかで読んだのだが、パトロールを増やし、ドローンを使ってもいるそうだ」

「シャヘッド129」ジャックは言った。「ついさっきイサベルから聞きました。アメリカのMQ‐1プレデターの複製品みたいなものです。イサベルは国連薬物犯罪事務所で働いていたので、麻薬密輸阻止の方法についてもかなりよく知っています。ですから、取り締まりの弱点もわかっています」

「で、その弱点とは？」シャベスは問うた。

「風です」ジャックは答えた。「どんな風でもいいというわけではありません。土埃《つちぼこり》をいっぱい含んだ質の悪い強風がよく、そういう風がいまも吹いていて、われわれをうまくおおい隠してくれているのです。その種の風は夏のあいだずっと吹きつづけ、ドローンによる国境の監視を難しくしています。それは『一二〇日風』と呼ばれています」

「よし、そろそろ電話を切らんと」クラークが言った。「自分で判断し、最良と思えることをしろ。だが、頼むから、軽はずみなことをするな。何か思い切ったことがしたくなったら、事前におれに連絡しろ。パスポートへのスタンプなしでイランに入国し、そこで捕まったら、どれほどヤバいことになるかは、わざわざ言う必要はないはずだ」

「了解です《ラジャー・ザット》」ジャックは応《こた》えた。「ええと、それから、Eメールである貴重な写真を閲覧できるURLを送ります。ロシアの友人から提供されたものです」

「よし、わかった」クラークは返した。「ほかにもきみに伝えておきたいことがあり、それはメールで送る。極秘情報だから、きみだけが黙読するように。URLを送るとき、受信トレイをチェックしろ」

「了解です《ラジャー・ザット》」ジャックは応えた。「では、切ります」

ジャック・ジュニアは電話を切ると、Eメールを暗号化できるアプリにログインし、さらに匿名で利用できるVPN（ヴァーチャル・プライヴェート・ネットワーク）を使う操作もして、セキュリティをさらにもう一段強化した。そして、ドヴジェンコがアロフ将軍とイランの反体制活動家たちがいっしょに写っている写真を投稿したeBay《イーベイ》オークション・アカウントのURLを、これからクラークへ送るEメールに貼《は》り付けた。ジャックがメッセージをタイプしはじめたとき、クラークからのEメールがとどいた。ジャックはそれを二度読んでから、〝ヴァーチャル焼却処分袋〟に入れた。そんなことをしても、そのメッセージが完全に消え去ることは決してないが、だれにも読めなくなるまで何度も上書きされる。もっとも、だれかが新たなプログラムをつくって対処したり、〝ヴァーチャル焼却処分袋〟を発明した本人がどこかのハッカー会議でそれのバックドアを暴露してしまったりした場合は、復元可能となる。

ジャックは衛星電話の接続を切り、コンピューター画面上の時計を見た。「六分後には出発していないと」

「当ててみようか」ドヴジェンコは言った。「あんたらは、おれのことをぶらぶら《ダンガル》だと思っていて、どきどき《フラッター》にかけたがっている」

ジャックは愉快そうにうなずいた。ぶらぶら《ダンガル》もどきどき《フラッター》もCIAの隠語で、前者は「寝返ると言ってきたが実は二重スパイである敵の情報機関要員」を、後者は「嘘発見器《ポリグラフ》」を意味する。どんな情報機関も二重スパイという手を使うので、だれもが慎重にならざるをえない。それに、寝返ると言ってきた者が本気なのか、それとも敵対国の政府がこちらの諜報の能力と方法を探るために鼻先にぶらさげてきた餌《えさ》にすぎないのか、それを判別しようとすると、ひどく面倒な作業になる。

「あんたらも馬鹿《ばか》ではないから、当然そう考える」ドヴジェンコはつづけた。「逆の立場だったら、おれだってあんたを信用しない。だから、おれは喜んでポリグラフ・テストを受ける、嘘《うそ》じゃない」

「もちろん、そういうことになる」ジャックは応えた。メアリ・パット・フォーリから連絡を受けたCIAはすでに、エリク・ドヴジェンコにGP／VICAR《ヴィカー》（教区牧師）という暗号名をつけていたが、そのことはジャックもロシア人には教えなかった。イサベルのほうは今回のことが起こる前からSD／DRIVER《ドライヴァー》という暗号名をつけられていた。最初についている二字は国をあらわすもので、定期的に変更される。現時点で、ロシアのそれはGP、イランのそれはSD、というわけである。そしてその下に、通常コンピューターがランダムに選び出すコードネームがつづく。要するに最初の二字は個々の人間を単に地理的に分類するためのものである。VICAR《ヴィカー》がSD（イラン）関係の作戦でジャック・ジュニアに協力しても、まったく問題ない。ドヴジェンコはロシア人だから暗号名はGPからはじまる、ただそれだけのこと。アメリカ政府のために活動するスパイが自分の暗号名を知ることはめったにない。

「それで」ドヴジェンコは訊《き》いた。「あんたは上からどうしろと言われたんだ？　おれの爪《つめ》を剥《は》げと命じられた？」

「あんたはいっしょに戦ったと、おれは報告した」ジャックは答えた。「おれを殺したかったら、すでにそうできていたはずだ」

「あんたをまず尋問し、それから殺したいと、おれは思っていたかもしれないじゃないか」ドヴジェンコは指摘した。

「そうなのか？」

「いや、そうじゃない」

「もうやめよう、そういうの」ジャックは言い、腕時計に目をやった。襲撃と戦闘によるショックはすでにかなり弱まってきていて、さらにもうすこし明晰《めいせき》に考えられるようになっていた。車のドアが閉められる音が聞こえたような気がして、顔を上げ、ドヴジェンコを見つめた。「あれっ」ジャックは思わず声を洩《も》らし、カラシニコフ自動小銃をつかんだ。「イサベルはどこ？」

ササニ少佐はいま来た道を引き返すのは大嫌いだったが、いちばん早く行けるルートが直線ではないこともときにはある。ササニは、ファーティマ・フセイニのみすぼらしい家からヘラートのアフガニスタン国境警察本部へまっすぐ向かうよう、運転席のイスラム革命防衛隊員に命じた。

アメリカのＤＥＡ（麻薬取締局）がメキシコ、コロンビア、ヨーロッパに捜査官を駐在させているのとちょうど同じように、ＮＡＪＡ（イラン・イスラム共和国法執行隊）も、麻薬取締部隊や国境警備隊の隊員をＡＮＰ（アフガニスタン国家警察）に送りこんでいた。イランのサイバー警察は、政府のインターネット監視を回避しようとする反体制活動家を厳しく取り締まることを通常の任務としていたが、ヘラート駐在の麻薬取締部隊に技術者をひとり配属してもいた。少なくとも、アフガニスタン国内にイランの法執行官を駐在させるだけでアメリカを動揺させることができる。

イラン国内では正規軍と革命防衛隊《セパ》《パ》のあいだにかなりの軋轢《あつれき》が生じていたが、セパは強大な軍事組織であり、自国のＮＡＪＡには絶大な影響力をおよぼせたし、アフガニスタンのＡＮＰを動かす力もかなりあった。遅い時間だったのですこし時間がかかったが、ササニは結局、ＡＮＰの部隊長から警察官を五人借りることができた。その五人に加えてイランの麻薬取締部隊員三人も引っぱりこめたので、自分と副官を入れて一〇人の追跡チームができあがった。オマル・カンはその地域では名の知れた無法者だったので、追跡チームが真っ暗闇《くらやみ》のなか一時間半ほど車を走らせ、グーリーアーン近郊にある密輸業者の要塞《ようさい》のような居住地に達したときには、急遽《きゅうきょ》駆り出されたアフガン人とイラン人はみな、神経過敏になりビクビクしだしていた。

だが、彼らはいかなる抵抗にも遭わなかった。そしてその理由はすぐにわかった。イランのサイバー警察の技術者は、オマルの激しく損傷した首から仔羊《こひつじ》の脛骨《けいこつ》が突き出しているのを見て、自分の靴に吐いてしまった。

ササニは血をたっぷり浴びた絨毯《じゅうたん》の縁にしゃがみ、殺戮《さつりく》の現場を観察した。「イサベルだ」ぼそっと言った。

アフガニスタン国家警察の大尉《たいい》が顔をゆがめ、〝信じられない〟という表情を浮かべた。「なんでわかるんです？」

「この男は殺されすぎだ」ササニは答えた。彼は立ち上がると、何もさわっていないのに両手をズボンの前でぬぐった。「女というやつは感情的な動物なんだ。憎むか恐れている者を殺す場合、どうしてもやりすぎてしまう」

絨毯に散らばる食べ残された料理は、冷め切っていたが、虫にはまだそれほどたかられていなかった。炉として使われていた穴のなかの灰も、搔《か》きまわすと熱を発した。

「やつらが去ってからまだそれほどたっていない」ササニは言った。「座卓を囲んで食事をしていたのは四人……。オマル・カン、イサベル・カシャニ、エリク・ドヴジエンコ、そのほかにもうひとりいたということだ。だれだろう？　オマルのボディーガードであるはずがない」革命防衛隊少佐は考えながら家のなかへ入っていった。

「死んだのは七人」ぼそぼそつぶやき、料理人と思われる死体をまたいだ。あのロシア野郎はなかなかやるじゃないか。ちょっと侮《あなど》っていたようだ、とササニは思った。

イランの麻薬取締部隊員——マリクという名の日焼けした小男——のほうを向いた。

マリクは腕っ節が強そうだが、その腕は短身にしてもちょっと短すぎる。「空港の協力者《コンタクト》に連絡してくれないか」ササニは言った。「逃亡者どもはおそろしく危険なんだ」

「はい、わかりました、少佐」マリクは応えたが、電話をしようとしなかった。

「いますぐ」ササニはうながした。「もう空港に着いているかもしれない」

「はい」マリクは不満げに声を荒らげた。「トラックにある衛星電話を使わないと」

「衛星電話……」ササニは考えこんだ。そしてオマルのオフィスの机を見て、うなずいた。机上に、未使用のソ連時代のＦ１手榴弾《しゅりゅうだん》そっくりのペーパーナイフなど、小間物がいくつか置かれていたが、みな机のはしに載っていた。中央の空いたスペースは、そこにラップトップ・コンピューターが置かれていたことを明かしていた。「インターネットへの接続は衛星経由ということになるな?」

サイバー警察の技術者はふたたび吐きそうな顔をしていたが、なんとか頑張っていくらか気力をとりもどし、ほかの者たちのあとについて家のなかの捜索に加わっていた。

「通信ケーブルはありませんから」技術者は言った。「衛星経由だったにちがいありません」

「ようし」ササニは机の引出しのなかを調べはじめた。すぐに、スラーヤＸＴプロ衛星携帯電話と同ブランドのＷｉ‐Ｆｉ《ワイファイ》ホットスポットの取扱説明書が入ったファイルが見つかった。ササニはアフガニスタンの大尉のほうに顔を向けた。「そちらにフライングフィッシュとか、衛星経由の電波を監視できるアプリケーションはありますか？」

国家警察の大尉は首を振った。「そういうことについてはアメリカに頼っています」

「わたしのところにはあります」イランのサイバー警察の技術者が申し出た。「フライングフィッシュではありませんが、同じようなもので、しょっちゅう使っています。ただ、人手不足で、衛星経由の電波を監視するのは、実際に全力で追っている者がいるときだけです」

「素晴らしい」ササニは言った。「おれはいままさにそれなんでね」

「それって何ですか、少佐？」アフガニスタンの大尉が訊いた。

「実際に全力で〝人間狩り〟をしているということ」

51

「この会話、録音されているの？」

ミッシェル・チャドウィック上院議員は大統領執務机に背を向けてソファーに座ると、警戒感をあらわにして目を細め、大統領をじっと見つめた。まるでいましも跳びかかられ、襲われるのではないかと心配しているかのよう。

「いや」ジャック・ライアンは答えた。「これはわれわれだけの秘密の話し合いです」顎《あご》をしゃくって秘書官室に通じるドアを示した。「あそこに覗《のぞ》き穴があって、わたしが忙しいかどうか外から確認できるようになっていますが、今日の会話が録音されることはありません」

「さあ、どうかしら」チャドウィックは返した。

「さて」ライアンは言った。「あなたとわたしはどこかで悪いスタートを切ってしまったのかな、と思っていたんです」

「それはちがう」チャドウィックはきっぱり言った。「わたしはただあなたが嫌いなだけ。あなたは悪臭をはなっているの。あなたの傲慢《ごうまん》さにわたしは神経を逆なでにされるんです。わたしも馬鹿《ばか》ではないから、大統領との話し合いを拒めば、メディアにたたかれることくらいわかっている。でもね、話し合うのはいいけど、友だちにならなきゃいけないということはない。だから、どういうことなのかは知らないけど、話し合うべきことを話し合って、さっさと終わらせましょう。わたし、歳入委員会の委員長とランチ・ミーティングの約束があるの」

「わかりました」ライアンは応《こた》えた。そして、言葉を慎重に選んで切り出した。「あなたもわたしも先刻承知のとおり、政界では面《つら》の皮が厚くないとやっていけません。わたしも自分を嫌う人間には慣れていますす。しかし、これだけは言っておきたいのです。今回のインフルエンザ・ワクチンに関する扇動的な発言のせいで実害が出ており――」

「それはよかった」チャドウィックはライアンの言葉をさえぎった。「それであなたが足をすくわれ、政治家としてやっていけなくなることを祈っているわ。そのときが来ても、あなたが後継者を自分に都合のよいように選べなかったら、わたしは己の仕事を立派に果たしたことになる。この国がなんとしても避けなければいけないのは、あなたがついに〝王権〟を明け渡すときに、ジャック・ライアンそっくりの別人がそれを引き継ぐこと」

ライアンは深々と溜息《ためいき》をついた。「わたしが言おうとしたのは、例のワクチンを出し惜しみしているという発言がアメリカ国民を実際に害しているという事実です。それに、虚偽の談話や不正加工された動画のせいで、危うくカメルーンで戦争が起こるところでした」

「あら」チャドウィックは言った。「戦争を起こすということにかけては、あなたはエキスパートですものね」

ライアンはひと呼吸おいて気を鎮《しず》めた。彼も人間だった。あとで言わなきゃよかったと悔やむようなことは言いたくない。「いったいあなたは何を求めているのですか?」

「だから言ったじゃない」上院議員は答えた。「わたしはね、あなたのほんとうの姿をアメリカ国民に見てほしいの」

これにはライアンもうなずいた。「国民はまさにそうしているとわたしは確信していますよ。長所も短所も含めて、ありのままのわたしの姿を見ています」

「いえ、これからついに見ることになるの。わたしがいろいろ言ってようやくね」

この女性の厚かましさ、尊大さにはライアンも笑わざるをえなかった。「では、〝わが国最高の法廷〟で言い分を述べて決着をつけるという手しかないようですね」

「望むところです」チャドウィックは切り返した。「裁判所はきっと――」

ベティ・マーティン秘書官の声がインターコムから飛び出した。ありがたい割り込み。

「大統領、DNIフォーリがいらしています」DNIは国家情報長官。

ベティは〝緊急〟とは言わなかったが、そうであることはライアンにはわかっていた。でなければ、秘書官が会見に割り込むような真似《まね》をするはずがない。もっとも、そうしろと前もって言っておけばそうするが、愚かにもライアンはそう言っておかなかった。

チャドウィックはこのきっかけを逃さず、立ち上がった。「なるほど、やっぱり戦争なのね。でも、もうひとつ別の戦争をはじめようとしているようにも思えるわ」

メアリ・パット・フォーリ国家情報長官は、ドア口でミッシェル・チャドウィック上院議員と鉢合わせになり、一歩下がってしっかり道をあけた。チャドウィックに言わせると、メアリ・パットはライアンの〝戦争委員会〟の一員で、大統領と同じくらい非難に値する人物だった。

「よい知らせを持ってきてくれたようにと心の底から願っている」ライアンは国家情報長官に言った。「そろそろそういうものが少しはあってもいいんじゃないか」

言葉に詰まることなどめったにないメアリ・パットが盛大な溜息をついた。「一〇分前に得たものと比べれば、ずっとよい知らせです、ジャック。でも、それでもまだかなり悪い」

横のドアがあいて、アーニー・ヴァン・ダム大統領首席補佐官が入ってきた。いつになく陰気な顔をしている。メアリ・パットのほうをチラッと見て、〝まだ話していないのか?〟という表情をはっきり浮かべた。

「オーケー」メアリ・パットから五分にわたる簡潔な概要を聞くと、ライアンは言った。「もういちどNSCを招集しよう」NSCは国家安全保障会議。「だが、その前に国務長官と国防長官をできるだけ早く呼んでくれ」

「二人はすでにこちらに向かっています、大統領」フォーリは応えた。「勝手ながら、わたしがホワイトハウスにすぐに来るように頼んだのです。バージェス国防長官が現在、部下に大統領への概要説明資料を作成させていますが、わたしとしましては、自分が現時点で知っていることだけでも速やかに大統領にお伝えしておきたいと思ったのです」

メアリ・パットは下唇をかんだ。明らかに、もっと言うことがあるようだった。

「遠慮しないで」ライアンは言った。「言いたまえ」一気に不安がふくれ上がり、胃がむかついた。よくあることで、珍しくもなんともない。息子のジャックやクラークをはじめ〈ザ・キャンパス〉の者たちをどれだけ信頼していようと、安心などしていられない。彼らが作戦を実行する現場は、いつ死が訪れてもおかしくない非情の世界なのだ。ライアン自身、戦死または殉職した兵士や情報機関員らの残された両親や配偶者に大統領として電話し、お悔やみを述べるという経験が何度もあり、戦場や諜報《ちょうほう》活動の現場で人間がどれほど簡単に死んでしまうかわかっていた。弾丸は、父親がだれであるかなど、まったく考慮しない。単に右ではなく左へ一歩踏み出したために人は死ぬのだ。

「彼は大丈夫です」メアリ・パットはライアンの心を読んだかのように言った。「でも、あなたにちょっと伝えておきたいこともあるのです」

と、そのとき、バージェス国防長官がものすごい勢いでオーヴァル・オフィス（大統領執務室）に飛びこんできた。

「大統領」国防長官は全力疾走でウェスト・ウィング（西棟）に駆けこんできたかのように息を切らせていた。「ポティート少佐がいま、廊下の向かいのルーズヴェルト・ルームで、大統領にお見せするスライドの最後の仕上げをしていまして、すぐにやって参ります」

「ポティート少佐？」ライアンは尋ねた。

「少佐は現在、イランの防衛能力研究の最高のエキスパート、第一人者です。彼の説明を聞いていると、あまりの情報の多さに、『ジェーンズ・ディフェンス・ウィークリー』一年分を読んでいるような気分になります。でも、今回の状況説明ではあまりまくしたてないようにと警告しておきました」

ライアンは立ち上がると、奥の執務机まで歩いて、インターコムで秘書官のベティにコーヒーを頼んだ。今日は夜遅くまでかかるのではないかという気がしていた。

「情報がたっぷり必要になるのではないかな」大統領は言った。「こいつはかなり込み入った複雑な厄介ごとだ。ロシアは欺瞞作戦《マスキロフカ》が大好きだが、これは……」

スコット・アドラー国務長官がオーヴァル・オフィスに入ってきた。もうひとり中年の男もあとを追うようにして入室した。白いボタンダウン・シャツに、糊《のり》が利《き》いて剃刀《かみそり》の刃のような折り目がついているラングラーのジーンズという服装の男で、胼胝《たこ》ができた手に蓋《ふた》の閉まったノートブック・コンピューターを携えていた。

「こんな格好のポティート少佐を許してください」バージェス国防長官は事情を説明

した。「彼は休暇中だったのです。DNIからの電話を受けたあと、自分のオフィスに立ち寄った少佐をたまたま捕まえることができたのです。状況説明の準備をしながらこちらへ来てもらいました」

「少佐」ライアンは挨拶《あいさつ》し、軍人の手をにぎった。

「お会いできてほんとうに光栄です、大統領」ポティートは言った。なめらかなテキサス訛《なま》りで、ごつごつした手に似合っていた。「制服姿でなくて申し訳ありません」

「いや、まったく構わない」ライアンは返した。「最新の状況はすでに把握しているのだね？」

これにはバージェスが答えた。「少佐はわたしが知っていることをすべて知っています、大統領」

「よし」ライアンは手振りで全員に座るよううながしながら、電話の受話器をとり、ほんのすこしだけ秘書官と話した。受話器を架台にもどし、暖炉のそばの自分の席に腰を下ろした。「三〇分後にNSCをひらけるよう、全メンバーを招集した。彼らが到着する前に、どうするべきかおおよそのところを考えはじめたい。では、それにとりかかろうか」

ポティート少佐は一〇分使って、イランが備蓄しているると判明しているロケットやミサイル、それに他国から攻撃を受けた場合の同国の反撃能力について説明した。ライアンがすでに知っている情報が多かったが、それでも現状の把握と確認には役立った。

「すると」ライアンは椅子《いす》の背に上体をあずけ、腕組みをして考えこんだ。「セッジール・2の射程距離は優に二〇〇〇キロを超えているわけか？」

「そのとおりです、大統領」少佐は答えた。

「GPS誘導システムは？」

「あります。セッジール・2は現時点では技術的に最も進んだイランのミサイルです」

「ロシアの51T6弾道弾迎撃ミサイル――ゴルゴン――の射程距離はいくらだったかな、一〇〇〇キロ？」

「はい、だいたいそのくらいです」バージェスが答えた。「ロシア政府《クレムリン》内の情報源によりますと、最新型の射程距離はその一・五倍である可能性があるそうです」

「なるほど」ライアンは応えた。「それでもイランがすでに保有しているミサイルのそれには遠く及ばないというわけだな。ゴルゴンの核弾頭をはずしてセッジール・2に取り付けようというのだろうか？」

「それはたしかに可能ですが」ポティートは言った。「そうするのはあまり賢くないでしょうね。51T6——ゴルゴン——の核弾頭はイランのミサイル部隊にとっては素晴らしいものではあります。それはそのとおりなのですが、彼らがいちばん欲しいのはロシアの高性能誘導システムだと、わたしは信じています。イランは自国の武器の命中率をはなはだしく誇張する傾向があります」

「それはなんとも控えめな言いかたね」メアリ・パットが返した。「三年前の発射実験で、イランは爆薬を利用してミサイルがターゲットに命中したように見せかけたことがある。そのときのようすを偵察衛星が撮影した映像があるわ」

「ええ、そうでしたね、マーム」ポティート少佐ももちろんそのことを知っていた。

「そういうことは珍しい話ではありません。セッジール‐2はGPS誘導システムを内蔵しているにもかかわらず、CEP——平均誤差半径——が五〇〇メートル以上なのです」

「半キロもはずれるというのでは、精度の高い武器とは言えないな」ライアンは言った。

「中東にかぎって言えば、ミサイル保有数でイランに勝る国はひとつもありません」ポティートは説明をつづけた。「まあ、イランにはミサイルがあふれかえっている、と言ってもいいくらいです。ところが、そのなかで精密なものというとひとつもないのです――まあ、いまのところ。制裁措置によって、特定の電子機器や、固体燃料の安定燃焼に必要な超微粉末金属の入手が困難になっているということは、たしかにあります。これまでは、ロシアでさえ、最新システムをイランに提供するのをためらってきました。と言っても、わたしは脅威を軽視しようとは思いません。イランには爆発物発射能力が充分にありますし、なかには狙《ねら》ったところにちゃんと落ちるミサイルもあるのですから」

給仕を務める海軍食堂《ネイヴィー・メス》スタッフがノックし、ライアンが注文したコーヒーを運んできた。給仕が去ってドアが閉められるまで会話はやんだ。いつものようにライアン自らがみなのカップにコーヒーを注いだ。そうやって手を動かしているあいだも脳は問題を検討しつづけた。父から教わったちょっとしたコツだ。刑事だった父はよく自分の木工部屋で手を動かしながら難しい殺人事件のことをいろいろ考えていた。ライアンは少佐に向かってカップをかかげて見せ、そこへトングでつまんだ角砂糖をひとつ落とそうとした。

「ブラックでお願いいたします、大統領」ポティートは、国家最高司令官にコーヒーを注いでもらって少なからずまごついた。少佐は国防総省《ペンタゴン》ではどちらかというと低い地位で、将軍のお茶くみもする補佐官を務めることもよくある階級だ。

ライアンはポティート少佐にカップを渡した。「イランがそのロシア製ミサイルでどこを攻撃したがっているのか、なんとか推測してみよう」

「ゴルゴンは簡単に移動できます」ポティートは応えた。「ですから、射程距離が比較的短くても、発射地点を選べますので、中央アジアのどのアメリカ軍基地にも到達可能です。イラクなら問題なくターゲットにできますし、サウジアラビアをはじめ、どのスンニ派国も狙うことができます」

「むろん、イスラエルも攻撃できます」アドラー国務長官があとを承《う》けた。「イラン西部から発射すれば射程内に入ります。彼らはこの何十年か、エルサレムを攻撃するぞ、と言ってイスラエルを脅しつづけてきました。核弾頭は強硬派にはまさに理想的な武器です」

「かもしれない」メアリ・パット・フォーリ国家情報長官が返した。「でも、二基しかないのでは実際には使えないわね」

「それはわれわれが確認できた数で」バージェス国防長官がさらに言い返した。「もしかしたら、すでにこれまでかなりの期間、ミサイルはこっそり運び入れられつづけてきたのではないか？」

「ありえないと言い切ることはできないわね」メアリ・パットは譲歩した。「でも、その場合はたぶん、ロシアのだれかがあまりにも多くのミサイルが行方不明になっていることに気づくわね。それに、たとえそうでも、持てるのは有限数で、無数に持てるわけではない。さらに、イスラエルに関して言えば、同時に発射されたミサイルが一、二基なら、同国のアイアンドーム防空システムが最終段階で迎撃できる可能性は五〇％以上ある。相手がMIRV《マーヴ》でなければね」

MIRVは個別誘導複数目標再突入体《マルティプル・インディペンデントリィ・ターゲタブル・リエントリー・ヴィークル》の頭字語で、それぞれちがう目標を攻撃できる複数の核弾頭を備えた、大気圏に再突入する弾道ミサイル弾頭部のこと。たとえば、トライデントⅡ潜水艦発射弾道ミサイルは一四個もの核弾頭を備えている。

「かてて加えて」メアリ・パットはつづけた。「イスラエルは、攻撃されたら、テヘランをはじめイランの多数の都市を火の海にできる充分な量の核兵器を保有している。率直に言って、このいまの状況を知っただけでイスラエルは、まさにそうするのではないかと、わたしは思う」

「きみの言うとおりだとわたしも思う」ライアンは言った。「ロシアが自分たちのしたことではないと否定できるように、ポルトガル人武器商人を〝中間安全器《カットアウト》〟にしてゴルゴンをイランに運び入れたことは事実だが、きみがイスラエルについて言ったことで、ひとつはっきりしたことがある。ゴルゴンの核弾頭の核出力は一〇キロトン。広島に投下された核爆弾のそれの三分の二ていどだ。たしかに夥《おびただ》しい数の人命が失われるが、ミサイル二発を直撃させることができたとしても、どんな敵国も無力化させるところまではいかない」

バージェス国防長官が憂鬱《ゆううつ》そうにうなずいた。「それに、核攻撃されれば、即座に同種の反撃が強く求められることになる」

ライアンはコーヒーをひとくち飲んだ。「では、いったい目的は何なんだろう?」

メアリ・パットは〝答えは明白〟とばかり肩をすくめて見せた。「ロシアとイランにとって最も価値あるターゲットはどこかしら?」

今度はライアンが顔を曇らせてうなずいた。

バージェスが言った。「そう、われわれです。大統領、NSCの全メンバーがそろったところでこれを討議したいというお気持ちはよくわかりますが、わたしとしましては、いますぐイェルミロフに連絡し、しっかり警告を発して不穏なたくらみの即時中止を求めるよう、強くお勧めします」

「わたしもどちらかというとその意見に賛成です」国務長官は言った。「そちらの嘘《うそ》には気づいていると、はっきり言ってやったほうがいい。ドローンでミサイルを破壊して——あるいは、少なくとも発射不能にして——恥をかかせるという手もあるかもしれません」

「なるほど、言いたいことはよくわかった」ライアンは応えた。

アーニー・ヴァン・ダム大統領首席補佐官が半開きにしたドアから顔だけ出した。

「統合参謀本部議長が到着しました、大統領。ほかのメンバーたちもシチュエーション・ルームで待っています」

「よし、すぐ行く」ライアンは立ち上がり、ほかの者たちにも腰を上げるようながした。「ポティート少佐、素晴らしい状況説明だった。ＮＳＣでもういちどやってくれるかね？　厳しい質問が飛んでくる可能性はある」

「はい、大丈夫です、問題ありません、大統領」ポティートはラップトップの蓋を閉めた。「もうひとつだけ指摘しておきたいことがあります、大統領。イランはレバノンやシリアといったところにはスカッド・ミサイルや代理戦闘員を供給していますが、それをのぞけば、ロケットやミサイルを実際に使用することはなく、敵を脅すために利用しているだけです。彼らはただ、どれだけ多くの兵器を保有し、それがどこをターゲットにしているのか、世界に知ってもらいたいだけなのです。ですから、その核兵器の入手を秘密にしているということは、実際にそれを使用しようとしているのだと、わたしは確信せざるをえません」

52

ジャック・ジュニアとドヴジェンコは、恐怖に心を鷲《わし》づかみにされて、小さくなっていく尾灯を見まもった。イサベルを連れ去った車がどんどん遠ざかっていく。オマル・カンの住居の外でうなりながら吹いていた強風のせいで、近づいてきた車の音が聞こえなかったのだ。男たち——たぶんイサベルを拉致《らち》しにきたタリバンだろう——は、損失を出さずにひとりだけさらって逃げることにしたのだ。

ジャックは自動小銃を手にしたまま、オマルのオフィスのなかに走り戻り、ラップトップ・コンピューターと衛星携帯電話をつかみ上げた。ドヴジェンコはまだ尾灯から目を離さない。ジャックは家の前にとまっていたトヨタ・ハイラックスのキーを見つけ、日本製ピックアップ・トラックは一分もしないうちにヘッドライトをつけぬまま車体を弾ませながら走りはじめていた。

ジャックが運転し、ドヴジェンコが武器をチェックした。イサベルをさらった小型ステーションワゴンを追うあいだ、二人はひとこともしゃべらなかった。そのうちステーションワゴンは道からそれて路地に入り、そのいちばん奥にある自動車修理工場のように見えるコンクリートの建物の裏にとまった。二人の男がステーションワゴンから降り、イサベルを乱暴に押しやって建物のなかに入れた。彼らは夜気が入るようにドアをひらいたままにした。

ジャックはすこし離れたところにトヨタ・ハイラックスをとめ、車から降りると、ドアをそっと閉めた。

「やつらがドアに鍵《かぎ》をかける前にやろう」

「イサベルを拘束したやつらは二人」ロシア人は応《こた》えた。「たぶん、なかにもっといる」

ジャックはうなずいた。「きつい戦いになるかも。問題ある?」

ドヴジェンコは首を振った。「そちらはどうなんだ? あんたはいま、自分が特別な感情を抱いている女を救おうとしていて、武装した敵の数は不明、場所はいちども来たことがないところ、武器は撃ったこともない自動小銃、さらに、これまでいっしょに仕事をしたことなどまったくない相棒がいる」

ジャック・ジュニアはすでに、あたりに目をやりながら路地をゆっくり前進しはじめていた。いつでも撃てるように自動小銃を低く構えている。「そんなふうに言うなら、『心配無用、朝飯前』と返しておく。ところで、あんた、その銃の扱いかた、知っているのか？」

「ロシア人は赤ん坊のとき、テディベアではなくカラシニコフを抱いて眠るんだ。知らなかったのか？」

　これにはジャックも目をグリッと上に向けた。

「ロシアの情報機関員がアメリカの同業者をどう思っているか、あんた、知っているか？」

「さあ、知らない」ジャックは目を前方の建物に向けたまま答えた。

「あんたらは善良すぎる、と彼らは思っているんだ」ドヴジェンコは言った。「つまり、批判的に考えることには長《た》けているが……反社会性パーソナリティ障害者《ソシオパス》度が足りなくて充分に残酷になれない、と彼らは考えている」

「へえ？」ジャックは不満げに言葉を返した。「なるほど、どちらかというと〝隠れてこそこそ観察する〟ということかな。でもまあ、あんたは〝彼ら〟という言葉を使った。あんた自身はどう思っているの？」

「おれ自身は、あんたらには善悪の判断能力がある、と思っている」ドヴジェンコは答えた。半ブロックほど進んだところで、ロシア人はジャックに身を寄せてささやいた。「どうやる？」

ジャックはロシア人をじっと見つめた。この男は哲学者なんだな、と彼は思った。しかし、それがこの状況下で良いことなのか悪いことなのか、どうしても判断がつかない。「いまおれたちが見ているあのドアは、部屋の中央ではなく端についている」ジャックは頭の高さまで積み上げられたごみの陰で足をとめ、言った。目はドアから離さない。「ということは、なかに入る前に壁を見ることができる。『兎《うさぎ》を走らせる』という戦法、知っている？」

「そういう名では知らないが」ドヴジェンコは答えた。「どういうものであるかは想像がつく。おれが先に走って入り、敵の攻撃を自分に引き寄せているあいだに、きみが悪党どもを撃つ、ということだな」

「ちがう」ジャックは言った。「おれが先に走って入って敵の攻撃を引き寄せ、おれたち二人で悪党どもを撃つ、ということ。やつらはイサベルに注意を集中させているはずだから、奇襲が功を奏する。われわれは突入し、彼女以外の全員を撃つ。あんたら、SVRマンは高度な射撃訓練も受けている、だろう？」

「SVRは情報機関。われわれはコマンドーではない」ドヴジェンコはジャックを横目でチラリと見た。「だが、心配はいらない。射撃は得意だ」

建物の裏の窓はみな板でおおわれていたが、念のため、そばを通るときは頭を下げた。ジャックが先にドアの縁に達した。視線の先に銃口を向けながら、すこしずつ横へ移動しはじめた。摺《す》り足でほんのすこし横へ動くたびに、部屋のなかの見える部分がわずかずつ増えていく。だが、向こうからはまだこちらは見えない。ジャックがいまいる位置から見えるのは、ドアの右側に延びる壁――建物の側面になっている東側の壁――で、そこにはだれの姿もない。壁に窓がひとつあるが、ドアはまったくない。ということは、悪党どもは部屋の左側にいるか、まだ見えないそちら側にあるドアを抜けて別の部屋へ行ってしまったかのどちらかだ。

さらに、すこしずつ、一度に一インチずつ、横への移動をつづける。北側の壁が見えてきた。実際には、壁ではなく、ガレージのシャッター……そこにもだれもいない。

北西の隅に木製の道具箱がある……そこにも人影はなし。話し声が聞こえてきた。

部屋の中央に自動車整備用の金属製リフトがある。やはりここは自動車の修理をするガレージなのだ。だが、車は一台もない。銃撃戦になった場合、盾にするものがまったくない。

ひとりの男の肩が視界に入り、ジャックはハッとして動きをとめた。男は西側の壁の中央のあたりにしゃがみこみ、こちらに背を向けている。ステーションワゴンに乗っていた二人のうちのひとりだ。ならば、目はまだガレージの明るい照明に慣れていないはずだ。ジャックは思い切ってあと半歩、横へ移動し、敵に見られる危険性があるドア口の漏斗《じょうご》状の領域にさらに身をすべりこませた。するとついにイサベルの姿が見えた。猿轡《さるぐつわ》をかまされ、土の床に座らされ、西側の壁に寄りかかっている。彼女は顔を上げ、右のほうを見た。そこにだれかいるのだろうが、いまのジャックの位置からは見えない。

ジャックはドア口からそっと身を引いた。急に体を動かすと敵に気取られる可能性がある。

ジャックはドア口に銃口を向けたまま、ドヴジェンコにぴったり身を寄せた。「少なくとも二人いる」そうささやいてから、素早く部屋の状況を説明した。偵察はすぐに古くなる。ジャックは、悪党どもが最後に見た位置関係にあるうちに突入したかった。「この南側の壁と南西の隅がどうなっているかはわからない」ジャックは念のため、ロシア人が基本方位をしっかり頭にたたきこめるよう丁寧に説明した。「イサベルにいちばん近いところにいる者たちを最初に排除しなければならない。おれは北側にいる者たち全員を片づけ、それから中央へ銃口を戻す。あんたはフックして南側——こちら側——にいる者たち全員を仕留めてくれ。おれとあんたの射界は中央でオーバーラップする」

「フックって何？」

「おれはドアから入ってまっすぐ進む」ジャックは言った。「あんたはおれのうしろについて突入し、入ったらすぐフックのようにクイッと左側へ方向転換し、おれが北側のやつらを撃っているあいだに南側のやつらを撃つ」

ドヴジェンコは軽くうなずいた。「わかった」

「三つ数えて突入」

「よし、三つ数えて突入」ドヴジェンコは繰り返した。これでジャックの不安もほんのすこしだが和らいだ。ドヴジェンコはこういうことを前にもやったことがあるのだ。

ワン、ツー、スリーで、ジャックは突入し、一気に突き進んだ。一五フィートほどもなかに入りこんで、やっと敵に気づかれた。すべての目が——銃が——ジャックに向けられた。そのときにはもうドヴジェンコもうしろから入りこんでいた。閉鎖空間のなかにAK-47自動小銃の銃声が轟《とどろ》き、コンクリートブロック壁の破片が飛び散った。中間点に達したところでジャックはクルッと左へ向き、イサベルの右側にいた男の骨盤に弾丸を二発もぐりこませた。男はちょうど自動小銃を振り上げたところだった。

その瞬間、イサベルは左側にいた悪党とジャックのあいだに位置することになった。その左側の男の始末はドヴジェンコにまかせ、銃をさらに左へ振って、南西の隅に立っていた三番目のターゲットに銃口を向けた。そいつは片手にビデオカメラを、もう一方の手にカラシニコフを持っていた。ジャックはそいつの胸を撃ち抜き、発砲後の銃口の跳ね上がりを利用して首と顔にも弾丸を命中させた。最後の一発が、男の黒いターバンもろとも頭の半分を吹き飛ばした。

この男を斃《たお》して右へ視線を移すと、ドヴジェンコが見事に命中させた弾丸でイサベルのそばの別の男がちょうど倒れるのが見えた。

ジャックはガレージの奥のドアのほうへ銃口を向けた。「ほかにもいるのか？」甲高い耳鳴りに負けぬよう大声を出した。

イサベルは首を振った。

「さあ行かないと」ドヴジェンコはすでに手を貸してイサベルを立たせていた。

ジャックがうしろを向いて後方からの脅威に目を光らせつつ後ずさり、ドヴジェンコが先頭に立って、イサベルを真ん中に挟んだ。ジャックは外に出る途中、斃した男たちのひとりが身につけていたカラシニコフの予備弾倉《マガジン》三個をつかみとり、テーブルから柄が木のナイフをとり上げた。そして、路地に出ると、ほんのすこし足をとめ、イサベルの拘束バンドを切って両手を自由にした。

銃撃戦はジャックがドアから飛びこんでから六秒もつづかなかった。そして、わずか一分ちょっとで、三人はトヨタ・ハイラックスに乗りこみ、北西へ向かいはじめた。

53

期待は計画ではないが、ジャックら三人にはいまやそれぐらいしか残されていなかった。

イサベルはたてつづけに二度も拉致《らち》されたことで興奮し、助手席で激しい揺れに体を弾ませながら、まるで気が立った猫のようになって二〇分ものあいだ休みなくしゃべりつづけた。運転はドヴジェンコが担当し、イサベルの指示で、トヨタ・ハイラックスをイスラムカラ-ヘラート幹線道路の南にある二車線の未舗装の道へ乗り入れた。ジャックはバックシートに座っていた。三人は車を走らせながらさまざまなオプションを話し合ったが、そのうちついにアドレナリンも消え去り、イサベルは眠りに落ちた。

石がごろごろしている密輸用の小道が砂漠のいたるところに縦横に張りめぐらされているため、国境のどちらの側の法執行機関も軍も密輸ルートをしぼりこむことなどできない。ドローンやジープによるパトロールがあらわれることも、動きを検知するセンサーやカメラが設置されているところもある、とイサベルが前から注意をうながしていたが、収賄《しゅうわい》がはびこっているうえに麻薬取締機関はとんでもない人員不足におちいっている、とも彼女は言っていた。それに、そもそも強風があらゆる麻薬取締活動をほぼ役立たずにしてしまう。

国境越えは過去にそれをしたことがある者にとってはいとも簡単なことだった。実際にやってみると、いちばん難しいのは車のひどい揺れに耐えることだとわかる。それに、初夏に吹きはじめて秋までやまない『一二〇日風』が厄介なのだ。それは夜にはすこし弱まるものの、なおも土埃《つちぼこり》で空気を曇らせるほど強く吹き、肌を刺す。トヨタの隙間《すきま》や車内の表面はすべて、土埃にふさがれるか、その黄色い薄い層でおおわれてしまった。未舗装の道を四〇マイルほど走り、ようやく舗装された幹線道路に入ったときには、ジャックは咳《せき》がとまらなくなっていた。だが、あと数マイル走ればタイバドだ。そこはイランの規準からすると小都市で、人口は五万人ほど。余所者《よそもの》がなんとか溶けこめるほどの大きさだが、夜中の二時に車を走らせる者がいるほど大きな都市ではない。それに、アメリカの都市とはちがい、ほぼ真っ暗だった。

車がなめらかな舗装道路に入ると、とたんに乗り心地がよくなって逆にびっくりし、イサベルは目を覚ました。両腕を頭の上にやり、猫のようにしっかり時間をかけて伸びをした。むろん、男二人はそれに気づいた。

ドヴジェンコは一か八かタイバドの東側にある静かな地区を選んで車を走らせた。ピックアップ・トラックのトヨタ・ハイラックスはこのあたりではよく見られる車だったが、ドヴジェンコは念のためグローヴ・ボックスのなかにあったドライバーを渡してジャックを車から降ろした。地元のナンバープレートを盗ませるためだった。イスラム教では犬が嫌われているため、イランで犬を見ることはほとんどなく、プレートをはずしているときに吠《ほ》えられて困るということはまったくなかった。泥がセメントのようになってプレートを車体にしっかりくっつけていたが、ジャックがそれを取り外すときに立ったガタガタときしむ音は、やむことのない風の音にほとんど掻《か》き消されてしまった。よほど運が悪くないかぎり、ナンバープレートの盗難が警察に通報される前に彼らはマシュハドに着くはずだった。

ドヴジェンコは新しいプレートを後部に取り付けたトヨタをふたたび走らせ、土埃が舞い飛ぶなか、タイバドをあとにした。ジャックはラップトップから衛星中継装置を通して素早くクラークにメールを送った。敵に信号を捉《とら》えられないよう、二分もしないうちにすべての機器の電源を落とした。トヨタのヘッドライトが前方の闇《やみ》を切り裂き、車内はふたたび静かになった。

彼らが取り込める可能性があると期待している技師の名前はヤズダニだとわかっていた。ヤズダニの息子が治療を受けている病院もドヴジェンコは知っていた。だが、ヤズダニの住所はまったくわからない。だから彼らはごく曖昧《あいまい》な計画しか立てられず、どうすればいいかはっきりわからぬまま前進するしかなかった。

外国人だと明かして交渉すると、なかなか難しいことになる。たとえ、病気の子供を治せる医療といった強力かつ具体的な褒美《ほうび》を約束できる場合でも。愛国心に最高の価値をおく者たちもいる。最終的には妥協して言うことを聞くようになる人間であっても、その前に良心のハードルを越えなければならない。そしてそれには時間がかかる。ところがその時間というやつが、ジャックにも、ほかの二人にもないのだ。

口説き・説得は、ヤズダニの自宅でやる必要がある。来訪者を家に招き入れ、飲食物をふるまう、というのがイラン式もてなしであり、それを利用すれば怪しまれることはない。だが、まずはイサベルが国連薬物犯罪事務所の職員という身分を利用して、うまいこと子供が入院している病院に入りこみ、なんとかヤズダニの住所を見つけないといけない。そしてそのように期待どおりに事が運んだら、ヤズダニの家のドアをノックする。でも、彼が協力を拒んだら……。そのときのことはジャックも考えたくなかった。

ともかく、三人はまず休息をとる必要があった。

ドヴジェンコが休息できる場所を知っていた。以前、仕事を手伝ってくれた女性がひとりいるという。まだ完全には味方だと証明されていないロシア人スパイの怪しい友人では、ジャックもすんなり信用することはできなかったが、耳が痛みはじめていて、たぶん何らかの手当が必要と思われた。燃えるヴァンから脱出するのに泥水のなかを泳がなければならなかったのだから、抗生物質をたっぷり飲んでおいたほうがよい。だが、最悪なのは——少なくともここしばらく——頭の包帯だった。だれかと戦って怪我《けが》をしたのだと一目でわかり、まずいことに警官の注意を惹《ひ》く。だが、これもまたどうにもならない。だから考えないようにした。心配しなければならないことが多すぎる。すでに疲れのせいで愚かな間違いをおかしやすくなっていたし、イランのような国では、いちど間違えたらやり直すことはあまりできない。三人とも、この数時間に積み重なった肉体的・精神的ストレスのせいで、心身ともにくたくたになっていた。

ジャックは後部のベンチシートに座ったまま身を前に乗り出し、両手の甲に顎《あご》をのせた。ストレッチをしているのだ、と自分には言い聞かせたが、実際はイサベルにできるだけ近づいていたいだけだった。

ヘッドスカーフを取り去っていたイサベルを見て、ジャックはガールフレンドだったころの彼女を思い出した。たしかに年はとったが、悪いとりかたではない。いや、それどころか、イサベルは以前よりもきれいになっていた――とくに目が魅力的だ。若さゆえの軽々しさは消え、代わりに謎《なぞ》めいた風格さえあらわれていて、心のうちを読むのが難しい。母なら「コクのあるソース」と言うところだろう、とジャックは思った。生きるというのは煮詰まっていくようなものなのだ。ジャックはイサベルと出遭ったときのことを思い出した――ここイランで、彼女はあの小さなスポーツカーに乗って金切り声をあげ、おれを救ってくれた。ジャックは両手に顎をのせたまま顔を横に向けた。視線が眠たげにさまよい、彼女の顎の下と首にあるいくつもの小さな傷跡をなでた。ジャックはまたしても罪の意識に襲われ、それがいま自分を押しつぶそうとしている疲れとからまり、その二つを区別するのが難しくなった。

突然、イサベルが沈黙を破って話しだし、男たちをビクッとさせた。

「わたしたちがやっていることに疑問をいだく人はひとりもいないわけ？」

ドヴジェンコは首を横へしっかりまわしてイサベルを見つめた。が、すぐにまた道路に視線を戻した。

「たしかに危険だ」ジャックは答えた。「それは認める。だが、国境を越える以外にミサイルを見つける方法は――」

イサベルはジャックの言葉をさえぎった。「わたしは国境越えのことを言っているんじゃないわ。子供の命を交渉に利用しようとしていることが問題なの。そんなことをして何ともないの？」

ジャックは深々と溜息《ためいき》をついた。「そりゃあ引っかかるところはある。でも、われわれがその子を病気にしたわけではない。もし父親がこちらに手を貸してくれたら、われわれはその子の病気の治療に協力する。そう言って説得を試みるだけ」

「だから、それが気に入らないの」イサベルは返した。「わたしたちはどうするか選択できる。でも、その技師、ヤズダニには選択の余地はない。息子の命を救いたかったら、祖国を裏切らざるをえない」

ドヴジェンコはちょっと肩をすくめた。「そうすることで彼はこの国をも救えるんじゃないのかな。核兵器を使用したら、かならず報復され、その犠牲になるのは国民だからね。そう、たしかにわれわれは協力を強要しようとしている。だが、それはより大きな善のためだ。それに息子も治療を受けられる」

「そんなことみんなわかっている」イサベルは食い下がった。「それでも、そういうやりかたは大嫌い。わたしたちは彼の悲惨な状況を餌食《えじき》にする獣《けだもの》。彼が協力を拒めば、息子は死ぬ」

「かもしれない」ジャックは言った。「でも、われわれが子供を殺すわけではない」

「そう、そのとおり」イサベルは言い返した。「父親の判断が殺すの」

「父親が正しく判断するよう祈るばかり」ジャックも頑張った。「気分の悪いやりかたであることはたしかだけど、イサベル、そうするしか手はないんだ」

不意にイサベルは顔をうしろへ向け、肩越しにジャックをにらみつけた。彼女の顔がトヨタの計器盤の光を受けて緑色に輝いた。

「あなた、すこし眠ったほうがいいわ」イサベルは言った。

「そうしようとしたんだが」ジャックは応《こた》えた。「できない」

「だったら、せめてシートに身をあずけてゆったりしたら」イサベルは声を尖《とが》らせた。

「そういうふうに寄りかかられると鬱陶《うっとう》しいわ」

ジャックはイサベルの突然の感情の高ぶりにひるんだ。空港で最初に会ったときなら、こんなふうにあしらわれても動揺しなかったのではないか。だが、いまそれはないだろう。いっしょにさまざまな危機を乗り越えたあとなのだから。

「大丈夫か？」

イサベルはさらに身をうしろへねじり、さも不快そうに首を振った。「言っておきますけどね、その質問は女が聞きたくない——絶対に聞きたくない——もの」

ドヴジェンコは目を道路にじっと向け、前方を見つめつづけていた。

「いや、だから、おれたちはいろいろ乗り越えてここまで来た」ジャックは声を和らげて言った。上から目線の言いかたになっていないようにと願った。「万が一きみが気づいていないといけないので、念のため言っておくけど、おれは正直なところこう思ったんだ——きみはアドレナリンが消え去って痛みを感じるようになり、新たな傷を見つけたんじゃないかとね」

「大丈夫、痛いところなんてない」イサベルは言った。

「あんたは？」ジャックはロシア人に訊《き》いた。

「まったく問題ない」ドヴジェンコは前を向いたまま答えた。

イサベルは呼吸をととのえ、気持ちを落ち着かせた。「わたしは……わたしは……危うく死にかけたのよ、ジャック……そう——それなのに、あなたは電話もくれなくなった。完全に消え去ってしまった」

ジャックは反論を考えようとした。だが、ひとつも思い浮かばない。つまり説得力のある反論はひとつも。しばらくしてやっとジャックは言った。「そうだね」

東の地平線がピンク色に染まりだした。夜明けだ。マシュハドまであとわずか数マイル。マシュハドは人口ほぼ三〇〇万人のイラン第二の都市である。早くも車の数が増えはじめている。後方の車のヘッドライトのせいでイサベルの顔が影のなかに入ってしまった。

「わたしたちは縁があったのだと、わたしは思っていた」イサベルはつづけた。「あなたとわたしには強い縁があったのだと」

「きみのお父さまがはっきりと――」

「あなたはいい大人でしょう、ジャック」イサベルは語気鋭く言い返した。「父のせいにしようとするのはやめて。どういうことだったのか、わたしはちゃんと知っている。あなたはね、枕《まくら》を引っくり返すときだと判断したのよ。ただそれだけ」

「おれはその表現の意味さえ知らない」ジャックは返した。

「枕を引っくり返す、というのはね」イサベルは説明した。「頭を枕に乗せているうちに、表面が生温かくなったので、もっと冷たくて気持ちのよい反対側を使いたくなって、そうすること。あなたはわたしに飽き足らなくなって、鞍替《くらが》えしたくなったの」

「馬鹿《ばか》な。よく言うよ」ジャックはイサベルの非難を一蹴《いっしゅう》した。「きみのお父上が元SAS隊員たちをボディーガードに雇って、だれもきみに接触させないようにしたんだ」ＳＡＳはイギリス陸軍・特殊空挺《くうてい》部隊。「おれがそばにいるとろくなことがないので今後いっさい近づかないようにと、お父上からはっきり言われた」

「あら、あなた強いじゃない。それはわたしも自分の目でちゃんと見てきた」イサベルは食い下がった。「ＳＡＳ上がりのボディーガードなんてやっつけられたはずよ」

ジャックはついに上体をうしろへ倒し、身をシートにあずけた。突然、トヨタ・ハイラックスの車内が狭苦しく感じられた。怒り狂う女を相手に言い争うのに充分な広さとはとうてい言えない。

ドヴジェンコは何も言わずにハンドルをにぎりつづけた。聞こえるのはトヨタと他の車がたてる走行音とイサベルの呼吸音だけ。

ジャックは深々と溜息をついた。「なんだかまずいことになってる。ここはしっかり話し合って、お互いの誤解を解いたほうがいいのでは……それがどういうものであろうと……」

「あるいは、黙って車を走らせるか」ドヴジェンコは言った。「それでもいいんじゃないか」

マシュハドの街が前方に浮かび上がってきた。イサベルは窓外に目をやった。

ジャックは父親同様、難しい問題を工夫して解決するのがうまかった。ほぼどんな問題も、適切な話し合いによって解決の方向へもっていけると信じていた。だが、今朝のイサベルは落ち着いて話し合うつもりなどまったくない。ジャックのほうも疲れすぎていて無理強いする気力がない。それに、ここで何か言って強引にやろうとすれば、あとで後悔するに決まっている。しかたなくジャックはドヴジェンコに注意を移した。

「ひとつ訊いてもいい?」

ドヴジェンコの目がふたたびチラッと動き、ルームミラーを通してジャックを見やった。「どうぞ」

「あんたは完全に自由な状態だった」ジャックは言った。「その気なら、ドバイ――アラブ首長国連邦――やその他の国のアメリカ大使館へ歩いて入るだけでよかった。なぜ、遠路はるばるアフガニスタンまでやって来たうえ、われわれといっしょに命がけでイランへ戻るなんていう危ない橋を渡ったりするのか?」

「罪の意識のせいだ」ドヴジェンコはきっぱりと言った。「それが復讐《ふくしゅう》よりもさらに強くおれを突き動かしている」

ジャックはイサベルの後頭部をじっと見つめ、ドヴジェンコの言ったことを完全に理解した。

エリク・ドヴジェンコの友人はイラン第二の都市マシュハドにたくさんある貧困地区に住んでいた。彼女の狭苦しいアパートのそばには、シシュリクと呼ばれる串刺し《くしざ》にされた大きなラムチョップを売っている店がたくさんあって、数ブロック北東にあるシーア派の聖地であるイマーム・レザー聖廟《せいびょう》への途切れることのない巡礼者たちに料理を提供していた。『まずは聖廟、そのあとシシュリク』という格言さえある。

ドヴジェンコは自動小銃をダッフルバッグに入れて携行した。ピックアップ・トラックのなかに置いておきたくなかったからだ。ジャックはラップトップとスラーヤWi-Fi《ワイファイ》ホットスポットと衛星携帯電話をダッフルバッグよりは小さい革のブリーフケースに入れて携えた。

アパートの建物の裏側に、人気《ひとけ》のない路地からのぼれるようになっている壊れそうな木製階段があった。踏み板はみな黒く塗られていたが、日常的に使われているようで、かなり磨《す》り減っていた。すぐにジャックも単なる非常階段ではないとわかった。ドヴジェンコは階段のいちばん下で足をとめ、ドアのそばの格子《こうし》付き窓を見上げた。

「わが友の人生は安楽なものではなかった」ロシア人は言った。「でも、幸せそうな顔をしてくれるはずだ」

「なるほど」イサベルは言った。

ドヴジェンコはイサベルをまっすぐ見つめた。「あまり厳しく彼女を裁かないようにしてほしい。彼女は法螺話《ほらばなし》が大好きでね、それについては事前にわたしから謝っておきたい」

イサベルは軽く肩をすくめた。「彼女は……？」

「売春婦？」ドヴジェンコはうなずいた。「彼女はまさにっちもさっちもいかなくなってしまったんだ。夫に離婚され、どうすることもできずに――」

イサベルは片手を上げて制した。「ほかの女性たちを裁くなんて、わたしにはできない。イランではとくに。この国では、ふしだらな行為をしたとして女性を石打ちの刑に処して殺す聖職者が、女性が金を稼ぎつづけてくれるというのなら喜んでポン引きになるの。わたしだって、もし裕福な家庭に生まれていなかったら、同じような道を歩んでいたかもしれない」

ジャックは異議を唱えようとしたが、思い直し、黙っていた。

三人が二階の木製の踊り場に達する前に、髪をぼさぼさにした若い女性がドアをあけた。階段が軋《きし》む音でだれかがのぼってくると気づいたのだ。ドヴジェンコを見ると、彼女は小さな口を左右に引き伸ばして笑みを浮かべた。そして、わきにのいて、早くなかに入るよう手振りでうながした。ぐずぐずしていると、この界隈《かいわい》にたくさんいる詮索《せんさく》好きな人々に見られてしまう。彼女は三〇代半ばではないかとジャックは思った。どうやら眠っていたようで、手の付け根で目をこすった。服装は、黒いヨガパンツに、ゆったりしたヨーロッパ農民風のペザントブラウス。長い首と鎖骨が剝《む》き出しになっている。部屋には紅茶とタルカム・パウダーの臭《にお》いが充満していた。

「やあ、ニーマ」ロシア人は言った。

ニーマはドヴジェンコの両頰にキスをした。「来るんだったら、前もって知らせておいてくれないと。食べてもらえるものが何にもないわ」キッチンをうろうろし、紅茶を淹《い》れようとケトルを火にかけた。

「ちょっと休息できる場所が必要だったんだ。長居はしない」そう説明してから、ドヴジェンコはイサベルとジャックを紹介したが、ジャックの場合は軽く肩をたたきながらジョー・ピータースンだと伝えた。そういう仕種《しぐさ》はイランではごく親しい友人にしかしない。「そして、こちらはわが親友ニーマ。彼女は、おれの母同様、アゼルバイジャン出身なんだ。いや、それどころか、実は遠い従妹《いとこ》でもある」

「イラン人はアゼルバイジャン人を虫けらみたいに扱うの」ニーマは言った。「だから、わたしたち、お互い助け合わなければならない。エリクは半分ロシア人だけど、わたしはちゃんと彼の面倒をみる」いぶかしげにイサベルを見つめた。

「あなたのブラウス、すてき」イサベルが言い、眠たげに笑みを浮かべると、ニーマとのあいだにあった氷はたちまち解けてしまった。

ニーマはドヴジェンコの腕をグイッと引っぱった。「あなた、デモ参加者の頭をぶったたきに来たの？」

ドヴジェンコはきまり悪そうにおずおずとイサベルとジャックを見やった。「おれはだれの頭もぶったたかない」

「あら、からかっただけよ」ニーマは涼しい顔をして返した。「でも、そうする連中が中心街にはいるの。ほんとうよ。わたしも中心街には行くから、そのうちたぶん、みんなといっしょに頭をぶったたかれるわ」

ドヴジェンコは眉《まゆ》をひそめた。「気をつけないと。そいつらは本気なんだぞ。たしか、最高指導者《アヤトラ》がこの都市《まち》に来るんだったよね、今週の金曜礼拝で説教するために」

「アヤトラねえ」ニーマは床に唾《つば》を吐いた。「聖職者《ムッラー》たちがアヤトラのところへ行って、〈大悪魔〉を地球上から完全に抹殺する方法が見つかりましたと言ったときの話、あなたも聞いたことある？」

ドヴジェンコは目をグリッと上へ向けた。〝そうら法螺話がはじまった、許してくれ〟とイサベルとジャックに伝える仕種。

ニーマはジョークを飛ばすのではなく、自分が聞いたニュースを物語るかのように、まああの英語でつづけた。「『ああ、この世で最も慈悲深いおかた』とムッラーたちは言った。『〈大悪魔〉をわれらが世界から駆逐するためには、この世で最も慈悲深いあなたさまが処女と寝る必要があるということがわかったのです』アヤトラはしばしそのことについて考えてから、陰鬱な渋面をつくって、こう言いわたした。『全人類のためにわたしがそうする必要があることはわかった。だが、それには三つの条件がある。第一に、選ばれる処女は盲目でなければならない――ベッドに連れてこられた女に顔を見られてわたしだと気づかれないように。第二に、女は聾者《ろうしゃ》でなければならない――声を聞かれてわたしだと気づかれないように。第三に、女は大きな乳房の持ち主でなければならない』」

ドヴジェンコは恥ずかしげな笑みを浮かべた。

「何よ、その笑いかた?」ニーマは文句を言った。「わたしの部屋の壁は薄いの。お友だちにわたしの法螺話好きを許して、なんて言ったの、聞こえたわよ。だから、こうやってひとつ聞かせてあげたわけ。それに、この話はマシュハドではとっても人気があるの。聞いたことがない人なんてひとりもいないくらい」彼女は手を振って、部屋の隅にある小さなソファーとクッションの山を示した。「あんたたち、疲れ切っているんでしょう。さあ、倒れる前に座ってちょうだい」

「ありがとう」ドヴジェンコは応えた。「でも、ひとつ訊きたいんだけど、タバコはやめた？」

ニーマはばつが悪そうにうなだれた。「それがやめていないの」

ドヴジェンコは泣いてしまいそうな顔をした。「ああ、助かった。いますぐ一本喫《す》わないと頭がいかれてしまう」

ニーマはベッドサイド・テーブルとして使っている段ボール箱に手を伸ばし、そこに載っていたタバコの箱をつかみ、ドヴジェンコのほうへ投げた。「ああ、エリク、あなたの頭はもういかれてしまっているわ」

ジャックはソファーのはしに腰を下ろし、狭苦しい部屋のなかを見まわした。型打ち模様の入った天井がかなり垂れ下がっているため、部屋はいっそう狭く見える。イラン人の平均月収は二五〇ドルほどで、売春婦はそれよりもずっと少ない稼ぎでやっていかなければならない。ニーマは所有物などごくわずかしかないが、持てるものは何でも友に与える。今回も、イサベルに自分のベッドを使わせた。仕事で使ったシーツはすぐに替え、そのまま眠ることは絶対にない、と率直に説明して。横になれるところならどこだって嬉《うれ》しい、とイサベルは返した。ジャックは居間の床で間に合わせざるをえなかったが、頭をクッションにのせると、数秒で眠りに落ちてしまった。

部屋の奥の小さなキッチンで、ニーマ・ハサノヴァは音を立てないように紅茶を淹れる準備をした。訪ねてきてくれる人などまったくない彼女は、この人たちが起きてもここにしばらくとどまりますようにと、心の底から願った。エリク・ドヴジェンコは片手で顔をおおい、軽い鼾《いびき》をかきはじめた。この人は何か危険なことに巻きこまれたのだ、とニーマは思った。そうだと顔にちゃんと書いてある。この人を護《まも》るのがわたしの務めではないのか？　しかし、わたしに何ができるというのか？　こんな堕《お》ちた女に？　これにはニーマも内心笑ってしまった。堕ちた女？　イランでは、女はみな、すでに底まで堕ち切っているので、さらに堕ちるためには、まず立ち上がらなければならない。ニーマ・ハサノヴァはドヴジェンコの足もとに置かれていた革のブリーフケースをじっと見つめた。エリクはいったいどんなトラブルにおちいってしまったのか？　その答えはこのブリーフケースのなかにあるにちがいない。

54

手順を説明した技師は、レザ・カゼムに近づく機会を得たことをありがたがっているようで、笑みを浮かべ、では失礼しますと言って、自分の仕事に戻っていった。ミサイルとそれを輸送し発射できるトラックである輸送起立発射機のまわりを動きまわる人々があげる騒音がなければ、この砂漠のなかの〝秘密基地〟は、宗教的と言ってもよい静かな場所だったにちがいない。技師もカゼムもイスラム革命防衛隊の緑色の制服と帽子を身につけていたが、それはカゼムが部下たちとともにテヘランの北にある保管施設から盗んだものだった。ここはマシュハドから西へかなり離れた場所なので、正規の軍部隊に見つかる心配はなかったが、万が一、警察のパトロール隊が近づくようなことがあった場合、革命防衛隊の本物の制服が役立つはずだった。これほど大きな嘘《うそ》をつけば、疑いを直接ぶつける度胸がある者などほとんどいない。だれだって、公式の活動をしている革命防衛隊を怒らせるような真似《まね》をしたいとは思わない。たとえ革命防衛隊の別の部隊が怪しんだとしても、何らかの行動をとる前に上の指示を仰ぎたいと思う。それにカゼムには忠実な小規模部隊――ほぼ一〇〇人の男たち――があって、彼らはみな、自分たちは愛国者――現在のイスラム革命を崩壊させて新イラン創出をねらう革命家――だと信じこんでいる。

たしかにカゼムは新イラン誕生をもくろんでいたが、それは彼らが期待していたものとはいささかちがっていた。

カゼムは物理学を学んだので、これからやることの力学的な理屈は理解していたが、細かな点まではわかっていなかった。細かいところはすべて、ある女性に任されていた。彼女は五〇代後半で、司令官さながらに傲慢《ごうまん》に振る舞い、カゼムにさえ敬意をほとんど示さなかった。だが、カゼムはそんなことは気にしなかった。二人は互いに必要とし合う仲だったからである。それ自体が別種の敬意を生んでいた。

彼女はいま、谷間の奥にある高い断崖《だんがい》の下にいた。そこは風下で、崖《がけ》がたえまなく吹く風から輸送起立発射機を護《まも》っていた。彼女はズボンをはき、頭をスカーフでおいもせず、無線機に向かって何やら叫んでいた。ただ、無線機を真ん前に掲げているが、顔から離している。まるで、無線機がどういうものであるのかよくわかっていないふう。天才というのはそういうものだ、とカゼムは思った。人生のある面が輝いていれば、ほかの面が暗くなりがちだ。サハール・タブリジ博士は世界でも最も優秀な数学者・宇宙物理学者のひとりである。テヘラン大学の学部生のとき、〈ポアンカレ予想〉を証明する一歩手前までいったこともある。そのとき運悪く、イスラム革命が起こって女性があらゆる分野から排除されてしまった。そういうことがなければ、彼女はその数学の難問を解いてしまっていたかもしれない。紙と鉛筆さえあれば、弾道弾迎撃ミサイルを針の穴に通すのに必要となる計算をすることもできた。それなのに、ごく単純な携帯電話にひどくてこずるのである。タブリジ博士は電波の形を正確に描けるし、その科学的特性を説明することもできるが、無線機のボタンやつまみを実際に扱うのがなんとも苦手なのだ。

クレーンを操縦する男も、輸送起立発射機の運転席にいる男も、クレイジーな科学者がはなつ言葉の集中砲火から逃れようと、それぞれの席の窓から身を外に乗り出していた。それでもカゼムは心配していなかった。すでにひとつの輸送起立発射機にはミサイルの設置がすんでいたからだ。あとは同じ作業を繰り返すだけでいいのである。

すべてがうまく進みつつあった。発射筒は二本とも、最高指導者である大アヤトラの次の地位にあるアヤトラ・ゴルバニが到着する前に、輸送起立発射機に設置済みとなっているはずだった。発射筒そのものの入手は比較的簡単だった。イランが保有する他のミサイルも同種のものを必要としていて、イラン国内での製造がすでに可能となっていた。しかるべき政府機関が設計図を添えて発注するだけでよかった。一六輪の巨大なMZKT-79221輸送起立発射機も簡単に買うことができた。旧ソ連時代に赤の広場で行われた軍事パレードでおなじみの、そうしたミサイル輸送・発射用超大型トラックは、現在ベラルーシで製造され、ヴォラットという商標名で売られている。イランにとって価値のあるほとんどのものがそうであるように、そのトラックの輸入も国連による制裁措置によって禁止されているが、一六の車輪をすべてはずし、できるだけ小さな部品に解体してしまえば、それを違法に運び入れるのは51T6弾道弾迎撃ミサイル——ゴルゴン——のときよりもずっと容易である。それに、その輸送起立発射機をもとどおり組み立てるのに必要なのは、一団の機械工のみ。ロケット科学者なんてひとりもいらない。

カゼムは興奮を抑えこんだ。ゆっくりと、だが着実に、すべてがよい方向へと進行している。ゴルバニがもう一日待ってくれたら言うことなかったのだが、余計なことを要求してアヤトラ・ゴルバニの機嫌をそこねるのは得策ではない。なにしろゴルバニは最高指導者である大アヤトラの次の地位にあるイランのナンバー2なのであり、大アヤトラの目であり耳なのだ。そう、レザ・カゼムと大アヤトラを結ぶ仲介者でもある。結局のところ、イラン・イスラム共和国の最高指導者は、現イラン体制を崩壊させようとしていると全世界が思いこんでいる男といっしょにいるところを見られるわけにはいかないのだ。

ササニの携帯電話のどぎつい耳障《みみざわ》りな呼び出し音が、彼の夢のない眠りのなかにこっそり入りこんできた。ヘラートのホテル・ルームのマットレスは柔らかすぎたが、テヘランのオフィスのソファーよりはましだった。

「しっかり作動しています、少佐」ササニが応答すると、相手の男は言った。「起こしてしまって申し訳ありません。でも、すぐにお知りになりたいと思いましたので」

ササニは鼻をすすり、部屋のなかを見まわした。目を瞬《しばた》かせて、浮かび上がってきた前日の記憶を追い払った。「作動しているって、何が？」

「監視しろと命じられた衛星携帯電話です」

これにはササニも上半身を起こし、背筋をちょっと伸ばした。「いまこの瞬間に？」

「はい」技術者は言った。「通話内容も聞くことができています。かけたのはアゼルバイジャン人の女で、相手は母親と思われます。電話をかけた者の名前はニーマ」

「アゼルバイジャン出身ということだな？」ササニは語気鋭く返した。いまや立ち上がり、ベッドのそばを行ったり来たりしはじめた。

「女はマシュハドから電話をしているのです、少佐」

「マシュハド？」ササニは足をとめた。「イラン国内から電話しているのか？」

「そうです、少佐。正確な場所を特定するのは難しいのですが、いまこの瞬間、その衛星携帯電話はイマーム・レザー聖廟《せいびょう》からそれほど遠くないところで使われていると考えてまず間違いありません」

「しぼりこめ」ササニは言った。「可能なかぎり近い位置情報をよこせ」

「はい、わかりました、少佐」技術者は応《こた》えた。

「電話した者の名前はニーマだったな？」

「はい、そうです」技術者は答えた。

ササニは電話を切った。携帯電話をベッドの上にほうり投げると、満足げに両手をこすり合わせ、考えた。果たしてニーマは事を簡単にしてくれるのだろうか、それとも難しくしてくれるのか？　ファーティマは難しくしてくれた。ササニは溜息《ためいき》をついた。そう、難しくしてくれるほうが、実はずっと面白くなるのだ。

55

何かが肘《ひじ》にふれた。背中が痛いほどこわばっている。下になって床にあたっているほうの肩が、何か硬いもののあいだに挟まっているようで、強い不快な痛みが走りだした。まるで捻《ひね》られて脱臼《だっきゅう》しかかっているかのようだ。ふたたび何かがふれる感触があった。そして遠くから声が聞こえてきた。イサベルの声。夢を見ているのかも？眠ったのはほんの数分だったにちがいない。ジャック・ジュニアは目をひらこうとしたが、瞼《まぶた》が糊《のり》付けにされたようになっていて、言うことを聞かない。次いで、負傷した耳が痛みだした。心臓の鼓動に合わせてズキズキ痛む。それが良い兆候なのか、それとも悪いサインなのか、まったくわからない。

イサベルの声がまたしても聞こえた。今度はかなり近い。切迫したささやき声。その声が脳をおおっていた霧をわきへ押しやった。

「ジャック、目を覚まして」

ジャックは上体を起こし、背筋をピンと伸ばした。そして部屋のなかを見まわし、自分の居場所を確認しようとした。自分がどこにいるのか思い出すのにしばらくかかった。ドヴジェンコもイサベルの声を聞いて目を覚まし、上体をすこし起こして片肘をつき、目を瞬《しばたた》かせて耳をかたむけた。

「ごめんなさい」イサベルは言った。シャワーを浴びたあと、破けた服の上に上っ張り《スモック》をはおっていた。

ジャックはキッチン——と言っても同じ部屋の隅——に立っているニーマを見た。いまはもうきちんと服を着ている。黒っぽいスカートに、膝《ひざ》まであるカーキ色のトップス。そのトップスを見て、ジャックはコットンの枕《まくら》カバーを思い出した。二口のガスコンロの青い炎の上に置かれたケトルが湯気を噴いている。慌《あわ》てることはないのだなとジャックは思った。緊急時に紅茶を淹《い》れる者などいない。ジャックは顔をこすった。だが、それで負傷した耳も触ってしまい、痛みに襲われ、顔をしかめた。

「ごめんなさいって、どうしたの?」

「お願い、彼女を叱《しか》らないで、ジャック」イサベルは懇願した。「彼女、知らなかったの」

ジャックは立ち上がった。脚がまさに棒になったように感じられ、捻挫《ねんざ》の箇所も昨夜よりも五つ六つ増えたような気がした。どんなことであろうと、床に座ったまま聞きたくはなかった。

首が痛い。まるで頭を肩から捻りとられそうになったかのようだ。ほぼ間違いなく歯も一本折れている。それに言うまでもなく、耳は阿片《あへん》密輸業者に九針縫われてやっとのことでくっついている状態だ。これなら年寄りになるほうがずっと楽しい——もっとも、この調子だと、年寄りになるまで生きていられるかどうかわからない。

ジャックはイサベルを見つめ、こんな状況にもかかわらず笑みを浮かべた。「どういうこと?」

彼女は顎《あご》をしゃくってテーブル上の衛星携帯電話を示した。

その瞬間、ジャックの体は寒気《さむけ》に刺し貫かれた。「あれがどうしたの?」

ドヴジェンコもイサベルの仕種《しぐさ》を見て、跳ねるようにして立ち上がった。

イサベルはにやっときまり悪げに笑った。「ニーマの携帯電話が壊れていたの。それで何カ月も母親と話していなかった」

ジャックは穏やかな声を出そうと、深呼吸を二回してから言った。「すでに電話してしまったのか?」

イサベルはうなずいた。「わたしが目を覚ましたとき、話している真っ最中だった」

ジャックはなんとか努力して、ささやきレベルの声で話しつづけた。「いったいどうやって彼女は――」

「わたしたちが眠っているあいだにブリーフケースからとりだしたのね、きっと」イサベルは言った。「通話記録をチェックしたけど、話していたのは三分弱のようだわ。わたしたちのことは一切しゃべらなかったし、自分がどこにいるかも言わなかったそうよ」

　じっとケトルを見つめていたニーマが顔を上げた。「電話代は払うわ。携帯電話をちょっと借りたって、だれも気にしないと思ったの」

「心配はいらない」とジャックは返したが、実際のところは不安でいっぱいだった。話題を変えようとした。「みんな、よく眠れた？」

　ドヴジェンコはすでに編上靴《ブーツ》をはこうとしていた。「ニーマ、きみもいますぐここから出ていかないと」

　ニーマはロシア人の言葉を払うように手を振った。「今日は予約がいっぱいあるの。電話で話したのはほんの短いあいだだけ。革命防衛隊《セパ・パスダラン》だって、〝すべてお見通し〟というわけではないと思うわ」

「でもね」イサベルは言った。「エリクの言うことが正しいと思う。あなたは危険をおかすべきではないわ」

「あなたたち、みんな、心配しすぎ」ニーマは食い下がった。「わたしは大丈夫。ほんとうに」

イサベルはジャックのほうを向いた。「ここから出る前に、あなたの耳を見せて。いちおうチェックしておかないと」

「あとにして」ジャックは背を向け、バスルームへ向かった。「ここから離れる必要がある。いますぐ」

ドヴジェンコはラジオをつけた。イランのテクノ・ギター・ミュージックが車内に満ちた。ふたたびショットガンをとりだしていたイサベルが、横目でジロリとロシア人をにらんだ。ドヴジェンコがラジオを消そうと手を伸ばしたとき、音楽がやみ、野太いイラン人の声が電波に乗って聞こえてきた。礼拝を呼びかけるムアッジンの声のように陰気で、やや鼻にかかっていた。

何を言っているのかジャックにはわからなかったが、イサベルはスッと背筋を伸ばし、ドヴジェンコもだいたいのことがわかって彼女のほうをチラッと見やった。すると、車が流れるスピードも遅くなりだした。

「どうした?」ジャックは身を乗り出してフロントシートの背にもたれかかった。

イサベルが空いているほうの手を上げてジャックを黙らせた。

さらに一五秒間、男は粛々と話しつづけたが、不意に声が途切れ、イランのポップスがふたたび聞こえだした。

「前方で抗議デモが行われている」イサベルは言った。「迂回《うかい》しないと」

「前方のどこ?」ジャックは訊《き》いた。

「よくわからない」ドヴジェンコが答えた。「当局が携帯電話やソーシャルメディアでのやりとりを妨害し、抗議者たちは連絡がとりにくくなっている。いまラジオで話していた男は、抗議者たちを助けようと、どこへ行けばいいか告げていたが、途中で話を遮断されてしまった。抗議活動はこの都市《まち》の西部のどこかで行われている。それだけわかってもしかたない」

「例の病院も西部にある」ジャックは言った。

イサベルはラジオの選局つまみをまわして、音楽局をいくつかとばし、ニュース番組を放送している局を見つけた。

「あった」イサベルは聞きながら通訳した。「これ、国営ラジオ放送局。だから、アナウンサーは抗議デモに参加しないよう視聴者に強く要請している。市民に法律にしたがうよう求め、当局は抗議者側のいかなる暴力をも鎮圧すると断言している」

「鎮圧するというか、暴力で反撃するということだな」ドヴジェンコは言った。

いまや車の流れはほとんどとまってしまった。

最近イランで行われているデモの映像はジャックも見ていた。テヘランでも、エスファハーンでも、ゴムでも――それこそイラン中あらゆるところでデモは行われていた。人口三〇〇〇万人のマシュハドには、通りを埋める若者なら充分にいる――そして実際に彼らはしばしばデモ行進をした。

トヨタ・ハイラックスは二〇分のあいだノロノロとしか動けず、一マイルも進めなかった。イライラしたドライヴァーたちは、隣車線の前のほうがすこしでも空くと、透かさず車線変更してそこへ入りこんだ。脇道《わきみち》もあるにはあったが、いまのところ、かならずそこも渋滞していた。

かなりのあいだ警察官にはまったく出遭わなかったが、低い丘のてっぺんでついに出くわしてしまった。気づいたときにはもう遅すぎた。

髭《ひげ》をきれいに剃《そ》った若い警官で、膝までのバイクブーツをはいていた。乗ってきたBMWの中国製模造品は車道の路肩にとめられている。もうひとりのオートバイ警邏《けいら》隊員が別の車線にいて、二人でやって来る車をすべてとめ、一台一台なかを調べ、前方で行われている抗議活動を避けるよう方向転換を指示していた。

「銃は？」ドヴジェンコが前を向いたまま訊いた。

「隠した」ジャックは答えた。「耳の傷を説明するのが難しい」

「あなたはペルシャ語をしゃべれない」イサベルが言った。「耳の傷のことはあまり心配ない」

警官は運転席側の窓に近づき、手を振って挨拶《あいさつ》した。敵対的ではないが、ごく形式的な仕種。

「よし」ドヴジェンコは言った。「おれが話す」ロシア人が窓ガラスを下ろすと、たちまち粗悪なイラン製ガソリンの硫黄臭い排ガスが車内に吹きこんできて、ジャックは閉口した。

警官はかがみこんで車内をのぞいた。そのときにはもうドヴジェンコはケース入りの身分証を警官に見せ、ロシア訛《なま》りの強いペルシャ語でなにやら大声で言っていた。礼儀正しくはあったがキビキビした口調で、こちらが通れるようにしてくれと要求したかのようだった。

警官は革ケース入りの身分証を受け取ると、それを素早く子細に調べてからドヴジェンコに返した。そして、相棒に口笛を吹いて、何やら叫んだ。ジャックには理解することはもちろん、言葉として聞き取ることもできなかった。さらに警官は二台のオートバイがとまっているところの前の路肩を指さした。

ジャックはそこへ車をとめろという意味だと思いこみ、胃がズンと沈むような感覚をおぼえた。だが、警官が車の流れを完全にとめてくれているあいだに、ドヴジェンコはトヨタ・ハイラックスを指示された路肩までゆっくりと前進させ、そこから加速して次の出口までピックアップ・トラックを疾走させた。そして、幹線道路の下を通り、中心街の南をぐるりとまわりはじめた。

「いったいどういうことだったの?」ジャックは訊いた。

ドヴジェンコはようやく安堵《あんど》し、緊張して溜《た》めこんでいた息を解放した。「大使館員の身分証を見せ、対抗議活動《カウンタープロテスト》はどこで行われているのかと尋ねたんだ」

「対抗議活動《カウンタープロテスト》?」

「聖職者《ムッラー》や地域社会の指導者たちが抗議活動に対抗してとる行動」イサベルが説明した。「政府からお金をもらって行進するの。学生たちが中心になるデモ行進に対抗してね。白いターバンを巻いた老人たちの集団が、服装なんてばらばらの若者たちの集団と張り合うわけ。民兵部隊バスィージの隊員たちも、老人たちといっしょに行進するわ。ニーマが言っていた『デモ参加者の頭をぶったたく』のはそいつらなんだけど、そちらにまわらずに老人たちといっしょに行進する隊員もいるわけ」

「対抗議活動《カウンタープロテスト》があるって、どうしてわかったの？」ジャックは訊いた。「そのこともラジオが言っていた？」

イサベルは首を振った。「対抗議活動《カウンタープロテスト》はかならずある。政府が確実にそうなるようにするの」口に手をあてて欠伸《あくび》をし、道路の傍らの標識を指さした。「病院は三キロ先。そのヤズダニという人についてわかっていることをすべて、もういちど教えて」

ジャックは助手席に移って、イサベルがアクバルこども病院内で任務を終えるのを待った。彼らはピックアップ・トラックを目立たないように近くの大学の建物のあいだにとめた。敵を必死で追跡していたときは別にして、ジャックとドヴジェンコが二人だけで話せるようになったのはこれが初めてのことだった。

「いやあ、なかなかの大活躍だった、すごい」ジャックは前脳の勧めどおりに、二人のあいだの氷をなんとか解かそうとした。肌がヒリヒリするほど疲れ切っていて、社交的になるような気分ではなかったが、このロシアのスパイは、どのような経歴の持ち主であろうと、イサベルを助けてくれたのだ。それについては恩がある。

「あんたもね」ドヴジェンコは返した。「あんたは……どう言えばいいか……ありきたりのＣＩＡ工作担当官《ケース・オフィサー》ではないように見える」

「ありがとう」ジャックは言った。「まあ、そうかも。あんたは最終的には、おれよりもずっと上の人々の尋問を受けることになると思うけど、念のためいま確認しておくと、あんたにとってイサベルは友だちの友だちにすぎない？」

ドヴジェンコはうなずいた。「おれがミズ・カシャニに対してよからぬことをたくらんでいるんじゃないかと心配する必要はまったくない。そう、そのとおり。おれは彼女の友だちの友だちだったにすぎない。それだけの関係だ」

ジャックはドヴジェンコをじっと見つめ、考えた。口に出して言いはしなかったが、自分とイサベルが出遭ったとき、二人はまさにそういう関係だった――そして恋人同士になったのだ。認めたくはなかったけれど、イサベルとドヴジェンコは馬が合い、楽々と共感し合える――今回のようなめちゃくちゃなことがないかぎり、いい関係を築ける。そう思うと、ジャックは激しい苛立《いらだ》ちを覚えた。《やめろ、ジャック》自分に言い聞かせた。《イサベルを追いかけるのはもうやめろ。彼女には好きなようにやらせればいい。何であろうと、だれとであろうと、好きなように》

「心配なんてしていない」ジャックは言った。次いで、なぜか、イサベルとよりを戻す可能性をふいにするようなことを口にした。「いや、だから、心配しなければならないのはあんたのほうだ。イサベルの親友と恋仲だったととられてもいいようなことをあんたは言ったし、彼女が殺されると、自分の安全のことなど投げ棄《す》てて、わざわざアフガニスタンまでイサベルの命を救いにきた」

ドヴジェンコは目を閉じ、ゴクリと唾《つば》を飲みこんだ。「だが、あんただって、イサベルから電話で助けを求められるや、何も問わずにすっ飛んできた。そして耳が千切れそうになった。さらに、忘れてはいけない、あんたは拉致《らち》された彼女を救い出した……二度もね」

「うん」ジャックは言った。「こういう言いかたをしてすまない――あんたは悲しみに打ちひしがれている。それにはかなわない」

「正直なところ」ドヴジェンコは訊いた。「あんたはほんとうに、よりを戻そうとは思っていないのか？」

ジャックは自分の答えに驚いた――即答したのにも。「そうね、まあ、思っていない」《やっと大人になりはじめたな、キッド》と言うジョン・クラークのバリトンの声が聞こえたような気がした。こんな危機的状況であったにもかかわらず、ジャックは不意にものすごい重荷を肩から下ろしたような気がして、横の窓ガラスに頭を軽く打ちつけた。「ただ、彼女が幸せになることだけを願っている。幸せと安全を手に入れられるようにと」

「幸せはかならずしも安全から生まれるものではない」ドヴジェンコは言った。

「たしかにそのとおりだけど」とジャックが応《こた》えたとき、イサベルが窓ガラスをノックし、彼は心臓が飛び出るほど驚いた。

ジャックがドアをあけると、「住所、わかったわ」とイサベルは言った。そして、親指をクイッとまげて肩越しにバックシートを示し、ジャックに席を替わるようなしぐさをした。「二人で何を話していたの？」

「何も」二人は同時に答えた。


《ニューヨーク・タイムズ》がかつてホワイトハウスのシチュエーション・ルームを「ローテク地下牢《ダンジョン》」だと書いたことがあった。いまのシチュエーション・ルームはそのときとはだいぶちがっていて、海軍食堂《ネイヴィー・メス》の真向かいにある五〇〇〇平方フィートのその空間はかなりの改修をほどこされ、すっかり様変わりしている。同軸ケーブルやブラウン管は、イーサネットや安全なルーターや薄型モニターに取って代わられ、シチュエーション・ルームはしっかり二一世紀風に変身したが、ジャック・ライアンにとってはいまだに地下牢《ちかろう》だった。実際に声に出して言うと感傷的すぎるが、そこの会議用テーブルでなされた決定がよいものであったことはめったにない。たいてい、それで人が死ぬのである——たくさん死ぬこともときどきある。

今日のシチュエーション・ルームのムードはライアン自身の気分——張り詰め、動揺し、喧嘩《けんか》したくてウズウズしている——を反映していた。どれほど努力しようと、ライアンはそうした気分を抑えこむことができなかった。イランが核兵器を手に入れたという差し迫った危機のせいで大統領は気が立っている、とNSC（国家安全保障会議）のメンバーの大半が思っていた。たしかに、ほぼそのせいであると言ってよい。NSCのメンバーたちは、イラン国内にいるアメリカの工作員たちがあるイラン人をスパイにしようとしていることを知っていたが、大統領の息子もその工作員たちのひとりであることを知っていたのはメアリ・パット・フォーリ国家情報長官だけだった。

ライアンはテーブルのはしの壁のほとんどを占める薄型モニターをじっと見つめていた。そこにはイランの大きな地形図が映っている。それはポティート少佐のタブレット・コンピューターから国防総省《ペンタゴン》の暗号を用いて送られているデータで、当番のIT専門家である空軍少佐の微調整をへて、シチュエーション・ルームのシステムにつながっていた。ポティートがタッチペンを使ってタブレット上に描いた線がそのまま大きな薄型モニターにも映っていて、白い円に囲まれているのがイラン第二の都市マシュハドで、それよりも小さな赤い円はマシュハドの南にある第一四戦略空軍基地の場所を示していた。

「イランのレーダー防衛システムは少なくとも五〇〇キロまでの脅威に対処できます」ポティートは説明した。「偵察衛星によりますと、この基地にはシャハブ3中距離弾道ミサイルおよび最新式の対空ミサイル・システムはもちろん、ミラージュＦ１ＥＱ戦闘機もあります」現時点でアメリカによるイラン領空侵入が可能かどうかを判断するのはポティートの仕事ではなかった。なにしろ自分よりも高位の者が一〇人以上も同席しているのだ。だからポティートは事実を伝えて質問を受けるだけだった。

　そして出席者たちは質問した。たくさん。

　ライアンはやりとりが一段落するのを待って、メアリ・パットのほうに目を向けた。国家情報長官はテーブルの中ほどの席についていて、隣には統合参謀本部議長が座っていた。

　大統領は尋ねた。「ＮＲＯはその地域の上空にどんなものを飛ばしているんだっけ？」ＮＲＯは国家偵察局。

　メアリ・パットはメモを参照することなく答えた。「ＵＳＡ‐２２４軍事光学画像偵察衛星が七時間後にふたたび上空を通過します。その地域のＳＩＧＩＮＴ《シギント》——通信・電波情報収集《シグナルズ・インテリジェンス》——につきましては、発展型オリオン偵察衛星のメンター7が受け持っています」

メンターはNROが運営するスパイ衛星シリーズで、低高度の地球周回軌道をとって監視対象である地点の上空を一日に二度通過するキーホール偵察衛星とはちがい、およそ二万二〇〇〇マイルという高高度の静止軌道上にあり、さまざまな地点を上空から常時監視し、そこから発せられる電話、無線、テレビの電波を収集する。

「現在われわれはUSA‐224が最後にマシュハド上空を通過したさいに撮影した画像の分析を進めていますので、次回通過のさいに撮られる画像との比較をただちに行うことができます」

ライアンはフォルダーのなかの用紙にメモした。「センチネルをあと二機、マシュハド上空に送りこもう」センチネルはRQ‐170偵察用無人機。ライアンは統合参謀本部議長のジェイソン・ポール空軍大将をまっすぐ見つめた。彼は情報畑を歩いてきた軍人で、寡黙《かもく》で思慮深い、しっかり落ち着いた男で、ライアンは彼の意見をとても尊重していた。「操縦系統の故障が新たに生じたことは？」

「ありません、大統領」ポール大将は答えた。「あれ以来、CIA《エージェンシー》は数千時間にわたってセンチネルにイラン領空を侵犯させています。イランは疑ってはいますが、確認できてはいないようです。無人機はいまもイラン領空を飛びつづけています」

二〇一一年、イランは、領空侵犯したRQ‐170センチネルの操縦システムを電子的侵入によって乗っ取り、それを自国内に着陸させた、との声明を発表した。だが、実際にはアメリカ側の操縦系統の故障が発端だった。ステルス性を有するセンチネルはイランのレーダーでは捉《とら》えられない。コンピューターが故障するまで、イランはその存在に気づきさえしなかった。不運なことに、イランにはその故障を利用する能力はあった。さらにイランは、獲得したRQ‐170をリバースエンジニアリングして、サーエゲ（電光）という名のコピー無人攻撃機を開発したとも主張した。ただ、イランはこれまでのところまだ、その複製品を有効利用できることを実際に証明して見せていない。

「よし、わかった」ライアンは言った。「一時間以内にミサイル攻撃および航空機による急襲の適否を検討し、メリットとデメリットをあげてくれ。USA‐224かセンチネルが意思決定を可能にする画像を送ってよこしたら即、行動できるようにしよう」椅子《いす》をうしろへ引いて立ち上がった。「メアリ・パット、執務室まで来てくれ。話したいことがある」

「父親が情報を流してくれた場合、そのイランの少年への投薬はどういうふうになるのかね?」オーヴァル・オフィスに戻るや、ライアンは訊いた。二人とも自分で海軍食堂《ネイヴィー・メス》からコーヒーを持ってきていた。

メアリ・パット・フォーリ国家情報長官はソファーのいつもの位置に腰を下ろした。

「どうやらその少年は嚢胞性線維症《のうほうせい》──F506del遺伝子変異による難病──に苦しんでいるようです。その病気は新薬で制御可能なのですが、薬代がとてつもなく高いのです──ここアメリカで、年間二九万ドルほどもかかります。われわれは公法・第一一〇条を利用して家族をアメリカに入国させ、投薬料を支払います」

公法・第一一〇条は、CIA版証人保護プログラムと言ってもよいものを運営する資金を得るのによく利用される。そのプログラムによって、高価値の〝資産《アセット》〟は新しい身元や経歴を与えられるのである。そして、病気の子供イブラヒム・ヤズダニの場合は、必要な治療を受けられるようになる。

ライアンは低くうめいた。重病の子供を助けるのは賞賛に値することだ。しかし、父親が協力を拒めば、こちらも子供を助けられなくなるのではないか? そうなる可能性を考えただけでも、胸が痛くなる。

「いまは彼ら次第というわけだ」ライアンは言った。「それで思案する時間がすこしできた。エリク・ドヴジェンコに関するプロの意見を聞きたい」

「〝親愛なるマミー〟ザフラ・ドゥジェンコは、ソ連崩壊までKGBの防諜《ぼうちょう》要員でした」

「彼女に対抗して活動したことは？」ライアンは訊いた。「きみがモスクワで現場仕事をしていたときに」

メアリ・パットは首を振った。「でも、彼女のことはいろいろ聞いていました。抜け目ない防諜要員。アゼルバイジャン生まれ。酒癖の悪い酔っ払いという噂《うわさ》もありました。彼女の個人ファイルによりますと、仕事に取り憑《つ》かれていたそうです。若いときには酒を大いに飲み、闘い、やたらにセックスした。カウボーイとの異名もとった。あらゆる危険な任務に志願」

ライアンは笑いを洩《も》らした。「わたしの知り合いにもそういう人がいる」

「あら」メアリ・パットはわざと怪訝《けげん》な顔をして見せた。「わたしの場合はいい酒ですよ。それに、ときどき夫のエドを相手にするとき以外は、わたしは両膝でアスピリン一錠を挟んでいるようなものでした。モスクワで活動していたときも、膝はしっかり閉じていたわ」

「わたしは〝カウボーイとの異名をとった〟という点が似ていると思ったんだ」

メアリ・パットはにやっと笑って目を輝かせた。「わかっています。わたしはあなたが顔を赤らめるのを見たかっただけ。わたしが言いたかったのは、スーパースパイを母親に持った子供は大変だったんじゃないかな、ということ。アメリカ同様、ロシアでも諜報活動という仕事はファミリー・ビジネスなんです。母親が息子をその方向へ押しやったと考えてもいいのではないでしょうか？」

「父親は？」

「教師でした」メアリ・パットは答えた。

「よくある話だ」そういえばライアンも教師だったことがある。

「ともかく、エリク・ドヴジェンコが好きでもない仕事にむりやり就かされたというのなら、それが寝返る動機にはなりますね」

「あるいは、彼はきわめて優秀な工作員で、とんでもないことになるよう罠《わな》を仕掛けているのかもしれない」

「かもしれません」メアリ・パットは応えた。「でも、彼らはしばらく前からイランで行動をともにしているわけですから、ドヴジェンコが罠を仕掛けていて、とんでもないことになるというのなら、すでにそうなっているのではないかと、わたしは思います」

「そうであるように祈りたい」ライアンは言った。

メアリ・パットはコーヒーをひとくち飲んだ。「ご子息は賢いかたです、ジャック。この仕事をだれかにむりやりやらされているわけではありません。ジャック・ジュニアは先天的にこの仕事に向いていて、意欲もあります」

　彼女は溜息をつき、深く考えこむかのように、しばし目を閉じた。

「何だね？」ライアンは訊いた。

「今度のことで、だいぶ昔のことを——われわれがミハイル・セミョーノヴィッチ・フィリトフ大佐をクレムリンから救い出したときのことを——思い出しませんか？」

「〈カーディナル〉のようなことをするロシア人なんていまはもういない」ライアンは返した。〈カーディナル〉は、米露の冷戦時代にＣＩＡのスパイになってアメリカに重要な極秘情報をいくつももたらしたロシアの国防相補佐官フィリトフ大佐のコードネーム。

「そう、わたしはそのことを考えていたのです」メアリ・パットは言った。「もしかしたらいるかも？」

56

レザ・カゼムは技術マニュアルを地面におき、風でページがめくられないように上に小石を載せると、そばにとまっている輸送起立発射機（ミサイル輸送・発射用超大型トラック）のボンネット越しに、近づいてくるベル206ジェットレンジャーを見やった。カゼムは穏やかに微笑《ほほえ》んだ。ヘリコプターを見て嬉《うれ》しくなったからではない。にこやかに微笑む練習をする必要があったからだ。

アヤトラ・ゴルバニは自分を抑えられなかった。たとえヘリコプターの後部にとどまり、輸送起立発射機で作業している何十人もの男たちに見られないようにしても、大きな危険をおかすことに変わりない。万が一、ゴルバニが来たことが知られたら、桁外《けたはず》れの動揺が広がる。

カゼムはゴルバニを必要悪、目的達成のための手段と見なしていた。シーア派高位イスラム法学者の称号アヤトラをつけて呼ばれるゴルバニは、敬虔《けいけん》そうな顔をしてイラン製を激賞するファトワー（イスラム法勧告）を連発し、欧米製はすべてアッラーによって唾棄《だき》すべきものとされていると説く。だから、配下のイスラム革命防衛隊の将校たちにもヘサシャヘド285のようなイラン製ヘリコプターだけを使うように指示するのだが、自分は安全を第一に考えて専用のアメリカ製ジェットレンジャーにしか乗らない。

レザ・カゼムがこの男が大嫌いなのはそうした小さなことのせいだった。だが、理由などどうでもいい。ともかく、カゼムはアヤトラ・ゴルバニが大嫌いだった。

カゼムは輸送起立発射機の巨大なタイヤの側面を軽くたたきながら、一〇〇メートルほど離れている小石だらけの空き地のはしにヘリコプターが着陸するのを見まもった。そう、ほんのわずかのあいだだけ我慢すればいいのだ。カゼムはミサイル輸送・発射用超大型トラックの運転を任せた二人の男に向かって口笛を吹いた。呼ばれた二人は、食べていたインスタント・カップスープを即座に投げ捨てた。

「緯度・経度座標はもらったか?」小走りでやって来た二人にカゼムは訊《き》いた。二人ともまだ三〇歳前、信じはじめたらどこまでも信じるという若者のままで、年齢と経験を重ねるにつれ生まれる懐疑心には汚されていなかった。

「はい、もらいました」二人同時に熱くなって答えた。

カゼムは考えざるをえなかった——あの近づいてくるヘリコプターに、最高指導者のすぐ下のナンバー2である監督者評議会議長が乗っているとわかったら、この若き熱烈な反体制活動家たちはいったいどう思うのだろうか？

「ほかの者たちも連れて、トラックを洞窟《どうくつ》に移動させろ」カゼムは言った。「そこで夜になるまで待て。アメリカの衛星が上空を通過したら、その座標へ向かえ」

二人はビシッとうなずいた。「はい、アガ・カゼム」英語のミスターに相当するペルシャ語の敬称アガをつけて応《こた》えた。

アヤトラ・ゴルバニが乗ったヘリコプターが、空気を激しく掻《か》きまわし、土埃《つちぼこり》と小石を噴き上げながら着陸した。レザ・カゼムはフンと鼻を鳴らし、口やかましいだけのイスラム法学者に敬意を表するのに必要となる忍耐力を掻き集めた。空き地の別の場所には、イラン生まれの宇宙物理学の天才、サハール・タブリジ博士がいて、長年温めてきた計画の実現に用いるロシア製ミサイル二基のひとつを何度もチェックしていた。

レザ・カゼムの唇に本物の笑みが広がった。もうすこしの辛抱だ。ゴルバニなんてすぐにいらなくなる。

ササニ少佐はニーマの衛星携帯電話に関する情報をだれにも教えず、近くのイスラム革命防衛隊・分遣隊にも通報しなかった。多くの耳や口をへるあいだに、その情報が役立たなくなることがあまりにも多いのだ。ササニは自分でその女を訪ねて、ドヴジェンコがどこへ行ったのか直接聞き出したかった。

革命防衛隊のダッソー・ファルコン20ビジネスジェット機によるヘラートからマシュハドへの三二四キロの旅よりも、車による空港からイマーム・レザー聖廟《せいびょう》近くの界隈《かいわい》——サイバー警察の技術者が推定したニーマの居所——までの移動にかかった時間のほうが長かった。ある女が、裏切り者のロシア人エリク・ドヴジェンコのものと思われる衛星携帯電話を使って電話をかけた、という情報を得てから、わずか三時間弱でササニはそこまでやって来たことになる。

使用された携帯電話を追跡した技術者は、ニーマの正確な居所をつきとめることはできなかったが、彼女のアパートを見つけるのは途轍《とてつ》もなく簡単だった。ササニが最初に呼びとめて尋ねた人間——黒いチャドルに身をつつみ、レジ袋を持った女——が、顔をしかめて例の路地の階段を指さしたのだ。

「ハルジャー」女は嘲笑《あざわら》って言った。ペルシャ語で〝どこでも〟という意味のこの言葉は、売春婦を遠回しに言うときにも使われる。

ずいぶん厚化粧の女だったので、こいつは同業のライバルを売ったのかもしれない、とササニは思った。チャドルを着た売春婦ならたくさん会ったことがあるし、雇って仕事に利用したことだってよくあった。ふしだらな服装はむろん罪深い行動に直結するが、きちんとした保守的な服装の下に淫《みだ》らな心が隠れていることもままある。ササニは心のなかで思わず笑ってしまった。そう、彼自身の〝顔を赤らめた花嫁〟もまた、チャドルの下に不道徳さを隠している女の典型例だったのだ。あの女は結婚前に数人の男と寝た、とササニはほぼ確信していた。だが、妻が処女かどうかなど、結婚によって生じる義父・将軍とのコネにくらべればどうということもないものだった。

ササニはチャドルの女をぞんざいに追い払うと、路地に立ち、黒く塗られた階段を観察した。彼はふっと考えた。エリク・ドヴジェンコがこの踏み板の上に足を載せたのはどのくらい前のことなのだろうか？　そのときイサベル・カシャニもいっしょだったのか？

ササニは人差し指を唇にあてて、副官の少尉《しょうい》に音を立てないよう注意してから、そっと階段をのぼっていった。

二人がもうすこしで階段をのぼり切ろうとしたとき、ドアが軋《きし》んでひらいた。そして女の顔がのぞいた。小柄な女だった。ドアのそばに立つ子供のように見えた。若くてきれいだが、ありがたいことに疲れ切っているようだった。頭に緑色の綿のヘッドスカーフをかけていたが、結んではいなかった。

「出かけるところなんです」女は言い、ドアを押し閉めようとした。だが、ササニの副官の少尉が残りの階段を一気に駆け上がり、片足を差し入れて閉まろうとしたドアをとめた。

女は悪態をつき、その足をどかさなければ、あんたの大事なところを切り落とすよ、と脅した。

ササニは穏やかな笑みを浮かべ、「わたしが彼女と話す」と言いながら階段をのぼった。女の目が自分のほうに向くと、ササニは自分たちがなぜここに来たのか説明しようとするかのように女のほうに体をかしげた。が、次の瞬間、女の鼻先にきついパンチを食らわせた。

そしてそのパンチとともに狭いアパートのなかに入りこんだ。まさに売春婦の部屋の臭《にお》いがした――紅茶と化粧の臭い、それにムッとするタバコの臭い。ササニもそうした臭いに肉欲的なものを感じ、強くそそられた。

売春婦は暴力にはかなりのていど慣れていて、それだけで言うことを聞かせるのは難しい。ササニはそれに対処する方法もすでに考えていて、少尉が縛った女をベッドに投げやってうつ伏せにしているあいだに、注射をする準備をした。女はドアのあいだから飛んできたパンチで折られた鼻柱をシーツに押しつけ、出血をとめようとした。少尉は女の背中のくぼみに膝《ひざ》を載せたまま、髪をつかんで彼女をグイッと引っぱり、横向きにした。

ササニは女の首の側面の静脈を難なく見つけることができた。恐怖をおぼえ、奮闘したせいで、女の黄褐色《オリーヴ》の肌の下の静脈が紫色のケーブルのように膨らんでいたからである。ササニは注射器のなかの薬液を注入し、針を抜き、女から離れた。針を刺したところから洩《も》れ出た血はほんのわずかだった。女はしばらく手足をバタつかせたが、ササニの副官に膝で押さえつけられたままだった。

「エリク・ドヴジェンコ」ササニは女の耳にささやいた。「彼は戻ってくるのか？」

「戻ってこない」

「いまどこにいる？」

早くも薬が効きだし、ニーマの口は安物の陶器の水差しのように簡単に割れ、凄《すさ》まじい速さで情報を吐き出しはじめたので、ササニも副官もそれをすべて聞き取って理解するのにも難儀した。スコポラミンとモルヒネの混合薬は正真正銘の自白薬とは言えないが、これを投与されると、頭が混乱して眠気をおぼえ、精神が不安定になって、自分の感情をコントロールすることができなくなる。暴力を振るうほうが楽しいが、効果はこちらのほうがある。

一〇分もしないうちにササニは、ドヴジェンコとイサベルがだれかの住所を見つけにアクバルこども病院へ行ったことを知った。ニーマはそのだれかの名前まではわからないようだった。このまま尋問をつづけるよりも、ここはもう終わりにして、次の場所へ行ったほうがよい、と少佐は判断した。ロシア人はもう、臭いを嗅《か》げるほど近くにいる。今夜中にやつを見つけ、そう、この手で殺してやる、とササニは思った。

ササニはポケットからもうひとつヴァイアル瓶をとりだし、そのなかの薬液を注射器で吸い上げた。

「どう……しようと……いうの？」若い女は酔っ払っているかのように呂律《ろれつ》がまわらない。

ササニは首をかしげた。「残念ながら、おまえは見せしめにならないといけない」

涙が若い女の頬を伝って落ち、血や粘液と混ざり合った。「心配しないで……大丈夫……ほんとう……嘘《うそ》じゃない」

「ああ、心配なんてぜんぜんしていない」ササニは言った。「おれが薬を投与する前に、おまえが質問に答えさえしていれば、もっとずっと楽だったんだが」

ササニが注射器でニーマの首の膨らんだ静脈にふたたび薬液を注入すると、彼女は恐怖に駆られて顔をしかめた。

「でも……あなたは……何も……訊かなかった……わたしに薬を打つまで……何も」

ササニはベッドのはしに腰を下ろした。「へえ、そうだったか？　変だな。訊いたとばっかり思っていた」少佐はニーマの尻《しり》を軽くポンポンとたたきながら、いわくありげに副官にうなずいて見せた。「まあ、いいじゃないか。このほうがいいんだ。おれたちは必要な情報を手に入れたし、おまえは腐敗以外の何ものでもないんだからな」

57

アタシュ・ヤズダニは、訪問者があるのを予想していたかのように、ドアホンの最初のチャイムで応《こた》えた。彼はほっそりとした男で、肩幅も狭く、猫背なのは病気の息子を抱えているせいだった。昔はこんなにか弱そうではなかった。体重がずいぶん落ちて、いまではズボンをとめるぼろの革ベルトを穴二つぶん短く使うようになってい る。今日は襟なしの白いドレスシャツを裾《すそだ》出しのまま着け、袖《そで》をまくって瘦《や》せこけた前腕を剝《む》き出しにしていた。そして、胸のポケットに安いボールペン一本とシャープペンシル三本を差す、という典型的な技師スタイル。黒い前髪もぼさぼさだ。この狭いアパートの机かテーブルにおおいかぶさるようにして何かを考えているときに、無意識のうちに前髪をつかんでいるのかもしれない。

ヤズダニの充血した目を見たとき、ドヴジェンコは良心の呵責《かしゃく》をおぼえた。目の前のイラン人技師は、妻を卵巣癌《らんそうがん》で失い、重病の息子を抱えているのだ。そして、いまおれたちは、祖国を裏切れば息子を助けるという取引を提案しようとしている。

「なんでしょう?」技師は何かに気を取られているようで、ぞんざいな訊《き》きかたをした。生活のことでいろいろ大変なのだろう。

ドヴジェンコは罪悪感があらわになりませんようにと願いながら微笑《ほほえ》んだ。

「わたしは友人たちとともに、息子さんを助けられるかもしれないというニュースを届けにきたのです」

ヤズダニは片手でドアを、もう一方の手でドア枠をつかみ、上体をグッと廊下に突き出し、ドヴジェンコが〝友人たち〟と表現した者たちを見ようとした。イサベルはスカーフでおおった頭を礼儀正しく下げてお辞儀をし、アメリカ人は笑みを浮かべた。むろんジャックは計画どおり口をつぐんだままだった。

「息子?」ヤズダニは訊いた。「あなたがた、息子のことをどこまで知っているんです?」一瞬、技師の目に希望の光がきらめいたが、それはたちまち消えてしまった。長いあいだ居座りつづける不運に打ちのめされ、ヤズダニは希望を抱けなくなっていた。

「なかでお話できますか?」

ヤズダニは乗り出していた身を引っこめて背を伸ばし、ドヴジェンコをじっと見つめた。技師があまりにも長いあいだそうしていたので、ロシア人はジャックが沈黙を埋めるために何か言うのではないかと恐れた。だが、不意に技師はドアを大きくひらき、手を振ってなかへ入れという仕種《しぐさ》をした。

小さなアパートの内部は、悩まされつづけている技師の表情と同じくらいみすぼらしく悲しげだった。ジャックとイサベルはぼろぼろのソファーに腰を下ろし、最初に説得を試みることになったドヴジェンコが色褪《いろあ》せたクイーンアンチェアに座った。その隣には、ヤズダニが座ることになっている、がたつくダイニングチェアが置かれていた。イランの習慣にしたがって、ホストのヤズダニが紅茶とケーキが載った皿を運んできた。ケーキを切るための鋭い刃がついたナイフもいっしょだった。これくらいしか供するものがなくて申し訳ありません、と技師は謝った。自分のぶんの紅茶はなかった。

「それでは」ヤズダニは言った。「息子を助けられるというのは、どういうことなのでしょうか、その話を聞かせてください」そしてジャックのほうを向いて訊いた。「あなたはアメリカ人?」

ジャックは片目をケーキ用のナイフから離さずにうなずいた。「どうしてわかったんですか?」

ヤズダニは嘲笑《あざわら》うように言った。「あなたは何もしゃべろうとしない。だから、何か隠したいことがあるのだとわかったのです。彼のようなロシア人なら、隠すことは何もない。ちがいますか？」

「いや、そのとおり」ジャックは返した。

「その頭の傷、どうしたんです？」

「アフガニスタンで自動車事故に遭ったのです」ジャックは答えた。

「なるほど」ヤズダニは考えこんだ。明らかに、なぜこの人たちがこんなふうに突然訪れたのか、その理由をなんとか見つけようとしている。「息子の病気についてかなり知っているようですね。すると、あなたは医師ですか？」

「ちがいます」ジャックは答えた。

「わたしたちはみな、医師ではありません」ドヴジェンコがあとを承《う》けた。「わたしたちはあなたの息子さんを助ける方法を見つけたと信じている外交官です」ロシア人は紅茶をひとくち飲み、技師をもうすこし思い悩ませておいた。

「外交官？　ロシアとアメリカの外交官が、イランの一少年の病気をどうやって知ったのですか？」ヤズダニはイサベルをにらみつけた。「そして、あなたはそれとどういう関係があるのです？」

「わたしも関係していることはたしかですが」イサベルは答えた。「あなたの息子さんの病気のことを最初に知ったのはわたしではありません」彼女の正直さが言葉にはっきりあらわれていて、ヤズダニもそれを無視することはできないようだった。

ドヴジェンコはティーカップをサイドテーブルに置いた。「息子さんのことは、ほんとうにお気の毒です。嚢胞性《のうほうせい》線維症でしたね？」

「そうです」

「正確にはF５０６del遺伝子変異」

「ずいぶんよく知っていますね」ヤズダニは言った。

今度はジャックが口をひらいた。「その変異にはテザカフトールという薬が有効です」

ヤズダニは突然痛みに襲われたかのように顔をのけぞらせた。「そんなことがわかったって、息子のイブラヒムには何の利益もない。わたしの月収は一七〇〇万リヤル――およそ三五〇アメリカドル――です。あなたがいま言った薬を使用するとなると年間三〇万ドルほどもかかります。でも、それさえどうでもいい。なにしろ、この国では金があったって手に入れられないものなんですから」

しばらく部屋は沈黙につつまれた。だれもが失礼にならないように紅茶を飲んだが、ケーキには手をつけなかった。

ようやくヤズダニが身を前に乗り出し、痩せ細った肘《ひじ》をガリガリの膝《ひざ》にのせた。「あなたがたはわたしから何かを得たいと思っている。それだけは確かだ。わたしの息子を助ける見返りに、いったい何が欲しいんです？」

ドヴジェンコは穏やかに微笑んだ。罪悪感が凄《すさ》まじい勢いで戻ってきた。「われわれは息子さんが必要な医療と薬を得られるようにすることができます。保証します、息子さんは一生涯――」

「ええ、それはわかっています」ヤズダニはドヴジェンコの言葉をさえぎって言った。「あなたがたが提供してくれるものはわかりました。わたしが知りたいのは、その見返りにあなたがたが要求するものです」

ドヴジェンコはジャックをチラッと見やった。これはアメリカが提案した取引なので、説得の仕上げはジャックがするのが自然だった。

ジャックはそれにとりかかった。「あなたはマシュハド戦略空軍基地でミサイル制御システムの仕事をしているんでしたよね？」

ヤズダニは〝そらきた〟とばかり両手を振り上げた。「わたしの仕事に関係することだろうと思っていました。あなたたちは外交官じゃない。スパイだ。妨害工作をしようとしているんだ」

「ええ、それはそのとおり」イサベルが顎《あご》をしゃくって、ドゥジェンコを、ついでジャックを示した。「彼はロシア人。こちらはアメリカ人。そしてわたしはイラン人。それはほんとうのこと。でも、わたしたちはみな、楽しくてあなたをこんなことに巻きこんでいるのではありません。すまないという思いでいっぱいです。お願いです、三つの国に住む人々のために、どうか手を貸してください。そうすればあなたの息子さんを助けることもできるのです」

ヤズダニは目を閉じた。難しい選択を迫られたにもかかわらず、幅の狭い肩がうしろに引かれ、背中がすこし伸びた。

彼はノーとは言わなかった。

パルヴィス・ササニ少佐は音が立たないようにレンタカーの助手席側のドアをそっと閉めた。ドゥジェンコは侮《あなど》れない熟達した獲物だとわかっていたので、細心の注意を払う必要があった。いや、あのロシア人は真に熟達したスパイではない、とササニは思いなおした。たしかにタリバンの密輸業者たちをやっつけはしたが、衛星携帯電話をあの卑《いや》しむべき売春婦に使わせるというヘマをやり、〝おれはここにいるぞ〟という信号を送ってしまい、結局、どこを捜せばよいのか知られてしまったのだ。

アクバルこども病院の看護師はすっかり怯《おび》えてしまい、彼女から必要な情報を得るのは簡単だった。もしかしたら看護師は、ニーマという女をなぶり殺したばかりのササニに染《し》みついた〝死の臭《にお》い〟を嗅《か》ぎとってしまったのかもしれない。そういうことは前にもあった。とりわけ陰惨なことをした日、家に帰って近づくと、子供たちがたじろぎ、後ずさりするということがときどきあったのだ——むろん、子供たちはその日父親がしたことなど知りようがない。この不思議な現象を徹底的に研究し、もし〝死の臭い〟なるものが存在するなら、それを尋問に利用できるかどうか調べてみる必要があるな、とササニは思っていた。

ドヴジェンコの写真を見せても看護師は見ていないと答えたが、イサベル・カシャニの写真を見せると、即座に見たばかりだと答え、詳細な情報を提供してくれた。

彼らは獲物のすぐ近くにまで迫っていた。看護師がササニの〝死の臭い〟を嗅ぎとったように、ササニは逃げるロシア人の〝不安の臭い〟を嗅ぎとった。そう、ドヴジェンコはすぐ近くにいる。

「電話して応援を要請したほうがよろしいのではないでしょうか？」ササニの副官の少尉《しょうい》は言い、レンタカーのキーをズボンのポケットに突っ込んだ。

「それは必要ない」ササニは返した。「相手は、女ひとりに、この種の仕事をする度胸のないロシアのスパイひとりだ。そんなやつらをうまく処理できなかったら、おれたちはこの仕事に向いていないことになる」

少尉は〝襲撃前に必ずやること〟というイスラム革命防衛隊の方針にしたがって、SIGザウエル拳銃《けんじゅう》のプレスチェックをした――つまり、遊底《スライド》をすこし引いて薬室《チェンバー》のなかをのぞき、銃弾がちゃんと装塡《そうてん》されていることを確認した。そして、ネジ溝のついた銃身の先端に減音器《サプレッサー》を取り付けた。「では、見つけ次第銃撃してもよろしいですか？」

「できれば尋問する時間が欲しい」とササニは答えたが、すぐに考えなおした。「いや、いい。生かしておいたら、ロシアに持っていかれるだけだ。ドヴジェンコは見つけ次第撃て。女をエヴィーン刑務所まで連れ帰り、そこでゆっくり尋問する」

少尉は照準器をのぞいて具合を調べてから、拳銃をベルト装着のスカバード・ホルスターに戻した。ホルスターのひらいた底から減音器《サプレッサー》が突き出していた。「わたし、考えていたのですが、少佐、どうなんでしょう、このヤズダニという男、もしかしてスパイのようなことをしていたりして？」

ササニは嘲笑った。「おれはそうは思わない。われらがロシアの友は逃亡者だ。ロシアまで逃げるという手もあったのだろうが、アロフ将軍がおれたちと同じくらいやつの死を望んでいると思われるので、それも安全ではない。やつはほかにどうすることもできずに、こんな逃げかたをしているんだ。どんな友人でもいい、匿《かくま》ってくれるところならどこだっていい、ということではないか」

「しかし、ヤズダニがどうしてやつの友人なんでしょう？　ドヴジェンコはヤズダニが住んでいる場所さえ知らなかったんです」

「ヤズダニは最近、病院のそばに引っ越したんだ。それに、ドヴジェンコはヤズダニの息子が病気であり、どこの病院に入院しているのかも知っていた。ヤズダニをよく知っていたと言っていい」ササニはスマートフォンにアタシュ・ヤズダニの写真を表示し、それを掲げて副官に見せた。「こいつを見てみろ。こんな風の強い日に外に出たら、吹き飛ばされてしまうぞ。取るに足らない技師だ。こいつを悲惨な状態から解放する手伝いをしてやろうじゃないか」

「難しい判断です」ジャックは正直に言った。「それはわかっています。われわれはみなわかっている。それに危険にさらされることにもなります。しかし、あなたの助けがなければ、悪いことにしかならないのです、絶対に」

ジャックは防諜《ぼうちょう》要員ではなかった。防諜の基本はクラークに目を通しておけと命じられた本を読んで知っていたが、実際にだれかを説得してアメリカのスパイにするという行為には、まず芸術の域に達する技巧が必要となり、さらに完璧《かんぺき》な理詰めの技術も要求される。ともかく時間がかかるのだ。ところがその時間が彼らにはなかった。だから、今回の説得はジャックが意図したよりもずっと強引なものになってしまった。致し方ないことだった。ジャックはあからさまに自分たちが必要としていることについて語らざるをえなかった。そして、イサベルがうまくまとめ上げてくれますようにと祈った。期待どおりイサベルは頑張ってヤズダニの正義感に訴え、これはイラン国民を裏切るのではなく、逆に助けることになるのだということを彼に気づかせ、納得させようとした。

ヤズダニは突然ハッとして顔を上げ、ドアをじっと見つめた。

「どうしたんですか?」ドヴジェンコが訊いた。

「廊下にゆるんだ床板が一枚あるのです」技師は答えた。「それが軋《きし》む音を聞いて、あなたがたが来るのも、ノックされる前にわかりました」

ジャックは立ち上がった。「だれか来ることになっているのですか?」

技師は首を振った。「この何週間か、訪れたのはあなたたちだけです。外に見張りの仲間がいるんですか？」

ドヴジェンコが技師を横へ引っぱった瞬間、ドアが重い編上靴《ブーツ》に蹴《け》られて内側に勢いよくあいた。

拳銃はタリバンの一団から奪わなかったし、自動小銃は車のなかに置いてきたので、彼らは丸腰だった。

「いよう、同志エリク」イラン人の男が嘲笑いながら言った。両手で拳銃を持ち、銃口をまっすぐドヴジェンコのほうに向けている。

「ササニ！」ロシア人は唾《つば》を吐き出すように言った。

男がもうひとり、ドアを抜けて入ってきた。いつでも撃てるように減音器《サプレッサー》付き拳銃を構えている。

最初の男が何か言おうと口をひらいたが、その刹那《せつな》、イサベルが猛然と襲いかかり、拳銃をはたいてわきへ払い、凄まじい金切り声をあげながら爪《つめ》で男の顔を引っかいた。

ジャックはこの一瞬の注意の乱れを利用して第二のイラン人との距離を一気につめ、左腕で拳銃をのけながら体を突き上げ、右手の拳《こぶし》をハンマーのようにして男の無防備の股間《こかん》に激しくたたきつけた。

銃口の先の減音器《サプレッサー》で数インチ長くなった拳銃のせいで、男は効果的な身のこなしが難しくなっていた。ジャックはその敵の動きの遅れで有利になり、両手で拳銃を捕らえ、そのまま肘の先で男をうしろの壁へと突きやった。男は不意打ちを食らって唖然《あぜん》とし、拳銃を確保すべきなのにそうせず、左腕を振ってジャックの顔へパンチを繰り出した。それほど強烈ではなかったものの、その一発がジャックの負傷した耳を捉《とら》え、彼は吐き気に襲われた。

ジャックはうなり声をあげ、なんとか痛みを振り払った。拳銃を壁に押しつけたまま、膝蹴りを何度も男の股間と太腿《ふともも》に決め、さらに両肘で喉《のど》を打った。イラン人は股間を護《まも》ろうと背中を壁につけたまま身をずり下げたが、すぐにまた壁を支えにして両脚に力をこめて体を押し上げ、ジャックの攻撃から逃れようとした。拳銃が暴発し、銃声があがった。減音されてはいたが、無音に近いというわけではない。弾丸が一発、ジャックの顔をかすめた。彼は危うく命を落とすところだった。

このニアミスでジャックは瞬発力をさらに高め、イラン人の上方への動きを追って、体をねじりつつ男の懐《ふところ》へ入りこみ、銃のほうへと回転しながら肩先を敵の脇《わき》の下へ激突させた。男の体が壁から剝《は》がれ、ジャックもその動きに合わせて回転しつつ激しく突き、敵を仰向けに押し倒した。だが、拳銃は両手でつかんだままだ。背後でも闘いが起こっていることにジャックはなんとか気づいていた。家具が壊れる音がし、イサベルが倒れて何やらわめいた。ササニを攻撃していたドヴジェンコが、凄まじいうめき声を発した。銃声はひとつも聞こえない。ジャックは自分の闘いで手一杯だった。

イラン人にとっては立っているよりも床に倒れたほうが闘いやすかったが、ジャックは敵に馬乗りになり、拳銃を持つ男の手を床にたたきつけた。またしても拳銃が暴発し、弾丸が向かいの壁の幅木にめりこんだ。イラン人は尻《しり》を片側へ向かって跳ね上げ、上になっているジャックを投げ飛ばそうとした。ジャックは両手で拳銃をつかんだまま、片足を前に出して男の体のわきに杭《くい》を打つようにして踏ん張り、ひっくり返されないようにした。だが、ふたたび馬乗りにはならず、拳銃から手をはなさずに踏ん張っている足のほうへと体を動かしつづけ、身をねじりながらイラン人の頭の上にまで伸び上がり、男の拳銃を持つ手も強引に引っぱり上げた。靭帯《じんたい》が裂け、小さな手根骨《こんこつ》が折れた。引き金《トリガー》にかかるイラン人の指がまたしてもふるえ、発射された弾丸が至近距離から男の腹にもぐりこんだ。ジャックはこの機を逃さず、なんとかトリガーに自分の指をかけ、あと二発、目を大きく見ひらいた男の腹に撃ちこんだ。そして拳銃をもぎとった。

また大きなうめき声が聞こえた。クルッと振り向くと、ドヴジェンコが鼻から血を流して床に座りこんでいるのが見えた。イサベルはスカーフを失い、床に四つん這《ば》いになって茫然《ぼうぜん》としていたが、どうにかして闘いに戻ろうとしているようだった。だが、相手のサザニ少佐はガクッと膝をついていて、首の側面にはケーキ用のナイフが突き刺さっていた。脈拍に連動して血が傷口から噴き出し、少佐の上におおいかぶさるようにして立っているヤズダニを赤く染めていく。革命防衛隊少佐は、ナイフの刃に発声器の喉頭《こうとう》を切断されてしゃべれず、ただガラガラという音しか出せない。数秒後にはつんのめって前へ倒れこんだ。アーチ型に噴き出していた血の勢いが弱まって、ついには滴《したた》り落ちるていどになり、それとともにササニの命も潮が引くように消えていった。

もうひとりのイラン人が咳《せ》きこむ音がうしろから聞こえてきた。ジャックは思わず減音器《サプレッサー》付きSIGザウエルを持ったまま振り返った。負傷した男は身をうしろに引いて縮め、ふたたび撃たれるのを恐れて顔を腕でおおっていた。強烈な痛みに目をしっかりと閉じ、カーペットの上で身をよじっている。

ドヴジェンコは手を貸してイサベルを立たせた。イサベルは動揺するヤズダニをなだめはじめ、ロシア人はジャックのそばに立った。

「病院」イラン人はか細い声を出した。「頼む」

ドヴジェンコはひざまずいた。「グル少尉」ロシア人はイラン人の傷を見て、首を振った。「残念ながら、もう手遅れだ。奥さんに何か言いたいことがあれば、伝える」

「ありがとう」グルはふたたび咳きこんだ。血と唾液《だえき》が混ざり合ったピンク色の泡が口の両端にできている。少なくとも一発の弾丸が肺を傷つけたにちがいない。肝臓も被弾したのではないか、とジャックは推測した。

「なぜ？」ドヴジェンコは訊いた。「なぜササニはマリアムを捕まえようとしたのかね？　なぜあの三人の学生はあんなとりわけひどい扱いを受けたのかね？　そう、それに、なぜこのわたしがこれほどしつこく追いかけられなければならなかったのか？」

「アロフが……命じた……」

ドヴジェンコは口をポカンとあけた。「GRUのアロフ将軍が？」GRUはロシア軍参謀本部情報総局。

グルは弱々しくうなずいた。「アロフの命令……ということになっていたが……ほんとうにそうだったのか……わからない。とても寒い」穴のあいたボールから空気が洩《も》れるような声だった。

ヤズダニがソファーから小さめの毛布《スロー・ブランケット》を持ってきて、若い少尉にかけてやり、ふるえる指で位置をととのえた。

「なぜ？」ドヴジェンコは再度訊いた。「なぜマリアムまで？」

「あの女は彼らを見たんだ……いっしょにいるところを。学生たちと同じように」

ドヴジェンコはうめいた。あの写真を見たとき、変だとは思ったが、人を殺さなければならないほどのものとは思わなかった。「アロフとレザ・カゼムがいっしょにいるところを？」

グルは首を振った。「アロフじゃない」唇と歯もいまやピンクの体液におおわれていた。「女だ……どういうことなのかは……わからない……」

革命防衛隊少尉は意識が遠のく気配を感じて、〝もっと寄って自分の言葉を聞き取るように〟という仕種をした。

グルの瞼《まぶた》がふるえた。「おれの息子……まだ幼くて……」またしても咳きこんだ。その音がさっきよりもさらに罅割《ひびわ》れたようになっていた。少尉は激しい痛みに襲われ、目をいっぱいに見ひらいてドヴジェンコを見つめ、背中を弓なりに反らせた。「頼む、お願いだ……」

グルは力尽き、カーペットの上にグニャッと横たわり、そのまま動かなくなった。

ジャック・ジュニアはイサベルに、次いでドヴジェンコに目をやり、二人の傷の具合を調べた。重大な傷はない。ジャックは減音器《サプレッサー》付きＳＩＧザウエルをすくい上げるようにしてつかむと、弾倉《マガジン》を飛び出させて残弾を確認した。残り五発。廊下にも素早く目をやった。奇跡的にだれもおらず、ジャックはドアを押し閉めた。ドアの側柱の内側が裂けていたが、それは外側からはあまり目立たないのではないかと期待をこめて思った。ヤズダニの両手と胸が血だらけになっているのは、彼がケーキ用のナイフでササニ少佐の首を刺したからだ。

「ありがとう」ジャックは言った。

技師はフンと鼻を鳴らし、落ち着きを取り戻しはじめた。「感謝なんていらない。あんたたちが死んだら、息子を助けてもらえなくなる。いまは息子の治療のことしか頭にない」

「では、手を貸してくれるんですね？」ジャックは訊いた。

「ええ、手を貸します」ヤズダニは答えた。

「物音をかなり立てたんじゃないかと、ちょっと心配です」ドヴジェンコが不安を口にした。「隣人たちが警察に通報したら、厄介なことになります」

「心配いりません」ヤズダニは言った。「わたしは不幸な男なのです。わたしはよく叫んだり、ものを投げつけたりしますので、隣人たちはそういう音には慣れてしまっています」

イサベルは床とドア枠の弾痕《だんこん》に手をやった。「よかった、どの弾丸《たま》も貫通していないわ」

「われわれはとくに二つのミサイルに関心があるのです」ジャックは切り出した。

「そうだろうと思っていました」ヤズダニは応えた。「ロシアの51T6」

「ええ、そのとおり」ジャックは返した。「それらがいまどこにあるのか知る必要があるのです」

「その前に」ヤズダニは言った。「どうやって息子をアメリカへ連れていくのか、それを聞かせてください」

「ごく単純に、あなたがた二人に国境を越えてもらい、アフガニスタンのヘラートへ行ってもらうことになります」ジャックは答えた。「そこからは軍用航空機でアメリカへ行きます」

技師は考えこんだ。「あなたがたに手を貸すのは、息子が国外へ脱出したあとにしたいのですが……」

「それではうまく行きません」ジャックは食い下がった。「予測不能な点が多すぎます。われわれにはまだ、この陰謀の首謀者がだれなのかもはっきりわからないのです。彼らがミサイルを発射してしまう危険性が大きすぎます。いますぐ何がターゲットなのか知る必要がある」

「あなたがたが約束を守るという保証は?」

イサベルは下唇をかみ、どう答えればいいのか懸命に考えた。「〝約束は守る〟というわれわれの言葉を信じてもらうしかありません。でも、この人たちはわたしの命を救ってくれたんです……二回も」

「要するに、わたしには選択の余地はない、ということですね?」

「申し訳ない」ドヴジェンコが答えた。「そういうことです」

ヤズダニの下がっていた肩がさらにガクンと下がった。「ミサイルはマシュハドの西へ運ばれました。そしてイランで組み立てられた移動式発射台に設置されました。でも、わたしとしてはターゲットについては心配していません。発射解析・弾道計算《ファイアリング・ソリューション》を見ましたから」

ジャックは技師の次の言葉を待った。だが、ヤズダニはただジャックを黙って見つめるだけで、説明をうながされるのを待っていた。まだ祖国を完全には裏切っていないのだ、と言わんばかりだった。

「それで?」ジャックはついにうながした。

「そんな馬鹿《ばか》な、と思うでしょうが」ヤズダニは言った。「わたしが見た発射解析《ファイアリング》・弾道計算《ソリューション》は宇宙空間のミサイルを狙《ねら》うものでした。この種の固体燃料ロケットは衛星を打ち上げるにはパワー不足なのですが、そうしようとしているかのように見えるのです」

58

ジャック・ジュニアから電話が入ったとき、ジョン・クラークと他の三人はまだポルトガルの隠れ家《セーフ・ハウス》にいて、脱出の段取りがつくのを待っていた。

「簡潔に話せ」クラークは言った。「そっちは切ったらすぐに移動する必要がある」

「大丈夫です。衛星携帯電話を使っていませんから」ジャックはクラークを安心させた。「例の技師が、息子の薬を探せるように、イラン政府のファイアウォールを迂回《うかい》するのに使うプロキシサーヴァーを持っていまして、わたしはいまそれを利用して匿《とく》名《めい》性を確保できる暗号化VoIP《ヴォイップ》で電話しているのです。ですから大丈夫です」VoIP（ヴォイス・オーヴァー・インターネット・プロトコル）は音声を符号化・圧縮してインターネットで送受信する技術。

「了解した《ラジャー・ザット》」クラークは返した。「われらが客は奥の部屋の椅子《いす》に拘束バンドでくくりつけられている。いまスピーカーフォン・モードにする。ほかの者たちもみな、ここにいる」

ジャックはまずドミニクの状態を訊《き》いた。まだドイツのラムシュタイン空軍基地へ輸送される前で、アフガニスタンのバグラム空軍基地で治療を受けているとのことだった。次いでジャックは、イランをあらわす二字プラス暗号名ＳＤ／ＦＬＩＮＴ《フリント》を使って、ヤズダニから得た情報を急いで伝えた。「万が一こちらの者たちがミサイル発射地点をちょっと訪ねなければならなくなった場合、ＳＤ／ＦＬＩＮＴ《フリント》の力を借りて彼らをそこへうまく導く方法があるかもしれないので、われわれはいまそれを見つけようと努力しているところです」

「きみたちがみな無事でいることがわかって嬉《うれ》しい」数千マイル離れたところにいても、ドミンゴ・〝ディング〟・シャベスがいつものように一瞬〝過保護の母親〟になった。「上から許可を得ないといけないが、ギャヴィンが有効なマルウェアを用意できるのではないかと思う。たぶんそれをｚｉｐファイルとかでそちらに送れるはずだ」

「いまギャヴィンも電話会議に参加できるようにしている」クラークが言った。

二〇秒後、〈ザ・キャンパス〉ＩＴ部長のギャヴィン・バイアリーも電話で話せるようになった。そして彼も必要なことを教えられ、二分後には状況をしっかり把握できた。

「Ｅメールする必要もない」ギャヴィンは言った。「ジャックが例のＵＳＢメモリをなくしていないかぎり」

「あれは奪われた」ジャックは思わず言ってしまった。「でも、取り戻した」

「それなら問題ない」ギャヴィンは安心した。

「でも、今回はあれでは単純すぎませんか?」ミダスが頭に浮かんだことをそのまま口にした。「あのマルウェアはコンピューターがインターネットに接続したときに連絡してくるというものですよね。イランはオンライン攻撃からミサイルを護《まも》るために閉鎖《クローズド》システムを使っているのでは?」

「それはとってもいい質問だ」ギャヴィンは答えた。「それにはとってもいい答えがある。わたしがきみたちに与えたUSBメモリのなかには二種類のマルウェアがあるんだ。ひとつはきみたちがスペインで使ったもので、これはUSBメモリを差しこめば自動的にダウンロードされる。もうひとつは手動で操作をしないとダウンロードされない。そちらのほうは埋めこまれると、システムをクラッシュさせる。それで、ミサイル防衛レーダーが数分間、機能を停止する。レーダーが使用不能になる正確な分数はシステムがどのような予備支援機能を備えているかによる」

ジャックはヤズダニとすこし話し合ってから、電話に戻った。本人の前ではSD/FLINT《フリント》という暗号名を使わないように注意した。「ここにいる協力者は、半時間ほど予備支援システムを作動しないようにできると言っています。レーダーが使えなくなったとき、それをスタッフに知らせる警報装置のスイッチを切ってしまうのだそうです。それだけでかなりの時間が稼げるとのことです」

「いろいろ調整して段取りをつけなければならない」クラークは言った。「上へ電話し、マルウェアを使用する許可をもらい、すでにきみから聞いている協力者の脱出と必要な医療を手配する。半時間後にまた電話してくれ」

「では、そのあいだに」ギャヴィンが言った。「マルウェアの埋めこみ・実行方法を教える。紙とペンを準備して」

ジョン・クラークからの電話がオーヴァル・オフィスにまで強引に入りこみ、メアリ・パット・フォーリ国家情報長官を捕まえたのは、大統領への朝の国家安全保障問題状況説明《ブリーフィング》が終わろうとしているときだった。と言っても、国家安全保障問題に関する会合が実際に終わることは決してない。国務長官、国防長官、さらに国家安全保障局長官、国家安全保障問題担当大統領次席補佐官、大統領首席補佐官もいつもの席についていた。

「イランへの軍事侵攻は、わたしとしてはあまり気が進みません」スコット・アドラー国務長官が言った。

バージェス国防長官が咳払《せきばら》いをして不賛成の意を表した。「わたしとしましては、それはもうずっと前にやるべきことだったと思いますね。万が一わが軍の航空機が撃ち落とされた場合、搭乗員救助作戦を遂行する必要がありますので、それについても部下たちに検討させないと」

「それはそれでいいけれど、いまいちばん心配しなければならないのはそんなことではないわね」メアリ・パット・フォーリ国家情報長官はまっすぐライアン大統領を見つめた。

「そのとおり」大統領は言った。「まずは、わかっていることをおさらいしよう。ロシアがイランの集団に核ミサイルを少なくとも二基売るか与えた。その集団はレザ・カゼムおよび彼が率いる《ペルシャの春》運動とつながっているようだ。カゼムは元暗殺専門工作員のスパイ、エリザヴェータ・ボブコヴァと会っていた。そのあとGRUのアロフ将軍とも会った」

「いやあ、ボブコヴァをうまく捕まえられてよかった」ヴァン・ダム大統領首席補佐官が割りこんだ。「チャドウィックが殺されていたら厄介なことになっていました」

「とりわけチャドウィックにとってね」メアリ・パットは返した。

「それはそうなんだが」ヴァン・ダムは説明した。「国にとって悪いことになっていたはずです。『暴君が死ねば、その統治は終わる。殉教者の場合は、死してその統治がはじまる』わけですから」

ライアンはコーヒーをひとくち飲んだ。「キェルケゴールの言葉を勝手に変えたね？」

「かもしれません」ヴァン・ダムは答えた。「でも、それは真実です」その件の深追いはやめることにして、メモに目をやった。「なぜカゼムは核兵器なんかが欲しいのでしょう？」

「カゼムは清廉《せいれん》潔白のように見せているが、ほんとうはそうではないのかもしれない」ライアンは言った。「ロシアがカゼムと同じテーブルについて話し合っているというのが、どう見ても変だ。イランの聖職者《ムッラー》たちを支えるのが、ロシアにとってはいちばんの利益になるはずだからね」

「すると、ロシアと最高指導者《アヤトラ》がカゼムにわれわれを代理攻撃させ、非難されないようにしている、ということになりますね」メアリ・パットが推理を披露した。「本人たちはうまくやっているつもりなんでしょうが、これはどうもロシアとイランの臭《にお》いがプンプンする下手な仕掛けとしか思えませんね」

「うん、わたしもそう思う」ライアンは応《こた》えた。

「といっても、何がターゲットにされているのかがわかりません」バージェスが言った。

「そう」ライアンは返した。「そうなんだ」

「わたしはロケット科学者ではありませんが」アドラーが疑問を呈した。「SD／FLINT《フリント》が見たという発射解析・弾道計算《ファイアリング・ソリューション》、あれ、何かの間違いではないでしょうか?」

「その可能性はある」ライアンも同じ疑問を抱いていた。

バージェスがふたたび口をひらいた。「パトリオット地対空ミサイル・システムが落下最終段階のゴルゴンを二基とも撃ち落とせる確率はかなり高いですが、ターゲットがどこであるかわかり、事前に準備できれば、その確率は飛躍的に高まります。専門家にFLINT《フリント》と話させることを提案いたします、大統領。訊く必要がある具体的な質問ができる者がFLINT《フリント》から話を聞くべきです」

「それは賢明だが……」ライアンの潜在意識のなかで何かうごめくものがあった。何であるかはっきりとはわからないものが意識の表面にまで浮かび上がれずにもがいている。

「こういう線はどうなのかしら?」メアリ・パットが万年筆でメモ帳を軽くたたきながら発言した。「中国もロシアも、わたしがモスクワで現場仕事をしていたときから衛星攻撃レーザー兵器の開発に取り組んでいました。中国がすでに衛星を撃ち落とすテクノロジーを有していることはわかっていますし、ロシアも〈ヌードル〉という対衛星ミサイル・システムの実験を重ねています。ロシアか中国が衛星攻撃技術をイラン政府《テヘラン》に提供した可能性はあります」

《それだ》とライアンは思った。《潜在意識のなかでうごめいていたものは》

エリク・ドヴジェンコとジャック・ジュニアは、ササニともうひとりのイスラム革命防衛隊将校の死体をバスルームへ移した。そうしなければ、万が一ヤズダニのアパートに立ち寄る者があった場合、死体が丸見えになってしまう。技師は自分が殺した者を見て動揺し、悩むのではないかとジャックは心配したが、それは杞憂《きゆう》のようだった。ヤズダニは不運にたっぷり悩まされ、涙も涸《か》れ果てた男なのだ。死と病気にもてあそばれ、すでに無感覚になってしまっている。

ジャックはこの四八時間に二時間ちょっとしか眠っていなかった。それに、肋骨《ろっこつ》が少なくとも二本は折れているようだし、大臼歯《だいきゅうし》の一本が砕け、なんとか縫いとめられている耳が脈拍に合わせてマグマの火のようにカッカと痛みを発している。肉体は休息と治癒を猛烈に求めていた。だが、心はそうした〝だらけた時〟を強く拒否していた。ここで休んだら、余計なことを考えすぎてしまう。イサベルから電話をもらったとき、愚かにもジャックは、これとはまったくちがう結末を勝手に思い描いていたのだ。

「それでと」ジャックはヤズダニにふたたび説明を求めた。「もういちど発射解析《ファイアリング・ソリューション》・弾道計算についてで話してください」

「これで三度目です」技師は言った。「どちらのミサイルも地上にあるものをターゲットにしていません。低軌道衛星を打ち上げようとしているのではないかとわたしは思います。ただ、わたしの知るかぎり、弾頭は取り外されていません」

「なぜわざわざ核ミサイルを使って衛星を打ち上げるのだろう？　それ、無駄使いじゃないかな？」ドヴジェンコが顔に皺《しわ》を寄せて問題点を指摘し、なんとか答えを見つけようと声に出して考えつづけた。「なぜイスラエルやアフガニスタンのアメリカ軍基地がターゲットではないのだろう？」

「たしかによくわからない」ジャックは言った。「衛星をひとつ撃ち落とそうとしているということであっても、アメリカは報復する」

イサベルがドヴジェンコの腕にふれた。「マリアムから受け取った写真があったでしょう？　死刑になった学生たちとアロフ将軍がいっしょに写っている写真が？」

ロシア人はうなずいた。

「それを見てみましょうよ」イサベルは言った。「何か見逃している点がそこにあるような気がするの」

59

ヘリコプターの回転翼《ローター》の風に吹かれて顔に貼《は》りつこうとした顎鬚《あごひげ》をあわてて両手でつかんだアヤトラ・ゴルバニを見て、レザ・カゼムは顔をそむけ、こみあげてきた笑いを抑えこんだ。高位聖職者はカゼムをにらみつけながらベル206ジェットレンジャーに乗りこんだ。ヘリコプターの下降気流《ダウンウォッシュ》という空気力学的作用もカゼムのせいだと言わんばかりの険しい目だった。

ミサイル発射場の視察はすぐに終わった。質問への答えはカゼムができるものについては自分でやり、できないものについては専門的知識がある者に任せた。GRUのアロフ将軍は、〝そんなことはすべて知ってはいるが自分でわざわざ答える気になれない〟とでも言いたげに、自惚《うぬぼ》れた顰《しか》めっ面《つら》をして、両手をうしろで組んでついていった。ゴルバニはそそくさと視察を終えると、実際には大満足というわけではなかったが、いちおう納得したような顔をして、ひとことも発せずにヘリコプターのほうへ戻っていった。マシュハドの抗議デモは夜遅くまでつづきそうで、ゴルバニは到着時に、上空からそのようすを見たいと、はっきり伝えていた。

ジェットレンジャーはパイロットのほかに四人——アヤトラ・ゴルバニ、アロフ将軍、レザ・カゼム、そして彼の信頼する〝副官〟のバジル——を乗せて離陸した。ゴルバニは知らなかったが、パイロットはバジルとは軍隊時代の仲間で、カゼムの取り巻きグループの一員だった。

カゼムとバジルがうしろを向いて、ロシア人とゴルバニは前を向いて座った。カゼムはゴルバニの真ん前の席で、二人は膝《ひざ》をつき合わせていた。

ベル206の最高速度は一二〇ノット（時速約二二二キロ）ほどで、ゴルバニは眉間《みけん》に皺《しわ》を寄せて苛立《いらだ》ちを剝《む》き出しにし、可能なかぎりの高速度で飛ぶようパイロットに求めた。ヘリコプターは低空飛行し、ナヴァブ・サファヴィ通りがイマーム・レザー聖廟《せいびょう》の下へともぐりこむところにある広場に集結している群衆のわずか二〇〇フィート上を飛び越えた。イマーム・レザー聖廟のカウサル中庭の壁にそって、警官隊および民兵部隊バスィージが抗議者の集団と小競《こぜ》り合いをしていて、双方が壁のアーチ型の通路を一時的な小堡塁《しょうほうるい》にしようとしていた。あらゆる年齢層の男女が路上に出ていたが、抗議デモを繰り広げているのは、現状にうんざりしている一〇代と二〇代の若者が圧倒的に多かった。イランでは、世界中のメディアでよく紹介される「アメリカに死を！」と叫ぶ若い男女が、同じくらい頻繁に「抑圧に死を！」「失業に死を！」といったスローガンをがなり立てるのである。

バスィージ隊員たち――その多くは抗議する学生たちと同年代――がとりわけ残忍な戦術をとり、抗議者たちに侮辱の言葉を浴びせ、警棒と銃弾をお見舞いしていた。ゴルバニはそうした暴力には不気味な関心を抱いていて、最も激しい衝突が起こっている場所へ近づくようパイロットに命じた。

「数はどのくらいだろうなあ？」ゴルバニは窓のプレキシガラスに黒いターバンを押しつけて眼下の乱闘をながめながら、つい考えていたことを口に出してしまった。その言葉はインターコムを通してほかの者たちにも聞こえた。ゴルバニはターバンのせいでヘッドホンを首のうしろから耳に当てていたが、他の四人はふつうに頭にかけて装着していた。

「四、五百人ていどのものでしょう」レザ・カゼムが答えた。ゴルバニの補佐官たちにとって、抗議デモ参加者の数を実際よりも少なく――というか、政府にとって良くないあらゆることを控えめに――報告するのが慣例になっていた。

「馬鹿《ばか》を言うな」高位聖職者は言った。「あそこには少なくとも二〇〇〇人はいる。あいつらが怒り狂っているのは、理性を失ってしまったからだ」

アロフ将軍はそのゴルバニの見解を聞いて片眉《かたまゆ》を上げたが、何も言わなかった。

「それが真実ですね」カゼムは応《こた》えた。

ゴルバニは顔をサッと機内のほうへ戻した。「わたしは何が真実で何が真実でないかを知っている。イラン政府は世界を指導すべくアッラーに選ばれた特別な存在だ。それは絶対的な真実である。それを護《まも》るためなら、眼下の二〇〇〇人――いや、必要ならその一〇倍の者たち――を斬《き》り殺しても構わない」ターバンに巻かれた額をふたたびプレキシガラスに押しつけ、地上のようすを見つめだした。「だが、そうする必要はなくなる。最初のミサイルがアフガニスタンのバグラム空軍基地に命中すれば、アメリカがただちに報復にとりかかる。イランの反体制派によって盗まれ、発射されたミサイルが、アメリカの基地に当たれば、両国間の緊張は一気に高まるが、アメリカとしては核兵器で反撃することはできない。たぶん、通常兵器でいくつかの施設を攻撃するくらいにとどめるはずだ。ライアン大統領はイラン政府を疑うにちがいない」ゴルバニはつづけた。「だが、決定的証拠をつかめないのだから、反撃は見かけだけの小規模なものにならざるをえない。そして、政府の政策を誤解して抗議をはじめた国民が、それよりも嫌うものがあるとすれば、それはアメリカの干渉だ。ライアン大統領の武力による威嚇《いかく》は、共通の敵に対してイラン国民を結束させるだけだ」

カゼムは主人にこびへつらう従僕のように頭を下げて見せた。だが、こんなことをするのはこれが最後だ、とカゼムは思った。

「もう充分に見た」高位聖職者は言い、ミサイル発射場に戻るようパイロットにうながした。ゴルバニはもともと冷たい男だが、声をいつもよりもさらに冷たく凍りつかせた。「そうそう、レザ、きみがサハール・タブリジをも抱えこんでいることには気づいたよ。気づかぬはずがない」

反論の余地はなかった。だからカゼムはすぐには言葉を返さなかった。

「サハール・タブリジとは何者だ?」ゴルバニの氷の刃《やいば》のような声を聞いて、アロフ将軍が突然不安になった。これにはロシアだって大きな危険をおかして係わっているのだ。「もしも……その……何と言うか、計画を台無しにするような者がいるとしたら、わたしも知っておかないと」

「あなただって、最も優秀な者を集めろ、と言ったじゃないですか」カゼムは言った。

「外国製のミサイルを、狙《ねら》ったターゲットに命中させるには――」

アロフ将軍はカゼムの言葉をさえぎった。「たとえ失敗しても、それはミサイルのせいではない」

「最後まで聞いてください。わたしが言おうとしたのは」カゼムは説明をつづけた。

「外国製のミサイルをイランで組み立てた移動式発射台から発射してターゲットに命中させるのには、最高以上の人材が必要になる、ということです。タブリジ博士は超優秀な物理学者、航空宇宙工学者であり、わたしの計画には欠かせないのです」

「彼女のいわゆる優秀さはわたしもよく知っているが」ゴルバニは言った。「彼女には天才にありがちなある種の不安定さがあって……」声が先細って消え入った。ゴルバニはふたたび窓から顔を上げた。「きみの計画って、それ、どういう意味だ?」

「ぜんぶ戯言《たわごと》だ」アロフ将軍は反発した。「あのミサイルは、な、正しい発射解析・弾道計算《ファイアリング・ソリューション》を発射制御システムに入れさえすれば、大きな木に立てかけて発射したって、ターゲットにちゃんと命中するんだ」

カゼムがバジルに顎をしゃくって見せると、バジルは片方の手でアロフ将軍の襟首をつかみ、もう一方の手で将軍のシートベルトを勢いよくはずした。と、その瞬間、パイロットが機体の左側を急激にガクンと下へかたむけた。おかげで、腕力の強いイラン人は、完全に不意をつかれたロシア人をいとも簡単に砂漠へと投げ棄《す》てることができた。将軍はこんなことが起こるとはまったく予期していなかったので、ひらいたドアから姿を消す前にウッという曖昧《あいまい》な驚きの声をあげることしかできなかった。

ゴルバニの顔からサッと血の気が引いた。期待どおりの効果にカゼムは満足した。

「何なんだ、これは？」ゴルバニは驚愕《きょうがく》の声をあげた。

レザ・カゼムは顎をしゃくって空になったシートを示した。「将軍には悪いことをしましたが、必要だったんです。あなたにわれわれのやる気を見ていただいて、しっかりと耳をかたむけてもらいたいのです。それが重要なのです」

ゴルバニは身を前に乗り出し、パイロットのシートのうしろを拳《こぶし》でバンとたたいた。「マシュハドへ戻れ、いますぐ！」

「申し訳ありませんが、それはできません、いとも慈悲深いおかた」カゼムはほとんど小馬鹿にして言った。「あなたはタブリジ博士の最も注目すべき仮説をご存じですか？」

高位聖職者は、冷血な殺人者にも怖《お》じ気《け》づくことはなく、ヘリコプター機内の向かい側に座るカゼムをにらみつけた。「もちろん知っている。常軌を逸した仮説だ。正気とはとても思えない」

「お言葉ですが、それには賛成いたしかねます」カゼムは返した。「博士はたしかに変わった人物ではありますが、まったくの正気です。ですから、ロシア製ミサイル二基とタブリジ博士の助けを借りて、あなたとわたしが世界を変えるのです」

ジャック・ライアン・ジュニアはイサベルの背後に立ち、彼女の肩越しにヤズダニのコンピューターを見つめ、ドヴジェンコが写真を隠すのに利用しているeBay《イーベイ》オークション・アカウントにログインし、マリアムと反体制運動の仲間たちがいっしょに写っている写真を画面に表示した。イサベルが人差し指の先でマリアムの顔にふれ、その指先を自分の唇に押しつけた。ドヴジェンコも写真のほうへ身を寄せた――そうやって彼女を慰めようとしたのか、それとも彼女に慰められようとしたのか、ジャックにはわからなかった。

「ササニの行動はうなずける」ドヴジェンコは言った。「アロフ将軍が自分と反体制運動のメンバーたちとの接触をわたしに知られたくないと思ったのだろう」首を振った。「しかし、そもそも将軍がそこにいた理由が、まだよくわからない。彼は正体を隠して活動することであまりにも有名だ。それに、ロシア政府《モスクワ》が新体制を打ち立てようとする者たちと組んでイラン政府《テヘラン》を見捨てるというシナリオが、わたしにはどうしても思い描けない」

ヤズダニが近づいてきて、コンピューターの画面をのぞきこんだ。「そのあたりはわたしが説明できるかもしれません。わたしが見たところ、モスクワはテヘランを見捨てません。レザ・カゼムは《ペルシャの春》のリーダーということになっていますが、ほんとうはそうではないのだとわたしは思います。みんなグルなんです。見捨てられるのは、カゼムの魔力に魅了されて偽りの反体制運動に飛びこんだ者たちだけです」

ジャックはうなずいた。「つまり、ロシアは間抜けなポルトガル人武器商人を通して核ミサイルをイランに売ったが、それは盗まれて反体制グループの手に渡ったことにするので、モスクワとテヘランが非難されることはない、ということ。全世界がそんなの嘘《うそ》だとわかっていても、ロシアとイランはスイスイ言い逃れることができる。考えてみると、なかなか巧妙だね」

「いまミサイルがどこにあるのかは、わたしにもさっぱりわからない」ヤズダニは言った。「でも、それがロシア製の核ミサイルであることは確かです。ただ、そういう陰謀だとわかっても、ターゲットに関するあなたがたの疑問を解決するのにはほとんど役立たない」

イサベルがふたたび指で画面にふれた。今度は六〇歳くらいに見えるずんぐりした女性を指さしたのだ。その女性はドヴジェンコの目の前で絞首刑《こうしゅけい》になったマリアムの三人の友人のひとりと立ち話をしていた。ヘッドスカーフをつけておらず、スプレーで黒一色に塗られたような肩までの髪が剝き出しになっている。「このサハール・タブリジが疑問を解決してくれるかも」

ジャックはイサベルに身を寄せた。耳がまたズキズキ痛みだし、顔をしかめた。「サハール・タブリジ博士？　たしか彼女、〝人工衛星ハルマゲドン〟に関する馬鹿げた途方もない理論を唱えた人じゃなかったっけ？」

「さあ、ついに〝大転換〟のときがきた」ジャック・ライアン大統領は言った。「かつてテヘラン大学で教鞭《きょうべん》をとっていたサハール・タブリジという名前の優秀な宇宙物理学者がいる。騒々しいエキセントリックな女性で、男女の知力・能力の差はまったくないと、イランでも公言してはばからない――要するにアヤトラ・ホメイニのような男がエヴィーン刑務所の地下牢《ちかろう》に閉じこめたいと思うような女性だ。たしかイランを逃げ出し、いまは南米のどこかの大学で教えていると思う」

オーヴァル・オフィスを訪れる者はみな、入室する前に、秘書官室のベティ・マーティンの机のそばにあるバスケットのなかに携帯電話を入れることになっている。だが、メアリ・パット・フォーリ国家情報長官はそこから自分のスマートフォンを取り戻し、それを使ってリアルタイムの調査をおこない、ライアンが話すのとほぼ同じくらい早く親指を動かしていた。

「チリ大学の物理学部長がサハール・タブリジという名前です」メアリ・パットは言った。

「それだ」大統領は応えた。「彼女がこの数週間か数カ月のあいだにイランに行ったかどうか調べてくれないか？」

アメリカの複数の情報機関が、核、化学、生物兵器の開発を前進させる能力があると思われる科学者たちの海外旅行を監視し、その記録をつけている。航空宇宙工学者でもあるタブリジも、そうした科学者のなかに入れられていた。メアリ・パットは電話を二本し、ＣＩＡから〝その事実あり〟の答えをもらった。

「当たりです、大統領」国家情報長官は言った。「タブリジは二五日前にテヘランへ飛んでいます」溜息《ためいき》をついた。「すみませんが、ジャック、世界の傑出したロケット科学者たちについていけないわれわれにもわかるように、ちょっと説明してくれませんか？」

「きみたちはケスラー・シンドロームを知っているかね？」

「人工衛星がほぼ全滅して世界が壊滅的打撃を受ける危険性を指摘したシミュレーションモデル」バージェス国防長官が答えた。「一九七〇年代後半にＮＡＳＡの科学者が提唱しました」

「そう」ライアンは説明した。「その科学者はドナルド・ケスラーで、彼はこう考えたのだ。低軌道を周回する人工衛星や宇宙ごみ《スペース・デブリ》はそのうち高密度になり、互いに衝突しはじめる。そして、それが連鎖的に起こって加速度的にデブリの数が増え、ついには広大なデブリ領域ができ、低軌道をとる人工衛星は存在できなくなる」

「ちょっと待ってください」アーニー・ヴァン・ダムが言葉を割りこませた。「国際宇宙ステーションは低軌道をまわっているんですよね」

「そのとおり」ライアンは言った。「わが国の偵察衛星の大半もそうだ」

「すると」メアリ・パットが先をうながした。「タブリジ博士は……」

「その仮説をもうひとつ上のレベルに引き上げた」ライアンはつづけた。「人工衛星とデブリの密度が限界を超えると、連鎖的に次々に衝突しはじめ、歯止めがきかなくなってしまう、とケスラーは考えたのだが、タブリジの場合は、低軌道のある特定の人工衛星をひとつ破壊するだけで、ケスラー・シンドロームを大幅に加速させるのに充分なデブリを創《つく》り出すことができる、という理論を打ち立てた。連鎖的に衝突がやむことなく起こり、数週間のうちに低軌道にあるすべてのものが破壊されてしまうというのだ」

「それなら、ありがたいことに」バージェスが言った。「わが国のＧＰＳ衛星や通信衛星は無傷のままですね」

「うん、それはそうだ」ライアンは言った。「そうした衛星はずっと高い軌道を描いているからね。だが、そうした衛星も打ち上げ時には低軌道域を突き抜けなければならず、それはショットガンから発射された散弾のなかを飛ぶようなものだ。それくらいデブリの密度は高くなる、とタブリジは確信している」

「わたしはロケット科学者ではありませんが」スコット・アドラーが疑問を口に出した。「それはすこしばかり誇張のしすぎとは思いませんか？」

「かもしれない」ライアンは答えた。「しかし、KH偵察衛星はそれぞれ通勤バスくらいの大きさだ。わたしは微少デブリがあたって罅《ひび》が入った宇宙ステーションの窓の写真を見たことがある。四万ポンドもの偵察衛星が破壊されて宇宙ごみになったら、それが衝突してもたらす被害は計り知れない。それに、衝突がひとつ起こるごとにデブリは増え、それが連鎖的に繰り返されていくわけだ。だから、そう、やはり、タブリジ博士の計算が正しければ、いま話したことは誇張でも何でもないことになる。イランのわれらが〝資産《アセット》〟がもたらした、アロフ将軍と反体制運動グループの学生たちがいっしょに写っている写真を見てくれ。その三人の学生たちが処刑されたのは、タブリジとレザ・カゼムがいっしょにいるところを見たからだと考えて、ほぼ間違いない」

メアリ・パットはスマートフォンによる調査をつづけていた。「彼女はその連鎖反応を引き起こすのに必要となる〝最初に破壊すべきたったひとつの人工衛星〟を特定したようです」

「そうなんだ」ライアンは言った。「タブリジはそれを〈核心《クラクス》〉と呼んでいる」

「〈核心《クラクス》〉ねえ」メアリ・パットは考えこんだ。「どの衛星なのかしら?」

「それが問題なんだ」大統領は言った。「彼女はそれをいちども明かしていない」

60

「わけがわからない」ゴルバニは唖然《あぜん》として訊《き》いた。「なぜ？」アヤトラ・ゴルバニは唖然《あぜん》として訊《き》いた。

「いえ、その逆です」レザ・カゼムは答えた。「世界にとってたいへん意味のあることなのです」

「しかし、レザ、もしタブリジが成功したら、だれもが損害をこうむることになる」ゴルバニはなんとか懐柔しようと口調を和らげた。

だが、カゼムのほうも、ここですこしでも慌《あわ》てるさまを見せてはいけないとわかっていた。平然としていなければならない。さもないとゴルバニを喜ばせるだけだ。

ゴルバニはつづけた。「ロシアは憤慨するぞ。それに、わが国だって人工衛星を保有している――われわれはそれをもっと増やし、そのうち欧米に比肩する力を持ちたいと思っているんだ」

「ですから、われわれはそれを実現するんです」カゼムは言った。「数週間のうちにね。いま何もしなければ、その実現には数十年かかるんです」

ゴルバニは不快感と疑念をあらわにして鼻に皺《しわ》を寄せ、首を振った。

「ご存じのはずですが」カゼムは引き下がらなかった。「イランが人工衛星に頼っているのは、軍民の通信のほんの一部です――しかも、そうした人工衛星の大半は欧米からの脅威に反撃するためのものです。ところが、アメリカは空の目、偵察衛星にほぼ一〇〇%頼り切っています。そうした貴重な衛星がなくなったら、やつらは文字どおり盲目になるのです。目が見えなくなっても手探りでこの地域に対処する、なんて根性はやつらにはありません。わたしは、アラブ人たちがしているように、わが国をガソリンスタンドにして欧米に奉仕させたいとは思いません。イランはもっと誇り高い国なのです。この地は七〇〇〇年ものあいだペルシャ帝国の中心となっていました。それがまさにあるべき姿なのです。その歴史がよみがえるのです。超大国と言われている国々――ロシア、中国、アメリカ――はみな、無力化します。最悪の場合でも、われわれはそうした国々と対等に戦えるようになるでしょう。最良の場合は、彼らはわれわれにもうちょっかいを出さなくなります」

「いますぐテヘランへ帰る。早ければ早いほどいい」高位聖職者は言った。「それとも、わたしをもここから投げ落として殺すかね?」

「そんな必要はありません」カゼムは言った。「でも、申し訳ありませんが、何時間かわたしたちのお客としてこちらにとどまっていただきます。わたしが言ったことを覚えておいてくださいね、〝模倣のお手本、大アヤトラ〟。これから起こることは、われわれにとっては恵みとなり、欧米にとっては最悪の悪夢となるのです」

「頭がおかしくなったようだな」ゴルバニは返した。「きみはあの愚かなタブリジと同じくらい正気を失っている」

「そうなのかどうかすぐにわかります」カゼムは言った。

「自由世界一の航空宇宙工学者が必要だ」ライアン大統領は言った。「そしてその学者が東海岸にいてくれたら、いっそうありがたい。人事を尽くし、可能なかぎり早くここへ来てもらいたい」

メアリ・パット・フォーリ国家情報長官が立ち上がった。「すぐ手配します」

「ひとり心当たりがあります」そういうことは専門領域ではないスコット・アドラー国務長官が声をあげた。「わたしは海軍兵学校《アナポリス》の政治学部の連中とポーカーをしているのですが、二カ月ほど前、そのうちのひとりが航空宇宙工学の教授を連れてきたんです。彼は確率計算の天才でしてね、われわれ全員、きれいに巻き上げられました。何本か電話すれば名前はわかります」

メアリ・パットがまた親指でスマートフォンを操作しはじめていた。「ランダル・ヴァン・オーデン博士？」

「そう、彼です」アドラーは答えた。「ともかくポーカーが強い。ロケット科学についても、その半分ほども強かったら、彼こそあなたが捜している男です」

「職務経歴がすごい」メアリ・パットがスマートフォンに目をやりながら言った。「ＮＡＳＡからの誘いを断り、海軍兵学校で教える道を選びました。人工衛星についての疑問が生じたとき、だれもが頼りにする男です。それからですね、ケスラーとタブリジの理論双方についての論文を書いています」

六分後、ヴァン・オーデンとの電話がつながり、ライアンはスピーカーフォン・モードにした。

「ヴァン・オーデン博士、ジャック・ライアンです。いまわれわれはたいへん重要な問題に直面していまして、あなたの専門的助言を聞かせていただけたらと思うのです。いますぐ、わたしの執務室までご足労願えませんでしょうか？」

「もちろんうかがいますが……大統領」航空宇宙工学者は戸惑っているようだった。

「秘密情報取扱資格《セキュリティ・クリアランス》はお持ちですよね？」ライアンは訊いた。

「はい」ヴァン・オーデンは答えた。「定期的にＮＡＳＡの仕事をしていますので、それに必要でTS取扱資格を持っています」

「今回はトップ・シークレットをすこし超えた問題になります」ライアンは返した。

「ともかく、詳しい話はここにいらしてから……」

「どういうことに関連した問題であるか、いまお聞きできますか？」

「残念ながら、電話ではあまり詳しいことはお話しできません」ライアンは言った。

「まあ、そうですね、あなたが書かれた論文——具体的にはケスラーとタブリジについてのもの——に関連することではあります」

「なるほど」ヴァン・オーデンは応《こた》えた。「そういうことであれば、あなたのお役に立てそうな若い弟子がひとり、ここ海軍兵学校《ザ・ヤード》にいます。彼が最近書いたタブリジに関する論文は、わたしがこれまでに読んだなかで最高のものです」

「准《じゅん》教授ですか？」ライアンは訊いた。

「いえ、大統領」ヴァン・オーデンは答えた。「若者《ヤングスター》です」

〝若者《ヤングスター》〟は二年生を意味する海軍兵学校の隠語だ。

ヴァン・オーデンはつづけた。「アレックス・ハーディ士官候補生、わたしの生徒です。はっきり言って、航空宇宙工学分野で世界最高の頭脳を持つ者のひとりです。わが国が今秋打ち上げる人工衛星の誘導システムの主要部品を設計してもいます」

「その士官候補生を連れてくるというのはちょっと問題かもしれない」ライアンは言った。

「ですから保証します」ヴァン・オーデンは食い下がった。「あなたが何らかの答えを得たいというのなら、それを提供する能力は彼のほうがわたしよりも――というか、だれよりも――上です」

ライアンは折れた。「わかりました。彼にも話を聞いてもらいましょう。緊急事態なのです。迎えの車を差し向けますから、それに乗ってこちらへ……」大統領は腕時計に目をやり、手振りでメアリ・パットにだれかをただちに行かせるよう指示した。

「三〇分後でよろしいか?」

「はい、準備しておきます、大統領」

ライアンは電話を切ろうとして伸ばした手を途中でとめた。「それから、ヴァン・オーデン博士、あなたもハーディ士官候補生も授業や試験などがあると思いますが、それらについては学校の監督官に連絡して話をつけておきます。他人《ひと》に訊かれて、そうする必要がどうしてもある場合、ホワイトハウスに呼び出されたと言ってもよろしいが、訪問の目的については極秘であり、だれにも言わないようにしていただきたい」

ランダル・ヴァン・オーデンの仕事場は散らかっている。それはだれにも否定できない。回路基板《サーキットボード》や、リール巻き糸半田《いとはんだ》や、プラスチック容器に入ったデリケートな耐熱材が、古いオシロスコープにもたれかかっている。電子部品や科学機器が置かれている机の空いたスペースはすべて、隅が折れた書類の山に占領されており、そのなかには夥《おびただ》しい数のダイエットコークのプルタブが載っているものもある。ヴァン・オーデンの思考は、彼が知る同業者の大半のそれとはちがい、直線的には進まない。彼がそのときどきに取り組む問題の答えはいつも、仕事に使われる散らかった未整理の脳のなかに、まるで小さな漫画の吹き出しのようにあらわれるのである。ロケットの最大積載量や固体燃料の超微粉末金属の正しい配合を割り出さなければならなくなった場合でも、その答えはいつもそうした吹き出しのなかにあり、ヴァン・オーデンは簡単にそれを見つけることができる。テーブルの上にあって、使う必要が生じたときにはすぐに見つけられる半田ごてのように。実は、彼の散らかった仕事場にも脳にも、一定の秩序があるのだ。

しかし、携帯電話を見つけるのにはすこし時間がかかった。妻がいかにも教授風と言った頑丈なサドルバックレザー・ブリーフケースのサイドポケットに押しこまれていたのだ。

ヴァン・オーデンは軍隊にいた経験はなかったが、軍人らしく振る舞ってはいた。彼が教える士官候補生はみな、プロとしての自覚を持ち、あらゆる面できちんとしていなければならないのだ。その状態を彼らは「鍵《かぎ》が閉まっている」と表現する。彼らは知能がきわめて高く、やる気があり、最高の教育を受ける資格がある。ヴァン・オーデンは、自分も六〇代前半の男に可能なかぎり「鍵が閉まっている」状態を維持する義務があると信じている。だから、クラウンズヴィルの自宅近くの理髪店に、いつも黒髪をきちんと刈り上げてもらっている。そして、白いシャツに細いネクタイをむすび、黒いフレームの眼鏡をかけ、一九六〇年代から抜け出してきたような服装をする。実はプルオーバーのゴルフシャツにカーキ色の半ズボンという格好のほうが快適だと思うのだが、妻が彼のスタイリストで、彼女は「もう若いわけではないのだから、最高に粋《いき》な古いファッションをめざさないと」という哲学を実践する。そしてそのファッションは、航空宇宙工学者にとっては、史上初めて人類を月に送りこんだ一九六九年のNASAの宇宙管制センターのそれということになる。

ヴァン・オーデンは最近の通話記録をスクロールして、ハーディ士官候補生の携帯番号を見つけた。これほど有望な学生を教えるのは初めての経験だった。ハーディの数字に関する理解力や記憶力は並外れているので、彼をよく知らない人には、そちらの方面だけ優れているサヴァン症候群ではないかと思われかねないが、実際にはそうではない。アメリカ合衆国海軍兵学校に入学を許可される男女は、頭がいいだけでなく、同時に多才でバランスのとれた博識でなければならないのだ。

ハーディに電話してもつながらなかった。べつに驚くべきことではない。授業に出ているのかもしれないし、キャンパス内の電波受信状況の悪い場所にいるのかもしれない。ハーディのことなんか言わなければよかったかなと悔やんだが、すぐに後悔の念は消えた。わたしのような学者をホワイトハウスに呼び出すほど重大な問題を大統領が抱えているのなら、ハーディの知識や知能が計り知れないほど貴重になる。ヴァン・オーデンは腕時計に目をやった。ここはもう昔風のやりかたでハーディを見つけなければならない。

海軍兵学校のキャンパスはセヴァーン川の埋め立て地に広がっていて、ヴァン・オーデンの研究室はその北の角に建つリコーヴァー・ホールの航空宇宙工学セクションの一階にあった。彼は研究室のドアから顔を突き出した。クラッカージャック・スーツ（セーラー服）にディキシーカップ・ハット（セーラー帽）という下士官の服装をした者がひとり見えた。ピンク色の顔をした新入生で、上級生との賭《か》けに負けたにちがいない。ヴァン・オーデンの研究室のすぐ外にあるウォーター・ファウンテン（冷水器）のそばに突っ立って〝水難監視任務〟についている。

「ハーディ士官候補生を知っているかね？」ヴァン・オーデンは声をかけた。声が恐ろしく低く、口調もぶっきらぼうだったので、一年生はハッとして背をさらにピンと伸ばした。

「はい、知っています、ヴァン・オーデン博士」若い〝水難監視員〟は気を付けの姿勢をとった。「先ほど、電話をかけにダールグレン・ホールへ行くところを見ました」

「ありがとう」と言ったときにはもうヴァン・オーデンは歩きだしていた。大統領の車を待たせたくない。

暖かい春の日だったので、シャツが汗まみれにならないようスポーツコートを手に持ち、足早に歩きだした。ダールグレン・ホールは海軍兵学校の南の角にあり、フロントゲートのすぐそばで、そこへ行くにはキャンパスを斜めに突っ切らなければならない。海軍兵学校の敷地内ではあるが、いちばん遠いところと言ってよい。ヴァン・オーデンはマイケルソン・ホールの前を、次いで一八七九年にアルバート・マイケルソンが光速度の測定をおこなった場所であることを示す記念板の前を通りすぎた。そして、ダールグレン・ホールめざして芝生を横切り、中庭の中央にあるメキシコ戦争士官候補生記念碑を通り越したときには、ほとんど走っていた。ハーディはダールグレン・ホールですこしくつろぎたかったのだろう、とヴァン・オーデンは思った。それはわかる。ハーディには故郷のアイダホにガールフレンドがおり、ダールグレン・ホールの階上テラスは士官候補生たちがまわりを気にせずにゆっくり電話をかけられる数少ない場所のひとつなのだ。

海軍兵学校《アナポリス》はアメリカの他の兵学校とはちがってオープン・キャンパスであり、身分証を見せて空港でおこなわれるような保安検査を通過できれば、だれでもなかに入れる。今日もキャンパスには観光客があふれ、彼らは歩道を使わずに芝生の上を走るヴァン・オーデンを横目でチラチラ見ていた。そんな目など無視してヴァン・オーデンはダールグレン・ホールに飛びこんだ。『ドライドック・レストラン』のフライドポテトの匂《にお》いが襲いかかってきた。彼は階段を駆け上がった。ブルーのカーペットが敷かれたラウンジ・エリアに士官候補生が数人いたが、残念ながらハーディの姿はなかった。

ヴァン・オーデンはふたたび腕時計に目をやった。一二分が経過していた。

彼はいちばん近いところにいた士官候補生に近づいていった。夏用の白い通常軍服を着ていなければ、オリンピックのランナーのように見えなくもない長身の北欧系の女性だった。からみ錨《いかり》と斜めのストライプ二本がついた肩章で三年生——ハーディの一年上——だとわかった。彼女は読書中だったが、自分と話したい者がそばにいるとわかり、本を閉じて立ち上がった。

「なにかご用でしょうか、サー？」

ヴァン・オーデンは名札を見て、この女性がラーソン士官候補生であることを知った。

「アレックス・ハーディを捜しているんだ。髪は赤黄色《サンディー》、身長五フィート一〇インチほど——」

「彼なら三〇分くらい前までここにいました」ラーソンは応えた。「風洞へ行ったようです」

ヴァン・オーデンはうめいた。「ありがとう」と言うなり、クルリと体を回転させると、階段を下り、ふたたび走ってキャンパスを横切りはじめた。もと来たルートを駆け戻り、自分の研究室がある出発点のリコーヴァー・ホールの地下をめざした。

六分後、ヴァン・オーデンは、リコーヴァー・ホールの地下にある箱状の風洞のひとつのそばに立つハーディを見つけた。彼は先に手の模型がついていて柄がスチールの指差し棒を持って、ほかの四人の士官候補生——みな判で押したように短髪で夏用の白い軍服を着用している——と何かの実験をしていた。ヴァン・オーデンの物理学の授業の研究課題——さまざまな速度、飛行姿勢のジェット機からの緊急脱出の結果——に取り組んでいるのだ。彼らのうしろの壁には《ロケット科学は超難解というわけではない》という標語が貼《は》られていた。

ヴァン・オーデンは耳をふさいだ。ひと息つく時間がわずかだが得られてありがたかった。ハーディがだれかがやって来るのに気づき顔を上げた。ヴァン・オーデンだとわかると、手を振って近づくようながした。

ハーディは防音イヤーマフをはずした。「どうしたんですか、博士？」

ヴァン・オーデンは口を閉ざして廊下のほうを見やり、首を振って、ほかの者たちに話を聞かれないところまで行く必要があることを身振りで伝えた。

「きみとわたしはホワイトハウスに呼び出されたんだ」声が届かないところまで行くと、ヴァン・オーデンは単刀直入に言った。遠回しな言いかたをしている時間などもうない。

「あのホワイトハウス？」

「そうだ」ヴァン・オーデンは答えた。「迎えの車が来る——」腕時計に目をやった。

「——あともう一五分もない」

「なるほど……」ハーディはためらった。「でも、あのですね、博士、わたしは午後も授業があるんです」

「いま言ったこと聞こえたよな?」ヴァン・オーデンは野太い声を廊下に響きわたらせ、ようやく落ち着きを取り戻した。歩きはじめた博士のあとをハーディは追った。

「ホワイトハウスに呼ばれたんだ、国家最高司令官に。だから授業くらい休んだって問題ない。ちゃんとした理由のある届出欠席になる」

ハーディは小走りになって博士についていった。「それにしても、どうやってわたしのことを知ったのでしょう?」

「わたしが話したからさ」ヴァン・オーデンは答えた。「さあ、急げ。むこうへ向かう車のなかで説明する」

フロントゲートに向かっていたヴァン・オーデンとハーディが潜水艦記念碑の前にさしかかったとき、ダークスーツにサングラスという出《い》で立《た》ちの男がひとり、ダールグレン・ホールの角をまわってきた。そして軽く会釈《えしゃく》した。

「ヴァン・オーデン博士?」

「そう」

「シークレット・サーヴィス特別警護官のマーシュです」男は言った。「お迎えに参りました」一方の手首を上げて口に寄せ、袖《そで》にとめてあるマイクに言った。「マーシュより〝クラウン〟へ、二人とも確保した」〝クラウン〟はシークレット・サーヴィス・ホワイトハウス指令センターのコードネーム。

三人が海軍兵学校のマスコットであるビリー・ザ・ゴート（山羊《やぎ》のビリー）の像のところまで行ったとき、ハーディがたじろぎ、足をとめた。「わたしが英文学を教わっている教授のジル少佐です」顎《あご》をしゃくって、ルジューン・ホールからこちらへ向かって歩いてくる海軍士官を示した。「わたしが所属する中隊の指導隊長でもあります」

「外出かね、ミスター・ハーディ？」少佐は訊いた。

「はい、そうであります」ハーディは答えた。

「実はわれわれ二人で外出するんです」ヴァン・オーデンが言った。

「それは妙だなあ」ジルは返した。「わたしの受信トレイにはきみからの欠席の届け出は入っていなかったぞ」

「届け出はしていません、サー」

「では、授業に出席するように」少佐は淡々とはしているが有無を言わせぬ口調で勧告した。

シークレット・サーヴィス特別警護官が割りこんだ。「申し訳ありませんが、少佐、われわれ三人、このまま失礼させていただきます。ハーディ士官候補生は重要な会議に出席しなければならないのです」

ジル少佐は納得がいかず、顔をしかめた。「あなたは何者なんだ？　海軍兵学校のSOPを掻《か》き乱せるほど重要な人物って、どなたかな？」SOPはスタンダード・オペレーティング・プロシージャーズ（標準業務手順）。

「ザ・プレジデントです、少佐」マーシュ特別警護官は答えた。

「どこのプレジデント？」

「アメリカ合衆国の、です」マーシュは言った。

「大統領？　いったいこれはどういうことなんだ、ハーディ？」

「申し訳ありません。それは言えないのです、少佐」マーシュはシークレット・サーヴィスのロゴマークである五芒星《ごぼうせい》のついた身分証を見せた。「さあ、申し訳ない、これで失礼します。あなたが知ることのできる情報は監督官がお持ちです」

「なんだか少佐には気の毒なことをしました」フロントゲート前のランドール通り《ストリート》の駐車禁止エリアにとまっていた黒塗りのクラウン・ヴィクトリアのバックシートに乗りこんだとき、ハーディが言った。「少佐はただ、自分のやるべきことをしただけですから」

「それはわたしたちもそうですよ」マーシュはルームミラーを通してハーディをチラッと見やり、微笑《ほほえ》んだ。「でも、これは海軍兵学校の伝説《ヤード・レジェンド》になりますよ、きっと」

ハーディは身をうしろへ倒して本革のシートにあずけ、特別警護官は回転灯とサイレンを作動させ、アクセルペダルを踏みこみ、クラウン・ヴィクトリアをホワイトハウスへ向けて疾走させはじめた。ヴァン・オーデンはようやくハーディに伝えるべきことを伝えた。それで初めて、自分の生徒が感情を抑えこんだ士官候補生を演じることをやめ、興奮した二〇歳の若者らしく振る舞うのを見た。

「ああ、そのとおり」アレックス・ハーディは言った。「こいつはすげえことだ」

61

ライアン大統領はシチュエーション・ルームの会議用テーブルの先端になる上座に座り、水をひとくち飲んだ——ジャック・ジュニアのことが心配で胃が締めつけられるような感覚をおぼえ、コーヒーを飲む気にもなれない。待つあいだ、ロシアの大統領が電話に出たときに言うべきことを頭のなかでおさらいした。

実行計画はあわただしく立てられたものだった。どこからともなく突然あらわれた状況に対処する計画はいつもそうなる。今回のことにすこしでも似ている状況に対する訓練なんて、だれもしたことがなかった。

一〇〇〇ポンドのJDAM——統合直接攻撃弾《ジョイント・ダイレクト・アタック・ミュニション》——GBU・32二個をそれぞれ搭載したF・22ステルス戦闘機ラプター二機が、二〇分前にアフガニスタンのバグラム空軍基地から飛び立ち、現在、最高速度でヘラートの上空あたりを飛行していた。そして、イラン人〝資産《アセット》〟のSD／FLINT《フリント》が、もういつでもマルウェアをアップロードできる準備をととのえ、マシュハドに待機している。さらに、コードネームGP／VICAR《ヴィカー》のロシア人も、ついにSVRの直属の上司に電話して今回の〝人工衛星を破壊する陰謀〟について知らせようとしていた。

今回はライアンのほうから電話をかけたのだが、それはワシントン・モスクワ直接通信リンクを通しておこなわれた。そのリンクは、キューバ危機で核戦争寸前まで行ってしまったことにこりて、対話の遅れによって同様の大惨事が起こらないように、アメリカとソ連が一九六三年に設置したものだ。ただ、俗に「ザ・レッド・ホン」とか「ホットライン」とか呼ばれるこのリンクは、電話と表現されるものの、いわゆる電話であったためしはない。最初に設置されたときは、テレタイプによる文字通信だった。その後、新たなテクノロジーが導入され、最終的には安全なEメールを国防総省《ペンタゴン》とクレムリンのあいだでやりとりできるコンピューター・システムが用いられるようになり、二超大国の首脳同士の音声通信も可能になった。連絡方法はほかにもあったが、この音声通信が最も手っ取り早い直接対話法となった。

イェルミロフが応答すると、ライアンは外交的穏やかさをたっぷり込めた口調で話しはじめた。ライアンはまあまあのロシア語を話し、イェルミロフもなんとか通じる英語を話すが、こうした微妙な会話をかわさなければならないときは常にそうなるように、今回も二人は、必要となる秘密情報取扱資格《セキュリティ・クリアランス》を持つ両国の通訳を通して話し合った。ライアンはまず、サハール・タブリジ博士がロシア製のミサイルでやろうとしていることについて簡単に説明した。ロシアが秘密裏にミサイルをイランに売ったことをアメリカはしっかり把握しているという事実は伏せておいた。

「ニキータ」ライアンはつづけた。「これがどれほど危険なことか、あなたもおわかりのはずです。最初われわれは、ターゲットはアメリカの軍事施設だと信じていました。ところがそうではなかったのです。人工衛星をひとつ破壊するだけで、それによって生じる破片が他の衛星やデブリに次々に衝突し、連鎖反応が起こって、低軌道域に宇宙ごみ《スペース・デブリ》があふれることになるのです。そうなったら、わが国も貴国も壊滅的な打撃をこうむります。国際宇宙ステーションは破壊され、消え去るでしょう。アメリカもロシアも救助活動を開始する間もありません。正直なところ、その大惨事によって全世界がとてつもなく大きな打撃を受けるのです。わが国の専門家たちによりますと、その結果生じたデブリのせいで、かなり長いあいだ宇宙に何も打ち上げられなくなるそうです」

イェルミロフは怒りをあらわにして声を尖《とが》らせた。「わたしは確信をもって言えますが、ジャック、そのミサイルは実験のためカザフスタンのシャリー・シャガン対弾道ミサイル試験場へ輸送される途中、航空機墜落事故のため行方不明になったと、われわれは信じていたのです。それがどうしてイランへ行ってしまったのか、わたしにはさっぱりわかりません」

「わたしはあなたが故意にイランに渡したと言っているわけではありません」ライアンは返した。

「別の件で電話がかかってきたのだと、わたしは思っていました」

「エリザヴェータ・ボブコヴァの件？」

「いや……」

「彼女と部下の男たちには外交官不逮捕特権がありますが」ライアンは言った。「どうやら彼女はアメリカにとどまらせてほしいと頼んでいるようです」

「そうなんですか？」イエルミロフはハッと息を飲み、あえぎそうになった。

「ウクライナに関する電話だと思われましたか？」ライアンの口調はロシア軍部隊の移動など鼻にとまった蠅《はえ》ほどのものでしかないと言わんばかりの素っ気ないものだった。「正直なところを申しますと、クレムリンはわたしが国内問題で手一杯だと思いこんでいるのでウクライナに侵攻しようとしているのかもしれないと、部下たちに助言されましてね。でも、わたしはこう答えたのですよ。あなたはわたしのことをよく知っているので、そんな馬鹿《ばか》なことはしない、と。ロシアがウクライナを侵攻するなんて絶対にできません。正確に言いますと、すでに侵攻しているところよりも先には。ロシア軍部隊の移動はハッタリにちがいないと、わたしは部下たちに言いました。なぜって、そのことについては、わたしとあなたは前から話し合いをつづけてきたわけですし、もしロシア軍部隊がすこしでも前進するようなことがあれば、わたしが思い切った行動に出ることは、あなたもご存じだからです。ロシアがどのような理由づけをしようと、それが変わることはまったくありません。そのような侵攻は、キューバ危機のさいにあなたの先任者のフルシチョフ共産党第一書記がケネディ大統領への書簡のなかで雄弁に語ったように『ほどくことのできない戦争の結び目を締める』ことになります。それについてはあなたも同意見のはずです。ともかく、ウクライナの件はのちほど話し合うことにすればいい。今回のミサイル問題はそんなことよりずっと重大です。その点、同意していただけますよね？」

「はい」イェルミロフは窮地に追いつめられ、愕然《がくぜん》としていた。「どうすればいいのか……こちらがイラン政府《テヘラン》に接触したほうがいいのか……どうでしょう？」

「ご存じのとおり、アメリカ合衆国は現在、イランとは外交関係がありません」ライアンは答えた。「しかし、たとえ外交関係があったとしても、たいして変わりないですね。いまのところテヘランがどれだけ深く関わっているのかがはっきりわからないのですから。反体制グループの仕業のようなのですが、いまの段階でそう断言するのは早すぎます。それに、時間がもうなく、それがとても心配なのです。そちらにゴルゴンを遠隔破壊する方法があってほしいと祈っていたのですが、どうでしょう？」

「逆にわたしは訊《き》きたい、大統領」イェルミロフは返した。「その情報、どうやって見つけたんです？」

ライアンはこんな状況にもかかわらず笑いを洩《も》らした。「それは極秘ですが、テヘランにこちらの手の内を明かさずに、ミサイルの遠隔破壊が可能かどうかチェックする方法はあるにちがいないと、わたしは確信しています。ですから、ニキータ、単刀直入に訊きます。ロシアは自爆コードをミサイルに送信できますか？」

沈黙が流れた。イェルミロフが自分の音声をミサイルにしたのだ。ライアンの思いどおりに事が進んでいるとすると、ロシアの大統領はいま、自国の情報機関コミュニティの専門家から〝人工衛星を破壊する陰謀〟についての説明を受けているにちがいない。

たっぷり九〇秒たってようやくイェルミロフの声がリンクを通してふたたび聞こえてきた。「残念ながら、ミサイルの遠隔破壊という選択肢はありません、大統領」

ライアンは溜息《ためいき》をついた。「できるけれど今回は選択しないということですか、それとも単に技術的に不可能ということでしょうか?」

「あなたがいまおっしゃったように」イェルミロフは答えた。「それは極秘です」

「わかりました」ライアンは言った。「電話を受けてくれてありがとうございました」

「それで、これからどうされるおつもりですか?」イェルミロフは訊いた。

「さあて、どうしましょうか」ライアンははぐらかした。「すぐにまたお話しする機会があると思います」最後にもういちど笑いを洩らした。「ウクライナが話題にのぼらないことを望んでいます」

「ええ」イェルミロフは言った。「わたしもそう望んでいます」

ライアンは電話を切り、統合参謀本部議長のジェイソン・ポール空軍大将とメアリ・パット・フォーリ国家情報長官を見つめた。「やりたくはなかったが、〈泥よけ《マッドフラップ》〉作戦を決行する」

統合参謀本部議長が自分の前にあるテーブル上の電話のキーをひとつたたき、装着しているヘッドセットのブームマイクに言った。「〈泥よけ《マッドフラップ》〉を実行しろ」

同時に、国家情報長官がイランにいる〝資産《アセット》〟に電話し、もっと気取られにくい暗号フレーズを使って指示した。「もしもし、『ペパルーク・ピザ』ですか? 三〇分以内に届くんだったら、注文したいのですが?」

「番号ちがいです」相手が英語で答えた。「こちらはナヴィッド自動車修理工場です」

「あっ、間違えました」メアリ・パットは言った。「ごめんなさい」

彼女は受話器をおき、ライアンのほうを向いた。

「さあ、はじまります」メアリ・パットは大統領に親指を立てる仕種《しぐさ》をして見せた。

62

ヤズダニは自分の車を運転してマシュハドの南にある戦略空軍基地へ向かい、ジャック・ジュニアと他の二人はトヨタ・ハイラックスに乗ってそのあとを追った。彼らは基地から一キロほど離れたところにあるトロク森林公園に車をとめて待ち、まもなくジャックがメアリ・パットから〝決行シグナル〟を受けた。

ヤズダニは息子を救うことだけを考えて、一度もうしろを振り返らずに基地のなかに入っていった。彼はミサイル防衛施設のなかではとても尊敬されていると言ってジャックたちを安心させていた。一〇年近くもつづいたイラクとの戦争のせいで、イランは西からの侵略をふせぐのに対弾道ミサイル・システムの大部分を投入してきた。つまりテヘランを護《まも》るのに対空防衛力の大半を注いできたのである。東からの攻撃を予期する者は政府内にはほとんどいなかった。したがって東部方面の防衛は手薄だった。

ドヴジェンコはジャックに強くうながされて、テヘランのロシア大使館にいる直属の上司に電話し、レザ・カゼムが係わっていると思われる〝低軌道の人工衛星を破壊する陰謀〟を報告した。そして、こうつづけた。いままで報告が遅れてしまったのは、あらゆるところにスパイを有しているGRUの有力な将軍の調査対象になってしまい、そちらに接触するのが明らかに危険だったからだ。これまで通常のチャンネルを避けて行動したのも、そうしないとSVR——と自分の上司——の評判と名声がそこなわれかねなかったからである。だが、ここまで事が進んでしまった現在、問題のミサイルのありかを探すつもりだ。ただ、どういうわけか現場には、アメリカの〝資産《アセット》〟もいると思われる。

「上司はあなたの言ったことを信じたと思う？」ヤズダニが基地から出て戻ってくるのを三人で待つあいだに、イサベルが訊《き》いた。

ドヴジェンコは肩をすくめた。「と思うけどね。もし信じなければ、おれを殺すために、すぐにでもだれかを差し向けるだろう」

「そんなの、愚かな計画だわ」イサベルは言った。「あなたに殺されに来るようなものじゃない？」

ドヴジェンコは片手をイサベルの肩においた。「だから、おれの上司はそんなことはしない。心配ない。ほんとうだ」

「でも、わたしは心配だわ」イサベルは返した。

ヤズダニのコンパクト・セダンが角をまわって近づき、トヨタ・ハイラックスの横にとまった。それぞれの運転席側の窓が向かい合った。

ヤズダニはUSBメモリが隠されているミニ懐中電灯をドヴジェンコに手渡し、ロシア人はそれをシート越しにジャックに返した。

「システムにアップロードしました」

「何の問題もなし？」ジャックは訊いた。

「はい、なし」

ジャックはヤズダニから受け取った携帯を操作し、メアリ・パットのプリペイド携帯に電話した。

「さきほどピザのことで電話された方《パースン》ですか？」

相手をさす言葉が〝方《パースン》〟だったので「マルウェアはアップロードされた」というメッセージが伝わった。ちなみに〝レディー〟が使われた場合は「マルウェアはアップロードされなかった」という意味だと決められていた。

「では、息子を連れにいきます」ヤズダニは言った。「ですから、そちらも約束を守ってください」

「もちろんです」ライアンは応《こた》えた。「息子さんを連れにいってください。わたしはミサイル破壊の連絡を待たないと」

「そんなこと、聞いていません」ヤズダニは焦《あせ》った。「国境越えを手伝ってくれると言ったじゃないですか」

「ええ、もちろん手伝います」ジャックは言った。「連絡を受け次第」

「うまく行かなかったら、どうなるんですか?」ヤズダニは目をギラッと光らせた。

「そちらの航空機がターゲット破壊に失敗したら、息子に関する約束は守られない、というのですか?」

「いいえ、それはちがいます」ジャックは答えた。「ですが、計画が変更されます。そういう必要が生じたときには、イスラムカラの南でわたしの協力者《コンタクト》たちに会ってもらい、彼らの手を借りて息子さんといっしょに国境越えをしてもらいます」

ヤズダニはペルシャ語で何やら吐き捨てるように言うと、車を一気に加速させて姿を消した。

「彼、何て言ったの?」

「知らないほうがいいと思うけど」イサベルは答えた。「あなたのタマタマを熱い火でどうのこうのって言っていたようね」

「くそっ」ジャックは言った。「ちょっとひどいんじゃない？」

「レディーの言うことではないと思うけど」イサベルは返した。「告白するとね、あなたが電話してくるのを待っていた何年ものあいだ、わたしだって同じ言葉を心のなかで繰り返しつづけていたわ」


「ラプター、西進中です、大統領」統合参謀本部議長のポール大将は言った。「速度およそマッハ一・八、あと八分でターゲット上空に達します」

ボブ・バージェス国防長官が両手をにぎりしめ、その拳《こぶし》をテーブルの上においた。

「よほど悪いことが重ならないかぎり、わが国のステルス技術と〝資産《アセット》〟のマルウェアで、戦闘機は完全に見えなくなります」

「世界で最も進化した戦闘機二機を最も優秀なパイロット二人が操縦しているわけです」ポール大将があとを承《う》けた。

「9K333ヴェルバなど、ロシア製の携帯式防空ミサイル・システムは心配ないのですか？」メアリ・パット・フォーリ国家情報長官が訊いた。

「そういうものを使うには、まず、われわれが上空にいることを知らなければなりません」ポール大将は答えた。「正直なところ、F‐22を投入したのですから、マルウエアを使って敵のミサイル防衛レーダーを盲目にする必要さえなかったと、わたしは思います。大丈夫、問題ないでしょう」

統合参謀本部議長が補佐官にうなずいた。パイロットたちが使用する周波数の無線音声を聞けるようにしろと指示したのだ。ほんの短いあいだ雑音がして、シチュエーション・ルームのスピーカーからパイロットたちのやりとりがはっきりと聞こえるようになった。

《あと二〇マイル……》編隊長──コールサイン、強打1《ヘイメイカーワン》──が言った。《こちらの〝用意〟のかけ声後三〇秒で攻撃を開始する》

《了解した《ラジャー・ザット》》僚機のパイロットが応えた。《三〇秒》

《用意！》編隊長が言った。

《了解《ラジャー》》

ラプターのパイロットたちが爆弾投下の準備をしているあいだに、ポール大将が攻撃の詳細を次のように伝えた。イランにいる〝資産《アセット》〟──その正体は将軍には見当もつかない──がもたらしたロシア製ミサイルのＧＰＳ座標によって、高度三万五〇〇〇フィートから投下されるＪＤＡＭ統合直接攻撃弾はターゲットへと誘導される。ＣＥＰ（平均誤差半径）が五メートル以下という一〇〇〇ポンドのＪＤＡＭ四個が、一瞬でゴルゴン二基を破壊し、不運にも爆発半径（爆発被害を受ける距離）内にいた者たちをあの世に送りこむ。ラプター二機はターゲットにかなり近づけるので、搭載した高性能センサーおよびカメラで、安全な高度から攻撃のようすを動画撮影できる。それゆえ、ＢＤＡ（爆弾効果判定）をリアルタイムでおこなえ、それをしてから国境を越えてアフガニスタンへ退去する。

《強打１《ヘイメイカーワン》、爆弾投下》編隊長が言った。

《強打２《ヘイメイカーツー》、爆弾投下》

八〇秒が経過し、編隊長の声がふたたび聞こえた。

《二次爆発をひとつしか確認できない。繰り返す、二次爆発はひとつだけ。ターゲットに与えた損害は甚大《じんだい》だが、二基のミサイルのうち一基は別の場所にあるにちがいない》

ポール大将はライアンをじっと見つめた。大統領は上げた人差し指をクルクルまわして見せた。

「ただちに退去させろ」ライアンは言った。

63

アレックス・ハーディ士官候補生はアイダホ州立大学に通っていたものの、夢をあきらめきれず、二年後に海軍兵学校《アナポリス》への入学を認められた。したがってクラスの士官候補生の大半よりも二歳は年上だったが、車でホワイトハウスの通用口まで連れていかれ、セキュリティ・チェックを受けるよううながされたときは、スミソニアン博物館まで校外見学に来た小学生のように興奮してしまった。マーシュ特別警護官はホワイトハウスの北東ゲートのバリケードが下がるのを待った。警備にあたっていたシークレット・サーヴィス制服警護官は彼らが来ることを知らされていたので、マーシュがネックストラップで首にかけていた身分証カードを掲げて見せると、手を振ってクラウン・ヴィクトリアを通した。マーシュがヴァン・オーデンとハーディに渡した同様の身分証には、〝約束はあるが、付き添いが必要〟であることを示す〝赤いA〟マークがついていた。

マーシュはそのまま運転して正面玄関の前を通りすぎ、クラウン・ヴィクトリアを円形庭内路《ドライヴウェー》の西端にとめ、ヴァン・オーデンとハーディを案内して歩きはじめた。三人はかなり長い距離を歩き、ハーディが記者会見室ではないかと思った部屋にそって進んだ。外には警備の者の姿はまったくなかったが、建物のなかに入ると制服警護官が二人いて、ひとりは立っており、もうひとりは机についていた。机上には記帳用の帳面がひらいた状態で置かれていたが、マーシュが廊下の先を指さすと、机についていたアフリカ系アメリカ人の女性警護官はうなずき、手を振って三人を通した。

「やあ、コーディー」彼女は言った。「今日は忙しいわね」

「まったくねえ」マーシュは返した。

ハーディはホワイトハウスの写真を見たことがあったし、『ナショナル・トレジャー』や『ザ・ホワイトハウス』といったホワイトハウスが登場する映画やテレビドラマをたくさん見ていたが、実際に訪問してかなり驚いた。なかでもいちばん驚いたのは天井の低さだった。それに、スタッフから制服警護官まで、あらゆる者が厳かな口調で話す。博物館レベルの豪華な絨毯《じゅうたん》やアンティーク家具のおかげで厳粛な雰囲気がかもしだされていたが、映画では宮殿のように広々として見える空間は、現実にはずっと小さく、狭苦しい感じさえあった。壁にはハワード・ターブニング、アルバート・ビアスタット、フレデリック・レミントンの歴史画が飾られていた。ホワイトハウスを訪問する人々を描いたノーマン・ロックウェルのスケッチさえあった。だが、海軍兵学校《ザ・ヤード》に掛けられているのと同様の歴代の大統領、副大統領の公式肖像画はあったものの、現職の国家最高司令官その人のそれは一枚もなかった。

マーシュは廊下の突き当たりで左へまがり、多すぎる机でぎゅう詰めになったオフィスに入った。そこは大統領の秘書官たちの仕事場であり、続き部屋になっていて、大統領の身のまわりの世話をする男性もひとりいた。厳しい顔つきの婦人が、眼鏡の上から鋭い目でジロリと三人を見て、特別警護官にうなずいた。

「どうぞ、入って、コーディー」秘書官は言った。「大統領がお待ちです」

「ありがとうございます、ミズ・マーティン」マーシュは言い、ドアの前で足をとめてネクタイの曲がりを直してから、ヴァン・オーデンとハーディをオーヴァル・オフィスのなかへと導いた。

アメリカ合衆国大統領は、入ってきたヴァン・オーデンとハーディを見ると、暖炉のそばの椅子《いす》から立ち上がった。オーヴァル・オフィスもハーディが思っていたよりも小さかったが、あるていどの畏怖《いふ》を感じるほど大きくはあった。部屋のなかには大統領のほかに数人がいた。国防長官、国務長官、ＣＩＡ長官、統合参謀本部議長。それにハーディがだれだかわからない人物が二人。そのうちのひとりは、五〇代後半と思われる女性で、大統領にいちばん近い椅子に座っていた。

「ヴァン・オーデン教授」ライアンは挨拶《あいさつ》し、歩いて近づき、手を差し延べた。《こりゃすごい》とハーディは思った。《世界一の権力者が、われわれと握手をしようと向こうから近づいてきた》

「そしてハーディ士官候補生」ライアンは言った。「お二人とも、この大騒ぎはいったいどういうことなんだ、と思われているにちがいない」

「というわけで、お二人にはしばしわが〝専属専門家〟になっていただきたい」メアリ・パットが新しくやって来た者たちに素早く、簡潔に現在の状況を説明し終えると、ライアン大統領は言った。「もちろん第一に科学的なことに関する助言をお願いしたいのですが、お二人とも、自由に発言してほしい。科学的な事実を、はっきりこうこうだと、われわれにもわかるように説明していただくだけでなく、ご自分の意見も披露していただきたい」ライアンが吐いた息が、うめき声と溜息《ためいき》の中間のような音を立てた。「では、最初にうかがいたい。サハール・タブリジがもたらす脅威にはどれほどの真実味があるのでしょうか？　彼女の計算どおりになる可能性はどのくらいあるのでしょう？」

「もしイランが正しい人工衛星――タブリジ言うところの〈核心《クラックス》〉――を破壊できれば」ヴァン・オーデンは答えた。「カスケード効果――連鎖反応――が起こる可能性は高いです。彼女は優秀な物理学者ですからね。ケスラーの理論はもちろん、彼女のそれも、理にかなっています」

「ちょっとよろしいでしょうか、大統領」国防長官が発言の許可を求めた。

ライアンはうなずいた。

「タブリジの〈核心《クラックス》〉破壊によって生じるデブリは、どれほど早く、わが国の他の低軌道人工衛星に影響をおよぼすのでしょうか？」

ヴァン・オーデンはハーディのほうへ顔を向けた。

「父は警察官です」士官候補生は言った。それを聞いて、ライアンはハーディをいっそう好きになった。ライアンの父親も警察官だったのだ。「父が着用する防弾チョッキはケヴラー繊維製ですが、心臓と肺を護《まも》るスチール板もついていて、それは金属剥《はく》離《り》をふせぐ物質でコーティングされています。コーティングされていないスチール板だと、弾《は》丸があたった場合、その角度によっては金属剥離が生じるのです。スチール板から剝がれた破片は高速で飛び散り、父を殺傷します。その致死性は最初の弾丸のそれと同じくらい高くなります。ですから、ミサイルが人工衛星に斜めにあたっただけでも、莫大《ばくだい》な数のデブリが発生します。砂粒サイズのデブリが宇宙ステーションの窓にどれほどの損傷を与えうるかについては、みなさん、すでに写真をごらんになってわかっていると思います」

同席のだれもが重苦しい表情をしてうなずいた。

ヴァン・オーデンがあとを承《う》けた。「低軌道を周回する人工衛星の数は八〇〇ほどにものぼり、そのなかには衛星電話などのための通信衛星、ＩＳＲ――諜報《ちょうほう》、監視、偵察――衛星、国際宇宙ステーションといったものもあるわけです。一辺が数インチのキューブという小さなものから、重量が数トンにもなるバスほどもある大きなものまであります」教授はふたたびハーディのほうを向いて、説明をつづけるようなうながした。

「わが国は一〇センチ以上のデブリ――宇宙ごみと言ってもよいもの――を追跡・監視していまして、その数は八五〇〇個にもなります。中国は二〇〇七年に、ＫＫＶ――運動破壊飛翔体《キネティック・キル・ヴィークル》――を使って自国の気象観測衛星を破壊し、ゴルフボールよりも大きなデブリを二〇〇〇以上もつくりだしました。小さすぎて追跡できない二ミリ以上のデブリが一〇〇万以上もある、と推算している者もいます。比較のため申し上げますと、22口径の弾丸の大きさは五・五六ミリです。低軌道と言っても、宇宙空間ですから、かなり広いのですが、人工衛星一個を破壊するだけで、そこに壊滅的な被害がもたらされる確率は幾何級数的に高まります」ハーディは口を休め、ひと息入れてから、また話しだした。「連鎖的に人工衛星が破壊されれば、デブリの数はどんどん増えていき、そのひとつひとつが時速一万七五〇〇マイルで飛んでいるというわけですから、低軌道を非常に危険な環境にするリングができるのに、それほど多い日数はかかりません」

ヴァン・オーデンは同意してうなずいた。「それだけではありません。そうしたデブリの軌道がブレはじめると、別の困ったことが起きるのです。多くは大気圏への再突入で燃え尽きてしまうのですが、地上へ——われわれの上へと——落下するものもかなりの数にのぼります」

メアリ・パット・フォーリ国家情報長官が万年筆を上げた。「再突入でデブリの多くが燃え尽きるというのなら、核爆発でも同じことが起こるんじゃないかしら？」

「ですから、デブリをたくさんつくるというのが彼らの目的なら、体当たりによる破壊のほうがいいのです」

バージェス国防長官がふたたび口をひらいた。「すると、彼らはミサイルの誘導システムが欲しかったということになりますね。弾頭をはずすのは難しいことではないし、PAL《パル》を使えば、ターゲットに向けてまっすぐミサイルを発射したあとだって、弾頭の爆発を不能にすることができる」

PAL（核爆発許可リンク《パーミッシヴ・アクション》）は、正式に許可されていない核爆発をふせぐためのセキュリティ・システムである。ある核兵器専門家によると「PALを回避して核爆弾を不正に爆発させるのは、肛門《こうもん》から扁桃《へんとう》摘出術をするのと同じくらい複雑で難しい」という。

「では、その体当たりによる破壊に対して、われわれはどうすればいいんです？」アーニー・ヴァン・ダム大統領首席補佐官が訊《き》いた。

ハーディは神妙な顔でうなずいた。「それについては友人たちと徹底的に検討したことがあります。人工衛星を動かす方法がいくつかあります。たとえば、衛星のなかには太陽電池パネルを備えているものがあります。それを展開させることができれば、太陽輻射圧《ふくしゃあつ》で衛星を――風を受けた凧《たこ》のように――動かすことも可能です」

「それでは遅すぎる」ヴァン・オーデンは言った。「誘導システムを備えたミサイルならターゲットを捉《とら》えなおすだけでいい。それくらい、どんな誘導システムにもできる」

「そうなんです」ハーディは認めた。

「移動させる装置はついていないの?」メアリ・パットが訊いた。

「ものによってはついています」ハーディは答えた。「軌道を維持するためにスラスターと呼ばれるロケットエンジンを定期的に噴射する衛星は多いです。スラスターを噴射させて一時的に高めの軌道をとらせることは可能です」

「一時的に?」ヴァン・ダムが訊いた。

ハーディはうなずいた。「はい、そうです、サー」

ヴァン・オーデンとハーディが二人だけで話しはじめ、数字や推測を飛びかわせた。ライアンが割りこんだ。「それで、ミサイルを避けることはできるのかね?」

「できます、大統領」ヴァン・オーデンが答えた。彼は頭のなかで計算しつつ、軌道減衰やエネルギーについてぼそぼそ口に出して考えだしたが、ライアンには円周率《パイ》や活力《ウィス・ウィウァ》に関する奇妙な呪文《じゅもん》としか思えなかった。最後にヴァン・オーデンは弟子を見やった。「〇・五度の飛行経路変化……」

ハーディ士官候補生も同じ計算を頭のなかでやっていたところで、教授の思考をまとめた。「……ということは、何もしなかった場合の位置から数十メートル移動できる」

「それはつまり」ライアンは言った。「ブレーキを不意にかけて、ミサイルをすれすれに飛び去らせる、ということかね？」

「えっ？」ヴァン・オーデンは映画『トップガン』の台詞《せりふ》の真似《まね》であることに気づかなかった。

ハーディはうなずいた。「はい、だいたいそういうことです、大統領。ターゲットを捉えなおす間を与えなければ、ミサイルはそのまま飛翔《ひしょう》しつづけ、結局、地球へと落下していきます」

「オーケー」大統領は言った。「核爆発であろうと体当たりであろうと、われわれにはまだ大問題がひとつ残っている。それを解こう」

「どういうことでしょう？」ヴァン・オーデンは訊いた。

「〈核心《クラクス》〉」ライアンは答えた。「タブリジ博士が論文のなかで言及している〝破壊すべき人工衛星〟。それがどれなのか見つけなければ、移動させることもできない」

ヴァン・オーデンとハーディは互いに顔を見合わせ、次いで大統領を見つめた。

教授が先に答えた。「問題の連鎖反応を起こせるものは五つあると、われわれは考えています」

ハーディが付け足した。「九つかもしれません。われわれがそうであろうと推断したものだけで」

64

ドヴジェンコがアクバルこども病院近くの駐車場にトヨタ・ハイラックスを乗り入れると、アタシュ・ヤズダニは文字どおり小躍りして喜んだ。そばに立つ息子のイブラヒムは小さく、やつれて見えた。片腕で少年の肩を抱いたまま、イラン人は身をかがめ、トヨタの窓から車内に顔を突っ込んだ。彼は歯を見せて微笑《ほほえ》んだ。ジャック・ジュニアたちに初めて見せる笑顔だった。

「市街地の西にあるミサイル実験場が攻撃を受けました」ヤズダニは言った。「あなたがたの計画が成功したのです。ミサイルは破壊されました。これで、約束どおり息子を脱出させてもらえますよね?」

だが、ピックアップ・トラック車内の沈んだ雰囲気に気づき、がっかりして顔を曇らせた。「何かあったのですか?」頭に手をやり、天をあおいだ。「また遅れるなんて言わないでくださいよ」

「すまない」ジャックは言った。「破壊されたミサイルは一基だけなんです。もう一基、どこかに残っています」

「もうそんなこと、どうだっていい」ヤズダニは泣きだしそうだった。「わたしは言われたとおりのことをした。もうこれ以上何もできない」息子のほうを向いた。「イブラヒム、この車に乗りなさい。この人たちがわたしたちを連れていってくれ、おまえに薬をくれる」

「もちろん、われわれはそうします」ジャックは返した。「約束します――」

「そんな約束、信じていたら、わたしたち二人は殺されてしまう！」

イブラヒムが咳《せ》きこみはじめ、顔を真っ赤にした。ヤズダニが息子の背中を軽くたたき、咳はなんとかおさまった。

「かならず脱出させます」ジャックは食い下がった。「でも、もう一基のミサイルを見つけないと」

ヤズダニはジャックをにらみつけた。だが、すぐに両手をほうり投げるようにして上げた。「ミサイル実験場の一〇キロほど南に洞窟《どうくつ》がいくつかあります。輸送起立発射機の一台がそこへ運ばれた可能性があります」

ドヴジェンコはヤズダニに地図を渡した。「これで場所を教えてください」

ヤズダニはマシュハドの西の一点を指さした。ノゴンダール村の先の道路から延びる細い山羊道《やぎみち》を進んだところ。技師はペンをとりだし、その地点にXを書き入れた。「ここに洞窟があります。それはミサイルを格納できるほど大きいですが、そこにミサイルがほんとうにあるのかどうかはわかりません」

「ともかく確認しないと」ジャックは紙切れに指示を走り書きした。「タイバドという町はアフガニスタンとの国境からわずか数キロのところにあります。そこへ息子さんを連れていき、待っていてください。四時間たってもわれわれから連絡がない場合は、この番号に電話してください」

「選択の余地はないようですね」ヤズダニは言った。

ライアンは肩をすくめた。「われわれも同じです」

マシュハドにあった軍用車と警察車両のほぼすべてが爆発現場へ急行しているようだった。ドヴジェンコが運転するトヨタ・ハイラックスもその車の流れのなかに入りこみ、いっしょに猛スピードで西へ向かった。その間、イサベルがラジオ放送を通訳した。

イスラエルがミサイルを何発もイランに撃ちこんで、学校が破壊され、無辜《むこ》の子供たちが数百人も殺された、というのが政府の公式見解だった。二次爆発があったとの報道もあったが、それについては公式発表ではふれられていなかった。メディアは政府の方針にしたがうことに慣れてしまっていて、どんなことに関しても事実をきちんと報道しようとする気はまったくない。

「そこを曲がって」ナヴィゲーター役をしていたジャックが運転席のドヴジェンコに言った。

トヨタ・ハイラックスは車列から離れて、南へ向かう細い道へ折れた。まもなく樹木におおわれた谷間へと入りこみ、そのときにはもう目的地は近く、遠くに光点がいくつか見えた。さらに一マイル進んだところで、ドヴジェンコはスピードをゆるめ、ヘッドライトを消した。ピックアップ・トラックは駐車灯だけで走りつづけた。そのままヤズダニのXに向かって走っていくと、遠くに見えていた光点がどんどん明るくなってきて、工事現場用のライトだとわかり、三人は嬉《うれ》しくなった。

「よくやった、アタシュ！」ジャックはヤズダニに感謝し、窓ガラスを下げて谷間の涼しい空気を車内にとりこんだ。「あれ、この音、聞こえる？」

「えっ？」イサベルが声をあげた。「道にそって流れる小川の音だわ」

「いや、発電機の音だ」ドヴジェンコは言った。「もうすこし進んだら、歩きに切り替えたほうがいい」

ジャックはAK‐47カラシニコフ自動小銃をチェックし、弾薬を装弾数三〇発の弾倉《マガジン》三個だけにすることにした。九〇発あれば充分だろう――撃たれる前にぜんぶ撃ち尽くせるかどうか？

ドヴジェンコは林のなかに車をとめた。三人はそれぞれ自動小銃をスリングで肩から吊《つ》るし、車から降りてドアをそっと閉めた。もの音をいっさい立てずに接近しなければならない。四つん這《ば》いになって前進し、林の縁に達した。その向こうには空き地がある。

エンジン音を発する発電機を電源とする工事現場用の剝《む》き出しのライトが、空き地をまるで舞台のように明るく照らしていた。光の向こうには岩山があった。三人は砂利敷きの道を歩きはじめた。その道は岩山の側面にあいた黒い穴――洞窟――のなかへと延びていたが、途中で西へ分かれる道もあって、そちらのほうは涸《ワ》れ川《ジ》へ下ったあと、岩山の隣の小山の上までのぼっていた。洞窟の右側には低い石の建物があって、そのなかからも光がこぼれている。

外に立つ警備要員が三人いた。みな制服を着ていて、ひとりは建物のそばに、残りの二人は洞窟の入口に近いところを照らす光の縁に立っていた。

「嫌な感じ」イサベルが言った。「これではなかに何人いるかわからないわ」

「そうだな」ドヴジェンコが言った。「しばらく様子を見るべき——」ジャックがロシア人の腕に手をおき、注意をうながした。「あれを見て」声を押し殺して言った。

イサベルがあえぐような声を出した。「レザ・カゼム」

「それに、タブリジ」ジャックは言った。

二人がいっしょに洞窟から出てきたのだ。タブリジはクリップボードを持ち、カゼムは肩かけ鞄《かばん》を背負っている。二人は石の建物まで歩き、なかに入った。

「断定はできないけど」イサベルは言った。「あのなかにいるのはアヤトラ・ゴルバニだと思う。しかも、手と足を縛られている」

「ゴルバニは陰謀には加担していないということだな」ドヴジェンコは言った。

「まあ、そのすべてには」ジャックは返した。ある計画がすでに頭のなかで組み上がりはじめていた。

イサベルがジャックの顔を見て言った。「えっ？　何？　その表情、見憶《みおぼ》えある」

ジャックは衛星携帯電話をポケットからとりだし、アンテナを立てた。電波を受信できたので、ほっとした。「まずは大事なことから。ふたたび攻撃を求めないと」

「いや、それはだめだ」ドヴジェンコが反対した。「おれたちは近すぎる。爆弾を落とされたら、みな死んでしまう」

ジャックは首を振った。「おれだって自殺なんてしたくない。ミサイルがここにあることを確認できたら即、急いであの道を戻るんだ」

時間がなく、直接電話するしかなかった。そこでジャックはメアリ・パットのプリペイド携帯の番号を打ちこんだ。それは、セキュリティ強化を目的に、こうしたやりとりのために特別に準備されたものだった。メアリ・パットはすぐに応《こた》えた。そして、状況を伝えられるや、その携帯をジャックの父親に手渡した。ジャックは父の声を聞いて嬉しかったが、ロシア人の前で〝ダッド〟と呼びかけるのは控えた。ジャックは大統領である父親に自分の計画を話してから、その借りものの衛星携帯電話が表示しているGPS座標を読みあげた。「これから前進して、すこし偵察します」ジャックは言った。「一〇分後にまた電話し、状況報告をします。一五分たってもこちらから連絡がない場合は、計画を進め、攻撃を実行してください」

ジャックは父親が言葉に詰まる気配を感じとったので、慌《あわ》てて言い添えた。「大丈夫、かならず電話します。約束します」

ジャックが電話を終え、アンテナをたたみこんだとき、カゼムとタブリジが石の建物から出てきた。二人のうしろから、両手を前で縛られた男がひとりついてきた。長くて白い顎鬚《あごひげ》をたくわえ、聖職者の衣服でターバンを巻いている。イサベルの言ったとおりだった。男はアヤトラ・ゴルバニだった。

カゼムは洞窟に戻ろうとも、空き地にとめられている輸送起立発射機（ミサイル輸送・発射用超大型トラック）を運転しようともせず、ライトが取り付けられている木の下に置かれた木製のテーブルへと高位聖職者を押しやった。ゴルバニがカゼムをののしったが、発電機が立てる音のせいで、何を言ったのかはジャックたちには聞き取れなかった。ともかく、カゼムもタブリジもゴルバニを完全に無視していた。カゼムが革のケースをテーブルの上に置き、蓋《ふた》をあけた。なかに入っていたものがミサイル発射制御装置であることは、ジャックにもドヴジェンコにもイサベルにもわかった。

「何をしようというのかしら？」イサベルが首をひねった。「洞窟のなかからミサイルを発射するなんてできない」

タブリジは掌《てのひら》に載せたスマートフォンの画面をじっと見つめている。彼女は何も持っていないほうの手を上げ、しばらくそのままにしていたが、不意にスマートフォンの画面から目を離さずに手を勢いよく下ろした。

ジャックは隣の小山の上までのぼる道を見やり、何が起ころうとしているのかにようやく気づいた。だが、遅すぎた。ジャックは小銃を上げ、発砲し、レザ・カゼムを撃ち殺したが、一瞬遅く、カゼムはコードを発射制御装置に入力し終わっていた。

小山の向こうの隣の谷間がピカッと輝いたかと思うと、そこから熱い強烈な光が噴き上がった。ロシア製の51Ｔ６弾道弾迎撃ミサイル——ゴルゴン——が、オレンジ色と黒色の煙の花を咲かせながら、凄《すさ》まじいスピードで夜空に向かって上昇していった。

警備要員たちは銃声とミサイル発射にギョッとして慌てたが、すぐに我に返り、反撃を開始した。ドヴジェンコとイサベルが応戦しているあいだに、ジャックは身を回転させて仰向けになり、ポケットから携帯を引っぱり出した。彼はミサイルが発射された瞬間、頭のなかで秒のカウントを開始し、いま携帯を使って、そのカウントのタイミングの正しさを確認し、現在の時刻から発射時間を算定した。

そして、ふたたび体を回転させてもとの姿勢に戻り、銃撃に参加して、洞窟の入口の近くにいた警備要員ひとりを射殺した。頭上を飛び去った弾丸が木を裂き、岩に弾《はじ》かれる音が聞こえた。警備要員が落とした小銃を拾い上げたタブリジをドヴジェンコが撃ち斃《たお》した。洞窟の入口のそばにいたもうひとりの警備要員はすでに死んでいる。残りの三人目も、数秒後にイサベルが撃った銃弾を受けて倒れこんだ。だらだら長引く銃撃戦などめったにないことをジャックはもうずっと前に学んでいた。今回の銃撃戦もあっというまに終わってしまった。訓練も受けずに警備要員にされてここを護《まも》らされていた者たちは不運としか言いようがなかった。ふたたび発電機の音しかしなくなった谷間に、ミサイルが噴出した超微粉末金属燃焼の臭《にお》いが満ちた。アヤトラ・ゴルバニが工事現場用の強いライトの下にひとりきりで立っていた。しきりに目を瞬《しばたた》かせている。

洞窟から戦闘員が走り出てくることはまったくなかったが、念のためドヴジェンコは洞窟のほうを向いたまま横移動し、アヤトラ・ゴルバニに自分のほうへ歩いてくるよう命じた。

ジャックは林の縁にそって逆方向へ移動しつつ、ポケットからふたたび衛星携帯電話をとりだした。ゴルバニに自分がここにいたことを知られないほうがいい。

ジャックが電話すると、メアリ・パットが即座に応えた。

「ミサイルが発射されてしまいました。イラン時間の午前零時六分三二秒に」ジャックは言った。「発射を阻止できませんでした」

65

「ヴァン・オーデン博士」メアリ・パット・フォーリ国家情報長官は言った。顔面蒼《そう》白《はく》で、手にしていた携帯電話をわきへ落としてしまった。「ロシアの51T6が上空を通過する人工衛星に到達するのに要する時間は？」

「三分ちょっとです」ヴァン・オーデンは答えた。

「大統領」メアリ・パットは焦《あせ》った。「発射からすでに五四秒が経過し、時間はさらにどんどんなくなっていきます」

統合参謀本部議長のポール大将は、こうした事態におちいることを予測して、コロラドスプリングス近郊にあるAFSCN（空軍人工衛星コントロール・ネットワーク《エアフォース・サテライト》）との通信回線をすでに確保し、いつでも命令を通達できる状態にしていた。

「ターゲットを特定できないのなら、わが国の衛星の一部かぜんぶを動かしてしまえばいいんじゃないのかね？」ライアンは頭に浮かんだことをそのまま口に出した。

「一部かぜんぶを移動することは可能ですが、大統領」ヴァン・オーデンが答えた。

「そうした金属製の物体をいちどに動かすのは危険です。そもそも互いに衝突させないための計算をするのに時間がかかりますし、関係ないものを最初に動かしてしまう恐れもあります」

「オーケー、ジェントルメン」ライアンは言った。「では、九〇秒ほどのあいだに問題の人工衛星を特定してもらうしかありませんな」

ハーディは会議用テーブルにつき、知る特別な理由がある者以外知りえない衛星情報にアクセスできるラップトップ・コンピューターにおおいかぶさるようにしていた。はるか上の地位にある男女の高官たちに囲まれていたが、声は穏やかで口調は淡々としていた。「実はミサイル発射が衛星の特定に役立ちます」ハーディは言った。「このロシア製ミサイル51T6の速度は時速五三二八マイルで、衛星の地球周回速度は時速一万七五〇〇マイルです。そして51T6の最高高度は五〇〇マイル。たとえ新しい派生型で、それに一〇〇マイルほど上乗せしなければならないとしても……体当たりによる破壊を成功させるには——」ハーディは指でテーブルを小刻みにたたきはじめた。「ミサイルは発射時から八四〇マイル飛翔《ひしょう》しなければなりません。それでターゲットに到達できるというわけですから……」士官候補生はコンピューター画面を精査した。

「体当たりできるターゲットというと、五つの衛星しかありません」

「さあ、もう時間がない」ライアンが急がせた。

「中国のものが二つ、ロシアのものがひとつ、タイのものがひとつ——それらはみな大きさが充分ではありません。だが、これ——今日初めてその存在を知ったISR衛星——は充分に大きい」ハーディは顔を上げ、コンピューター画面を統合参謀本部議長のほうへ向けた。「これです、ポール大将。これにちがいありません」ISRは諜《ちょう》報《ほう》、監視、偵察を意味する頭字語。

「よし、そいつを移動させよう」ライアンは言った。

統合参謀本部議長はそのメッセージをAFSCNに伝えた。イラン時間の午前零時九分一二秒、ミサイル発射の二分四〇秒後のことだった。

「結果はそれほど待たずにわかりますな」ヴァン・ダム大統領首席補佐官がわかり切っていることを口にした。

ハーディ士官候補生はラップトップを、次いで目を閉じた。唇がほんのすこし動いていた。かすかな声で祈っているのだ。ヴァン・オーデンが父親のようにポンと彼の肩をたたいた。みな押し黙り、話そうとする者はひとりもいなかった。ほとんどの者が息をとめていた。ライアンを含めた同席者全員がそれぞれ祈りの言葉をぼそぼそつぶやいた。結局、だれもがポール大将のほうへと目を向けた。五四秒後、大将は上体をうしろへ倒して椅子《いす》の背にグッとあずけ、親指を立てた。

「うまく行ったようです、大統領」ポール大将は言った。「AFSCNがイランから発射された正体不明のミサイルを追跡し、それがわが国のISR衛星の四分の一マイル以内にまで接近して通過したことを確認しました。衛星が発する信号をいまもしっかり受信できています」

ライアンは立ち上がり、シチュエーション・ルームにいた同席者全員にも立つようにうながした。「ハーディ士官候補生」大統領は言った。「ヴァン・オーデン博士。これほどの興奮のあとでは、いささか興ざめかもしれないが、わたしの家でディナーというのはどうかね?」にやっと笑った。「わが家はここからそう遠くない」

66

二日後、ミッシェル・チャドウィック上院議員は自宅のキッチンでバターピーカン・アイスクリームを二つのボウルに入れていた。淡黄褐色のネグリジェにふわふわのスリッパという格好だった。

「朕は国家なり《レタ・セ・モア》」チャドウィックは独りごち、ついたままのアイスクリームをなめてからスクープを流しのなかに落とした。「いいえ、ジャック・ライアン、あなたは国家ではない」

大統領との喧嘩《けんか》はどう見ても分がよくて、チャドウィックはいい気分だった。たしかにライアンはイェルミロフをなんとか説得し、ロシア軍部隊をウクライナとの国境から引き上げさせることに成功した。だが、国民はまだライアンを信用していない。あの男を取り巻くアホなごますり野郎たちは、彼はだれよりもはるかに賢いと思いこんでいるが、そんなことは絶対にない。ライアン自身も、自分はだれよりも優秀で、誠実であり、腐敗しにくく、ふつうの人間が抗しきれない誘惑にも負けない、と信じきっている。ジャック・ライアンの好きなところなんて、ミッシェル・チャドウィックはひとつも思い浮かばない。嫌いなところは、それこそ一〇〇万はある。

「ねえ、ちょっと！」寝室にいたコリー・ファイトが大声をあげた。

「そう焦《あせ》らないの」チャドウィックは叫び返した。「いまアイスクリームを持ってそっちへ行くから」

「アイスクリームなんてどうだっていい」ファイトは返した。「これ、見たいと思うよ」

「何なのよ？」チャドウィックはすぐに寝室に戻って、ベッド上の若い愛人のそばにドスンと座り、バターピーカン・アイスクリームの量が少ないほうのボウルを彼に手渡した。

　顔を上げてテレビを見たとき、彼女はスプーンの先を食いちぎりそうになった。

　すると、ジャック・ライアンが「〝わが国最高の法廷〟で言い分を述べて決着をつけるという手しかない」と言ったとき、その〝わが国最高の法廷〟は最高裁のことではなかったのだ。あのクソ野郎は「アメリカ国民に直接訴えて裁定をあおぐ」という意味でそう言ったのだ。

《……嘘《うそ》というのはとても危険なものです。嘘をつくのも、ソーシャルメディアで果

てしなく繰り返されるその嘘を信じるのも、きわめて危険なことなのです》

ライアンはオーヴァル・オフィスの執務机について国民に訴えていた。

《わが国も、いくつかの国々がやって来たように、言論の自由を抑圧し、批判や風刺のふりをする扇情主義を刑法によって禁じるべきなのでしょうか？　議会は、嘘を広めた者に高額な罰金、いや懲役さえ科す法律を制定するべきなのでしょうか？　ウインクやうなずきとともに戯《たわむ》れに嘘をついた者まで厳罰に処すべきなのでしょうか？　多くの嘘が生身の人間を傷つけていることは間違いありません。人々が実際に傷ついているというのなら、政府は介入しないでいいのでしょうか？

しかし、アメリカ国民のみなさん、あなたがたは……わたしたちは嘘に操られるほど愚かではありません。わたしたちが嘘にだまされたままでいるわけがありません》

テレビ画面が二つに分かれ、そのどちらにも執務机について同じスピーチをするライアンの姿が映し出された。だが、ライアンのスーツは一方ではチャコールグレーなのに、もう一方では黒だった。画面はさらに分かれて四つになり、次いで六つになった。相変わらずライアンは同じスピーチをしているが、スーツはみなちがい、場所もちがっている。そうした六つの映像のひとつは、昨年ライアンがウェスト・ポイントの陸軍士官学校の卒業式でしたスピーチの動画を巧妙に加工・処理して創《つく》りあげたものだった。

《残念ながら》六人のジャック・ライアン全員が声をそろえて言った。《最新テクノロジーを活用すれば、いとも簡単に人々をだませるのです》

「クソ野郎」チャドウィックは思わず声を洩《も》らした。

ファイトは上院議員の膝《ひざ》に手を置いた。「どう思う？　彼は——」

「うるさい！」チャドウィックは若い愛人の手を押し払った。「黙れ！」

オーヴァル・オフィスで、本物のライアン大統領が背後の映像合成用グリーン・スクリーンから離れて、執務机のはしに座った。すると、そのスクリーンに、さまざまな場所でちがうスーツを着てスピーチをしていたライアンの姿が五つ映し出され、そのすべてがフリーズしてしまった。だが、本物のライアンはテレビ演説を途切らせることなくつづけた。こうやって加工・処理された動画を実際に国民に見せたほうが、どんな説明よりもはるかによかった。

《真実か嘘かの判定は政府の者がつねにやれるとはかぎりません。結局、真贋《しんがん》の判定は個々人が責任をもってやらなければならないのです。いまはデジタル加工・処理とAIの時代であり、声も近親者さえ本人だと信じてしまうほど似せることができます。

わたしたちを攻撃するためにそうした技術を利用する輩《やから》があまりにも多すぎます。そうやってアメリカを攻撃する国はずいぶんありますし、国内にも同様のことをする人々がたくさんいます。彼らの第一の目的は、ジョークや悪戯《いたずら》ではなく、わたしたちをおとしめ、破滅させることです。わたしたちはだまされるままになっているわけにはいきません。しっかり勉強して知識を集め、慌《あわ》てて性急な判断を下すことなく、自分たちで検討し、充分な情報に基づく判断をしなければなりません。いまわたしは、あなたたちだけに向けて話しているのではありません。わたしは自分にもそう言い聞かせているのです。わたしたちはともに力を合わせ、用心怠りなく……》

ライアンがテレビ演説を終えると、オーヴァル・オフィスの外の、ルーズヴェルト・ルームにも隣接する廊下で、シークレット・サーヴィス特別警護官のマーシュが、ゲアリー・モンゴメリー大統領警護課長に身を寄せて言った。

「POTUS《ポータス》は実際にご自分が標的にされた加工動画——〝取り巻きのためのインフルエンザ・ワクチンの確保〟や〝カメルーンのクーデター支援〟を表明したという動画——についてはまったくふれられませんでしたね。ロシアのインターネットボットについてもひとことも言われなかった」POTUS《ポータス》はアメリカ合衆国大統領《プレジデント・オブ・ジ・ユナイティッド・ステイツ》。

モンゴメリーはにやっと笑った。「大統領が言われたとおり、アメリカ人は嘘に操られるほど愚かではないんだよ」だがすぐに、眉間《みけん》に皺《しわ》を寄せ、唇をすぼめて、言い添えた。「まあ、大部分のアメリカ人はね……」

最初に死体に気づいたのは、ソフィスカヤ川岸通り《ナービリジナヤ》で釣りをしていた二人の高齢男性だった。そのうちのひとりが元国家機関員《アパラトチック》で、老いてはいたものの、現政権の実情にあるていど通じていた。死体はすでに飢えた魚に食われはじめていて唇がなかったが、それがイエルミロフ大統領の補佐官であるマクシム・ドゥドコの遺体であることは一目でわかった。

「モスクワ川の魚の餌《えさ》になるなんて、いったい何をしたんだ、同志?」高齢の男は独りごちた。そんなこと、知らずにいたほうがいい、と彼は思い、杖《つえ》を使って膨らんだ死体を押しやり、渦巻く流れのなかへ戻した。

ジャック・ライアン・ジュニア、エリク・ドヴジェンコ、そしてイサベル・カシャニは、アタシュ・ヤズダニとその息子とともに、イランへ入ったときと同じ密輸業者のルートを逆にたどって国境を越え、無事アフガニスタンに入った。なおも熱く強く吹きつづけていた『一二〇日風』のおかげで、監視する国境警備隊に見つけられずにすんだ。

ヘラートを抜ける旅で起こったことと、そこで生涯の敵をつくってしまった可能性があることを考えて、ジャックは旅客機で一気にドバイまで飛ぶ道を選んだ。アラブ首長国連邦にもロシアやイランのスパイや工作員はたくさんいるが、そこではアメリカの情報機関コミュニティの力も強く、身を隠せる場所もアフガニスタン西部よりは多い。

正看護師でもある二人のCIA工作担当官《ケース・オフィサー》が、ヤズダニ父子《おやこ》を預かった。公法・第一一〇条によって、父親にも息子にも新しい名前と居住場所が与えられることになった。イブラヒムの嚢胞性《のうほうせい》線維症の治療は、肺疾患の専門医に診てもらえるようになり次第、開始される。父親のアタシュ・ヤズダニのほうは、最終的には新しい仕事を見つける手助けをしてもらえるが、イランのミサイル部隊の技師だったため、有用な情報をたくさん持っているはずであり、アメリカのいくつかの情報組織の担当官から数カ月にわたる徹底的な事情聴取を受けなければならない。

今回のこと全体に対するジャックの立場はなお微妙なものだったので、前にジャックと仕事をしたことがあるアダム・ヤオCIA工作担当官《ケース・オフィサー》が呼ばれ、最初にエリク・ドヴジェンコの事情聴取をすることになった。そして、ドヴジェンコの協力しようという気持ちが本物であるとの感触をヤオが得られたら、ロシア人はどきどき《フラッター》（嘘発見器《ポリグラフ》）にかけられ、それで問題がなければ、二重スパイＧＰ／ＶＩＣＡＲ《ヴィカー》として迎え入れられることになる。

ロシアが核ミサイルをイランに渡したというのがそもそもの始まりだったのだが、〈ザ・キャンパス〉とアメリカが得た情報では、ドヴジェンコはそのことを知らず、彼がはっきり把握していたのはレザ・カゼムがアメリカの人工衛星を撃ち落とす陰謀をくわだてたということくらいだった。アヤトラ・ゴルバニが、アロフ将軍を殺害した頭のいかれた反体制活動家に拘束されたがロシア人の勇敢な行動によって救われたという話をして、ドヴジェンコの報告を補強してくれた。ドヴジェンコは、要領はそれほどよくなかったものの、やるべきことをやった勇敢なＳＶＲ要員と評価された。他の反体制活動家を追ってアフガニスタンに入ったが、そいつらはタリバンの者たちのなかに紛れこんで姿を消してしまった、という説明も受け入れられた。そして結局、ドヴジェンコはテヘランのロシア大使館にまっすぐ戻るのではなく、イサベル・カシヤニという新たな友人とともに飛行機でモスクワへ帰ることになった。

ＳＶＲの上層部に事の次第を詳しく報告する八時間前に、ドヴジェンコはジャック、イサベルとともにドバイに着いた。そして三人は、長いＳＤＲ（尾行や監視の発見・回避のための遠回り）をしたあと、クラウン・プラザ・ドバイのスイートルームでアダム・ヤオに会った。ＣＩＡ工作担当官《ケース・オフィサー》は部屋の隅に立ってドヴジェンコと雑談をしながら、戦闘力があることだけは証明済みの新スパイを観察した。

ジャックとイサベルはドアのそばの壁のくぼみ《アルコーヴ》の前に立っていた。そこにいれば、ドヴジェンコとヤオの会話を聞き取ることはまずできない。

イサベルはヘッドスカーフに上っ張り《スモック》という格好からジーンズに青いシルクのブラウスという服装に着替えていた。ブラウスの青のせいで彼女の黄褐色《オリーヴ》の肌がこのうえなくきれいに見える。

イサベルは白いテニスシューズの爪先《つまさき》でタイル敷きの床をこすった。「どう、大丈夫？」

ジャックはうなずいた。嘘ではなかったが、やはり気分はすこし落ちこんでいた。

「わたし、あなたにずいぶんきつく当たっちゃって……」イサベルは言った。

「で、きみはロシアで働くんだね」ジャックは話題を変えようとした。

イサベルはうなずいた。「しばらくのあいだ。自分の知識や技術を生かせるから」

「ドヴジェンコはいいやつだ」ジャックは言った。「勇敢だし、信頼できる」

「そうね」イサベルは顔を上げた。「でも、わたしたちはべつに……」

「わかっている」ジャックは応《こた》えた。「おれはただ、いいやつだと言っただけ。でも、もしかしてきみたちが……そのう……どうにかなっても……それはそれでいい」

「あのね」イサベルは言った。「サマルカンドのビービー・ハーヌム・モスクの物語、知っている？」

ジャックは笑いを洩らした。「恥ずかしながら知らない」

「こういう話――」イサベルは語った。「ティムールが愛妻ビービー・ハーヌムのためにモスクを建てることを思いつき、ペルシャ人建築家を雇って、その設計と建造を任せた。この建築家とビービー・ハーヌムは深く愛し合うようになり、ペルシャ人がキスをすると、彼女の頰が焦《こ》げ、そこに彼の唇のあとが残ってしまった」

ジャックは片眉《かたまゆ》を上げた。「ふーん」

「だから、わたしが言いたいのはね、ジャック」イサベルは慌てて片手を腿《もも》の前で振って見せた。「あなたをその場で焼き殺してしまうような女を捜してはだめ、ということ。軽いキスであなたの頰を焦がせる女性を見つけなさい、ということ」

ジャックが言葉を返す前に、ドヴジェンコが歩いてきた。

「お邪魔だったかな？」ロシア人は親指を肩越しにグイとうしろへ向けた。「おれの工作担当官《ケース・オフィサー》が電話を何本かしなければならなくなって……」

「邪魔だなんて、ぜんぜん」ジャックは答えた。「もう外へ行こうと思っていたところだ。おれたちがいっしょにいるところを目にする者が少なければ少ないほどいい」

「たしかに」ドヴジェンコは応えた。

イサベルが顔を寄せてジャックの頰にキスをした。そして軽く肩をすくめて見せた。

「ほら」彼女は言った。「焦げたあとはないわよ、マイ・フレンド」

ドヴジェンコは横目でチラッとイサベルを見た。「えっ、どういうことだい？」

「単なるジョーク」

「光栄だった、いっしょに活動できて」ジャックは言った。

「それはおれの台詞《せりふ》だ」ドヴジェンコは返した。「二週間前は互いに殺し合おうとしていたかもしれないのに、いまや……」

「ほんとうに大丈夫なの？」ジャックは尋ねた。「SVRの防諜《ぼうちょう》部門は、あなたが飛行機から降りた瞬間から足をすくおうと懸命になるはずだからね」

ドヴジェンコは素早く左右に目をやってから、ジャックに身を寄せて秘密をひとつ洩らした。「これはたぶん工作担当官《ケース・オフィサー》には内緒にしておかなければいけないことなんだろうけど、おれが母親から教えられたなかに役立つことがひとつあるとすれば、それは嘘発見器《ポリグラフ》に勝つ方法だ」

ドヴジェンコはにっこり微笑《ほほえ》み、ジャックの手をにぎった。そしてジャックを引き寄せ、兄弟同士のようにしっかりハグし、肩をポンポンたたいた。「またそのうち、どこかで会えるといいね、マイ・フレンド」

「うん、ほんとうにね」ジャックは言った。「でも、モスクワに戻る前に、念のため、ほんとうに大丈夫なのかアメリカのチャンネルを通してチェックしてもらったほうがいいかもしれない。帰るのは安全ではないかもしれないから」

「おお、ジャック・ライアン・ジュニア」ドヴジェンコは苦笑した。「きみはおれよりわかっているはずだぞ。幸せは安全から生まれるものではないんだ」

訳者あとがき

田村源二

世界は諍《いさか》いと、それがもたらす悲惨に相変わらずまみれている。そこかしこで抑圧、弾圧、殺戮《さつりく》が繰り返され、犠牲になるのはいつも弱者。民主主義の限界が声高に叫ばれ、独裁国家がいつまでも消えず、強権国家の台頭も著しい。混乱の度合いはいや増すばかりで、国家間・国家内の紛争も跡を絶たない。大量破壊兵器の存在と関係があるのか大戦争こそないが、破滅へと滑り落ちていく危険は日々高まり、緊迫度ばかりが跳ね上がっていく。そこへもってきて、このコロナ禍である。

そんな状況のなか、トム・クランシーがほぼ四〇年前に〝発明した〟国際謀略・軍事・諜報《ちょうほう》・政治・テクノスリラーは、複雑化する世界情勢を読み解くのに必要な〝教養エンターテインメント本〟として、いまもなお衰えぬ人気を誇っている。

さて、ジャック・ライアン・シリーズ最新作『密約の核弾頭』（*Oath of Office*）では、イランのある人物が野望に燃え、とんでもない策略を用いてアメリカの軍事力を麻痺《まひ》させようとする。

残忍な武器商人たちの監視にあたっていた極秘民間情報組織〈ザ・キャンパス〉は、ふとしたことからイランの途方もない陰謀を察知し、ジャック・ライアン大統領やメアリ・パット・フォーリ国家情報長官からの要請を受けて、またしても壮絶な闘いに突入する。舞台は例によって世界中に広がり、アメリカ、ポルトガル、スペイン、アフガニスタン、イラン、オマーン、ロシア……と、高速でテンポよく変化していく。

登場するのは、ジャック・ライアン・ジュニアをはじめ、お馴染《なじ》みの〈ザ・キャンパス〉の面々のほか、母親が凄腕《すごうで》の伝説的スパイだったロシア対外情報庁（SVR）工作員、残酷な殺しを偏愛するセクシーな女暗殺者、精神を病む寸前の軍用無人機パイロット、拷問《ごうもん》好きの残忍なイスラム革命防衛隊少佐、イラン、アメリカ双方の天才的な宇宙物理学者や航空宇宙工学者、野望を秘めた訳ありのイラン民主化運動リーダー、非情な独裁体制を確立したロシア連邦大統領、陰険な奸計《かんけい》を弄《ろう》することでなんとか生き延びているクレムリンの大統領補佐官……。さらにはジャック・ジュニアの元カノのイサベル・カシャニもからんできて、物語はどんどん大きく複雑にふくらんでいき、大団円を迎える。

果たしてイランが手に入れ、使おうとしているのは核弾頭なのか？　それさえもが偽装の一部でしかない、なんてことがありえるのか？　イランの陰謀が核弾頭攻撃をはるかに超える予測不能の途轍《とてつ》もないものだとしたら？

折しもジャック・ライアン大統領は、強毒型ウイルスによるインフルエンザの蔓延《まんえん》、アメリカ南東部の洪水およびそれに付随する公衆衛生問題、ディープフェイク動画による攻撃、異常なほど執拗《しつよう》な上院議員の非難、駐カメルーン大使館包囲事件と、さまざまな問題を抱えて手一杯。そこにさらに、巧妙かつ激烈なイランの陰謀が加わるのである。

というわけで、本作は最終的にはイランとアメリカの戦いとなる。ジャック・ライアン・シリーズの物語は現実世界の動きと絶妙に絡《から》まり合いながら進展するので、ここで二国の関係史とそれに関連する事件を簡単に振り返っておきたい。

アメリカがイランに積極的に係わりはじめたのは、モハンマド・モサッデクがイラン国民の熱狂的な支持を得て首相に就任した一九五一年以降のことだ。

一九五一年――モサッデクが石油の利益を独占していたイギリス資本の石油会社の国有化を断行。

一九五三年――アメリカとイギリスの情報機関の工作もあって、イランに軍事クーデターが起こり、モサッデクは失脚し、すでに国王になっていたモハンマド・レザー・パフラヴィーに権力が集中する。以後イランでは、英米支持のもと、国王独裁による近代化、世俗化が進む。

一九七九年――イランにイスラム革命が起こる。パフラヴィー国王とその家族がエジプトに亡命し、二月にルーホッラー・ホメイニが亡命先のフランスから帰国してイスラム共和制を樹立し、最高指導者となって、事実上の宗教独裁政治を開始する。

一一月、アメリカ大使館人質事件が起こる。

一九八〇年――四月、ジミー・カーター大統領が人質奪還作戦を敢行するが、作戦に投入されたヘリコプターの故障や、ヘリと接触した輸送機の炎上などのため、無残な失敗に終わる。

九月、イラク軍の奇襲によって、イラン・イラク戦争が勃発《ぼっぱつ》、八八年までつづく。

一九八一年――ロナルド・レーガンが大統領に就任し、アメリカ大使館人質事件の人質が四四四日ぶりに解放される。

一九八六年――イラン・コントラ事件が発覚。同事件は、レーガン政権がテロ集団に捕らえられたアメリカ人の解放を求めて、国交断絶中のイランと裏取引（武器売却）をし、その代金をニカラグアの反共右派ゲリラの援助に回した事件。

一九八九年——ホメイニが小説『悪魔の詩』（*The Satanic Verses*）を冒瀆《ぼうとく》的だとして、著者のサルマン・ラシュディにファトワー（イスラム法学者が出す法的見解・判断）で死刑を宣告する。

一九九一年——『悪魔の詩』の日本語翻訳者が勤務先の筑波大学にて殺害される。

二〇〇六年——一九八〇年代から進められてきたイランの核開発に対して、国連安全保障理事会が中止を求める決議を採択。その後、安保理や各国による制裁措置がとられるものの、核開発は着々と進む。

二〇一〇年——確かな証拠はないが、アメリカとイスラエルが手を組んでサイバー攻撃をおこない、イランのウラン濃縮のための遠心分離機が不具合を起こしたとの疑いが生じる。

二〇一五年——イランとP5プラス1（米英仏独中露）との核協議がおこなわれ、最終合意に達する。

二〇一六年——IAEA（国際原子力機関）が合意の履行を確認し、イランに対する経済制裁が解除へ向かう。

二〇一八年――ドナルド・トランプ大統領が合意から離脱。

二〇二〇年――一月、トランプ政権がイスラム革命防衛隊ゴドス部隊司令官のガセム・ソレイマニ少将をMQ－9リーパー軍用無人機による攻撃で殺害。

七月、イラン中部ナタンズの核関連施設が〝外部からの破壊活動〟によって（イラン側の説明）爆発を起こす。

一一月、イランの著名な核科学者モフセン・ファクリザデがテヘラン近郊で暗殺される。

二〇二一年――四月、前年爆発を起こした核関連施設がふたたびサイバー攻撃を受けて停電し、稼働不能となる。被害は大きく、濃縮ウランの製造が大幅に遅れるという。

核関連施設への攻撃、および核科学者暗殺は、いずれもイスラエルの仕業だとイラン当局は考えている。ただし確証はない。

話を本作に戻そう。クランシー亡きあと、巨匠のあとを継いでジャック・ライアン・シリーズの執筆にあたってきた冒険小説界の俊英マーク・グリーニーもついに降板し、その跡を、これまた人気、実力ともに劣らぬマーク・キャメロンが継ぐことになった。キャメロンのことを簡単に紹介しておこう。

一九六一年、テキサス生まれ。ウェザーフォード高校卒業後、制服警察官となり、騎馬警官、SWAT隊員、刑事として活躍。一九九一年に連邦保安官局入りし、着実に出世して、最終的にアラスカ地区のナンバー2にまでなった。二〇一一年に退職、専業作家となる。連邦保安局ではおもに要人警護を担当し、アラスカの片田舎からマンハッタンまで、カナダからメキシコまで、さまざまな場所で職務を遂行した。結局、三〇年近く法執行機関畑を歩いてきたことになる。黒帯をつけることを許された柔術家で、いまでもしばしば法執行機関や民間グループで護身術を教える。スキューバダイビング・ライセンスを持ち、追跡術インストラクターでもある。熱烈なアドベンチャーバイク・ファンで、現在、妻、オーストラリアン・キャトル・ドッグ、BMW・GSシリーズ・オートバイとともにアラスカで暮らしている。

二〇一一年に発表したデビュー作『殺戮者のウイルス』(*National Security*) が絶賛され、以後、同作品のメイン・キャラクターであるジェリコ・クインが活躍するシリーズを年一作のペースで書きつづけている。いずれの作品も高評価を得て、ニュータイプの冒険作家として注目され、二〇一七年、マーク・グリーニーの推薦もあって、白羽の矢が立ち、ジャック・ライアン・シリーズを引き継ぐことになった。

最後に、ジャック・ライアン・シリーズの映像化に関する最新情報もお知らせしておきたい。といっても、コロナ禍のせいで、たいした情報はないのだが……。

現在、『トム・クランシー／CIA分析官 ジャック・ライアン』（*Tom Clancy's Jack Ryan*）のシーズン1と2がアマゾンのプライム・ビデオで観られるが（DVD化されてレンタルも可能になった）、二〇二〇年中に配信予定だったシーズン3がなかなか完成しない。むろん、コロナ禍で撮影が大幅に遅れているせいだ。そんななか、シーズン4の制作が決定したという情報が飛び込んできた。嬉しいかぎりだが、それを観られるのはいつになるのだろう？

同テレビドラマ・シリーズでは、これまでアレック・ボールドウィン、ハリソン・フォード、ベン・アフレック、クリス・パインという錚々《そうそう》たる俳優たちがそれぞれ独自の色を出して演じてきたジャック・ライアンの役をジョン・クラシンスキーが見事にこなしている。人によっていろいろ好みはあるだろうが、私はクラシンスキーのジャック・ライアンをとても気に入っている。

（二〇二一年四月）

T・クランシー
M・グリーニー
田村源二訳

米中開戦（1〜4）

中国の脅威とは——。ジャック・ライアンの活躍と、緻密な分析からシミュレートされる危機を描いた、国際インテリジェンス巨篇！

M・グリーニー
田村源二訳

イスラム最終戦争（1〜4）

機密漏洩を示唆する不可解な事件続発。全米テロ、中東の戦場とサイバー空間がシンクロするジャック・ライアン・シリーズ新展開！

フリーマントル
稲葉明雄訳

消されかけた男

KGBの大物カレーニン将軍が、西側に亡命を希望しているという情報が英国情報部に入った！ ニュータイプのエスピオナージュ。

T・R・スミス
田口俊樹訳

チャイルド44（上・下）

CWA賞最優秀スリラー賞受賞

連続殺人の存在を認めない国家。ゆえに自由に凶行を重ねる犯人。それに独り立ち向かう男——。世界を震撼させた戦慄のデビュー作。

J・ノックス
池田真紀子訳

堕落刑事

—マンチェスター市警
エイダン・ウェイツ—

ドラッグで停職になった刑事が麻薬組織に潜入捜査。悲劇の連鎖の果てに炙りだした悪の正体とは……大型新人衝撃のデビュー作！

J・ノックス
池田真紀子訳

笑う死体

—マンチェスター市警
エイダン・ウェイツ—

身元不明、指紋無し、なぜか笑顔——謎の死体〈笑う男《スマイリー》〉事件を追うエイダンに迫る狂気の罠。読者を底無き闇に誘《いざな》うシリーズ第二弾！

S・キング
永井淳訳

キャリー

狂信的な母を持つ風変りな娘――周囲の残酷な悪意に対抗するキャリーの精神は、やがてバランスを崩して……。超心理学の恐怖小説。

S・キング
山田順子訳

スタンド・バイ・ミー
―恐怖の四季 秋冬編―

死体を探しに森に入った四人の少年たちの、苦難と恐怖に満ちた二日間の体験を描いた感動編「スタンド・バイ・ミー」。他1編収録。

S・キング
浅倉久志訳

ゴールデンボーイ
―恐怖の四季 春夏編―

ナチ戦犯の老人が昔犯した罪に心を奪われた少年は、その詳細を聞くうちに、しだいに明るさを失い、悪夢に悩まされるようになった。

S・キング
白石朗他訳

第四解剖室

私は死んでいない。だが解剖用大鋏は迫ってくる……切り刻まれる恐怖を描く表題作ほかO・ヘンリ賞受賞作を収録した最新短篇集！

S・キング
浅倉久志他訳

幸運の25セント硬貨

ホテルの部屋に置かれていた25セント硬貨。それが幸運を招くとは……意外な結末ばかりの全七篇。全米百万部突破の傑作短篇集！

K・グリムウッド
杉山高之訳

リプレイ
世界幻想文学大賞受賞

ジェフは43歳で死んだ。気がつくと彼は18歳――人生をもう一度やり直せたら、という窮極の夢を実現した男の、意外な、意外な人生。

J・グリシャム
白石朗訳
危険な弁護士（上・下）

幼女殺害、死刑執行、誤認捜査、妊婦誘拐……ヤバイ案件ばかり請負う〝無頼の弁護士〟のダーティー・リーガル・ハードボイルド。

J・M・ケイン
田口俊樹訳
郵便配達は二度ベルを鳴らす

豊満な人妻といい仲になったフランクは、彼女と組んで亭主を殺害する完全犯罪を計画するが……。あの不朽の名作が新訳で登場。

T・ハリス
高見浩訳
羊たちの沈黙（上・下）

FBI訓練生クラリスは、連続女性誘拐殺人犯を特定すべく稀代の連続殺人犯レクター博士に助言を請う。歴史に輝く〝悪の金字塔〟。

T・ハリス
高見浩訳
ハンニバル（上・下）

怪物は「沈黙」を破る……。血みどろの逃亡劇から7年。FBI特別捜査官となったクラリスとレクター博士の運命が凄絶に交錯する！

T・ハリス
高見浩訳
ハンニバル・ライジング（上・下）

稀代の怪物はいかにして誕生したのか――。第二次大戦の東部戦線からフランスを舞台に展開する、若きハンニバルの壮絶な愛と復讐。

T・ハリス
高見浩訳
カリ・モーラ

コロンビア出身で壮絶な過去を負う美貌のカリは、臓器密売商である猟奇殺人者に狙われる――。極彩色の恐怖が迸るサイコスリラー。

H・P・ラヴクラフト
南條竹則編訳
インスマスの影
―クトゥルー神話傑作選―

頽廃した港町インスマスを訪れた私は魚類を思わせる人々の容貌の秘密を知る――。暗黒神話の開祖ラヴクラフトの傑作が全一冊に！

H・P・ラヴクラフト
南條竹則編訳
狂気の山脈にて
―クトゥルー神話傑作選―

古き墓所で、凍てつく南極大陸で、時空の狭間で、彼らが遭遇した恐るべきものとは。闇の巨匠ラヴクラフトの遺した傑作暗黒神話。

M・ルブラン
堀口大學訳
8 1 3
―ルパン傑作集(Ⅰ)―

殺人現場に残されたレッテル〝813〟とは？恐るべき冷酷さで、次々と手がかりを消していく謎の人物と、ルパンとの息づまる死闘。

M・ルブラン
堀口大學訳
続 8 1 3
―ルパン傑作集(Ⅱ)―

奸計によって入れられた刑務所から脱獄、ヨーロッパの運命を託した重要書類を追うルパン。遂に姿を現わした謎の人物の正体は……。

M・ルブラン
堀口大學訳
奇 岩 城
―ルパン傑作集(Ⅲ)―

ノルマンディに屹立する大断崖に、フランス歴代王の秘宝を求めて、怪盗ルパン、天才少年探偵、イギリスの名探偵等による死の闘争図。

M・ルブラン
堀口大學訳
ルパン対ホームズ
―ルパン傑作集(Ⅴ)―

フランス最大の人気怪盗アルセーヌ・ルパンと、イギリスが誇る天才探偵シャーロック・ホームズの壮絶な一騎打。勝利はいずれに？

C・ドイル
延原謙訳
シャーロック・ホームズの冒険

ロンドンにまき起る奇怪な事件を追う名探偵シャーロック・ホームズの推理が冴える第一短編集。「赤髪組合」「唇の捩れた男」等、10編。

C・ドイル
延原謙訳
シャーロック・ホームズの帰還

読者の強い要望に応えて、作者の巧妙なトリックにより死の淵から生還したホームズ。帰還後初の事件「空家の冒険」など、10編収録。

C・ドイル
延原謙訳
シャーロック・ホームズの思い出

探偵を生涯の仕事と決める機縁となった「グロリア・スコット号」の事件。宿敵モリアティ教授との決死の対決「最後の事件」等、10短編。

C・ドイル
延原謙訳
シャーロック・ホームズの事件簿

知的な風貌の裏側に恐るべき残忍さを秘めたグルーナ男爵との対決を描く「高名な依頼人」など、難事件に挑み続けるホームズの傑作集。

C・ドイル
延原謙訳
緋色の研究

名探偵とワトスンの最初の出会いののち、空家でアメリカ人の死体が発見され、続いて第二の殺人事件が……。ホームズ初登場の長編。

C・ドイル
延原謙訳
四つの署名

インド王族の宝石箱の秘密を知る帰還少佐の遺児が殺害され、そこには〝四つの署名〟が残されていた。犯人は誰か？　テムズ河に展開される大捕物。

C・ドイル
延原謙訳
バスカヴィル家の犬
爛々と光る眼、火を吐く口、全身が青い炎で包まれているという魔の犬——恐怖に彩られた伝説の謎を追うホームズ物語中の最高傑作。

C・ドイル
延原謙訳
恐怖の谷
イングランドの古い館に起った奇怪な殺人事件に端を発し、アメリカ開拓時代の炭坑町に跋扈する悪の集団に挑むホームズの大冒険。

C・ドイル
延原謙訳
シャーロック・ホームズ最後の挨拶
引退して悠々自適のホームズがドイツのスパイ逮捕に協力するという異色作「最後の挨拶」など、鋭い推理力を駆使する名探偵ホームズ。

C・ドイル
延原謙訳
シャーロック・ホームズの叡智
親指を切断された技師がワトスンのもとに駆込んでくる「技師の親指」のほか、ホームズの活躍で解決される八つの怪事件を収める。

延原謙訳
ドイル傑作集（I）
——ミステリー編——
奇妙な客の依頼で出した特別列車が、線路上から忽然と姿を消す「消えた臨急」等、ホームズ生みの親によるアイディアを凝らした8編。

G・G=マルケス
野谷文昭訳
予告された殺人の記録
閉鎖的な田舎町で三十年ほど前に起きた幻想とも見紛う事件。その凝縮された時空に共同体の崩壊過程を重層的に捉えた、熟成の中篇。

P・オースター
柴田元幸訳
ガラスの街

透明感あふれる音楽的な文章と意表をつくストーリー——オースター翻訳の第一人者による デビュー小説の新訳、待望の文庫化！

P・オースター
柴田元幸訳
幽霊たち

探偵ブルーが、ホワイトから依頼された、ブラックという男の、奇妙な見張り。探偵小説？哲学小説？ '80年代アメリカ文学の代表作。

P・オースター
柴田元幸訳
孤独の発明

父が遺した夥しい写真に導かれ、私は曖昧な記憶を探り始めた。見えない父の実像を求めて……。父子関係をめぐる著者の原点的作品。

P・オースター
柴田元幸訳
ムーン・パレス
日本翻訳大賞受賞

世界との絆を失った僕は、人生から転落しはじめた……。奇想天外な物語が躍動し、月のイメージが深い余韻を残す絶品の青春小説。

P・オースター
柴田元幸訳
偶然の音楽

〈望みのないものにしか興味の持てない〉ナッシュと、博打の天才が辿る数奇な運命。現代米文学の旗手が送る理不尽な衝撃と虚脱感。

P・オースター
柴田元幸訳
リヴァイアサン

全米各地の自由の女神を爆破したテロリストは、何に絶望し何を破壊したかったのか。そして彼が追い続けた怪物リヴァイアサンとは。

新潮文庫最新刊

恩田陸・阿部智里
宇佐美まこと・彩藤アザミ
澤村伊智・清水朔 著
あさのあつこ・長江俊和

あなたの後ろにいるだれか
—眠れぬ夜の八つの物語—

恩田陸の学園ホラー、阿部智里の奇妙な怪談、澤村伊智の不気味な都市伝説……人気作家が競作、多彩な恐怖を体感できるアンソロジー。

末盛千枝子著

「私」を受け容れて生きる
—父と母の娘—

それでも、人生は生きるに値する。美智子様のご講演録『橋をかける』の編集者が自身の波乱に満ちた半生を綴る、しなやかな自叙伝。

益田ミリ著

マリコ、うまくいくよ

社会人二年目、十二年目、二十年目。同じ職場で働く「マリコ」の名を持つ三人の女性達の葛藤と希望。人気お仕事漫画待望の文庫化。

S・シン
青木薫訳

数学者たちの楽園
—「ザ・シンプソンズ」を作った天才たち—

アメリカ人気ナンバー1アニメ『ザ・シンプソンズ』。風刺アニメに隠された数学トリビアを発掘する異色の科学ノンフィクション。

M・キャメロン
田村源二訳

密約の核弾頭（上・下）

核ミサイルを積載したロシアの輸送機が略奪された。大統領を陥れる驚天動地の陰謀とは？　ジャック・ライアン・シリーズ新章へ。

企画　新潮文庫編集部

ほんのきろく

読み終えた本の感想を書いて作る読書ノート。最後のページまで埋まったら、100冊分の思い出が詰まった特別な一冊が完成します。

密《みつ》約《やく》の核《かく》弾《だん》頭《とう》(下)

新潮文庫　　ク－28－76

Published 2021 in Japan
by Shinchosha Company

令和三年八月一日発行

訳者　田《た》村《むら》源《げん》二《じ》

発行者　佐藤隆信

発行所　株式会社 新潮社

郵便番号　一六二―八七一一
東京都新宿区矢来町七一
電話 編集部(〇三)三二六六―五四四〇
読者係(〇三)三二六六―五一一一
https://www.shinchosha.co.jp

価格はカバーに表示してあります。

乱丁・落丁本は、ご面倒ですが小社読者係宛ご送付ください。送料小社負担にてお取替えいたします。

印刷・株式会社光邦　製本・株式会社大進堂

ISBN978-4-10-247276-7 C0197